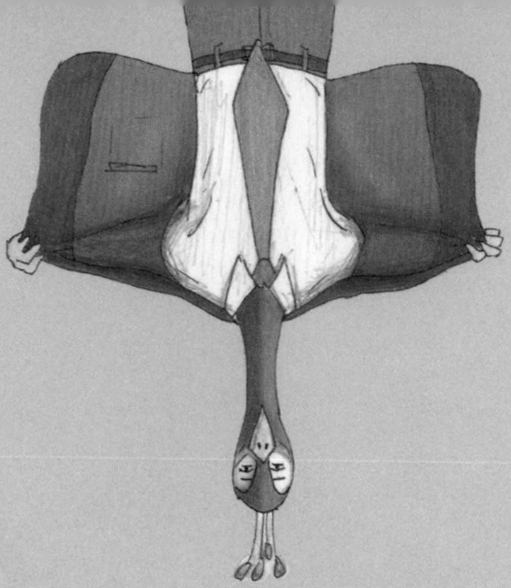

我的相親路上
滿是
珍禽異獸

只要堅強地活下去，
總會遇到更奇葩的人喔！

酸菜仙兒 著　keigo 插畫

suncolor
三采文化

目錄

CONTENT

丹頂鶴先生的手白得如同杯子裡的原味優酪乳，瘦高的身材，稀疏泛黃的卷毛，毫無皮下脂肪的皮肉包裹著這副骨骼。

他講當初在體校念書和參加比賽的事，一五一十得好像在向長官彙報工作，完全沒重點、沒觀點、沒興奮點，可我還要裝出一副很有興趣的樣子。

「映真，妳上次不辭而別，其實我是懂妳的，請妳不要這樣自卑，要記住妳是非常好的女孩！跟上我的腳步，我們一定會幸福的！」

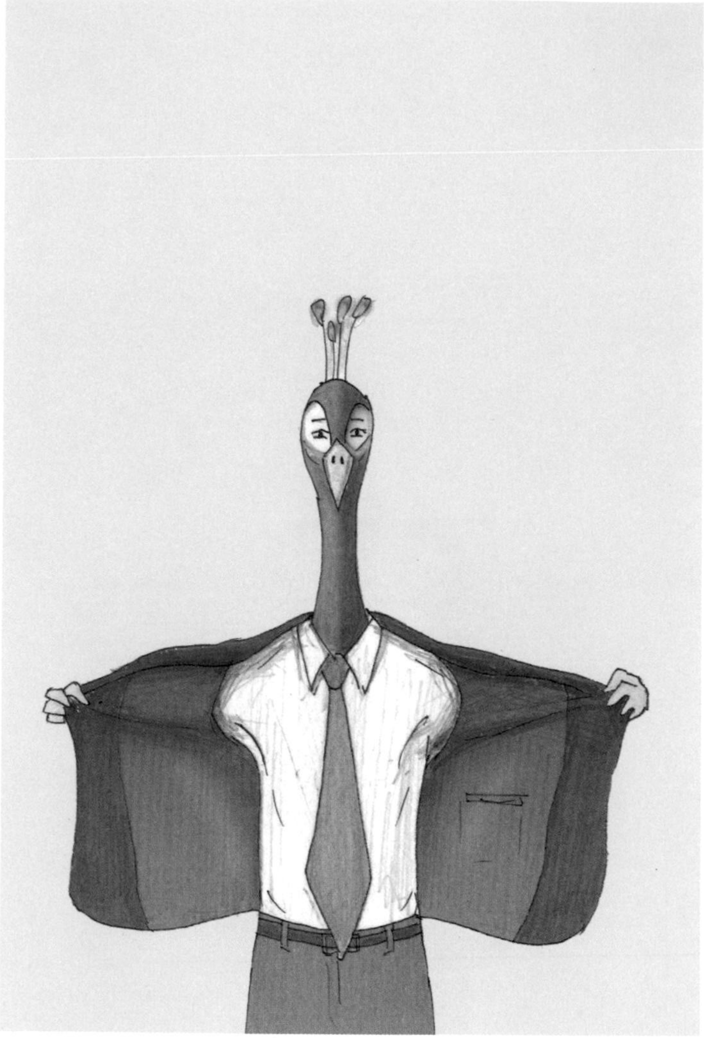

「我從不相親。都是好女孩主動來找我。」

這不像是一場相親，倒像是一次面試。

相親的最大風險就在於，明明對對方一無所知，卻要拿出完成終身大事的態度去相識。

相親最怕什麼？大部分女生都說，最怕尬聊。更可怕的情況，就是連聊都不聊，只有尷尬。

「妳和我一樣天生都會做這兩個動作，這證明咱們的基因是相、相似的，具有情投意合的可、可、可能性。」

二十九歲這年，我相親無數，
卻在為孤獨終老做準備。

01 丹頂鶴先生

我的對面坐著一隻丹頂鶴先生，可是我心裡惦記的卻是三天前遇見的相親對象——斑驢先生。

丹頂鶴先生拿著杯子的手白得如同杯子裡的原味優酪乳，瘦高的身材，稀疏泛黃的鬈毛，毫無皮下脂肪的皮肉包裹著這副骨骼，把所有裸露在外面的關節都顯得好像腫了一樣。

當我見到他第一眼的時候，我就知道沒戲，所以接下來的一切都是在為介紹人的面子走過場，索性就遵循著多年陪伴我成長的港劇教育我的那條原則：

做人呢，最重要的就是開心了。

於是我肆無忌憚地盯著他的下半身，不知羞恥地看了又看，因為他穿短褲正好穿出了我想要的效果，就是那種兩條大腿就像兩根油條一樣在褲管裡逛蕩來逛蕩去的感覺。然而我無論嘗試什麼款式的短褲，大腿根部都會撐出新的寬度。

我是文藝女青年，顯胖就不文藝了！因此我只穿裙子。我穿裙子不是因為我喜歡裙子，也不是為了取悅誰，只是因為我穿不進褲子。

丹頂鶴先生好像看出了我奇怪的眼神，不自在地挪了挪屁股。

為了化解這種尷尬，我指了指他的腿說：「你好像沒什麼腿毛哈。」

我這麼一問，他好像更尷尬了。「啊……是……從小就沒怎麼長過……」

「我汗毛可重了。」擼裙子不雅觀，我把手臂伸給他看。「是不是很重？」

丹頂鶴先生看我的眼神，就像是在看一隻鬆獅犬。

「不過，你眉毛還挺濃的哈。」我又盯著他眉毛看。

他沒接話，卻問我：「妳不喝嗎？」

氣若游絲、丹田盡碎的一個動靜。

我拿起杯子露齒一笑，嘴巴碰著優酪乳之前，眼睛又掃了一圈周圍的食客，生怕好死不死地遇見斑驢先生。可不知為什麼，我今天看誰都長得像斑驢先生。

「我腸胃不好，所以經常喝優酪乳，開胃。」

「欸，其實我很好奇……」我說。

「怎麼了？」他的表情有點緊張。

「你腸胃不好……」我把音降低，頭靠前。

「啊？」他也湊了過來。

「會不會經常放屁？」

我還體貼地用手擋住嘴，眼中卻散發著對科學知識無比渴求的光芒。

一個氣若游絲的屁剛好被我聽見了。
丹頂鶴先生一臉的「完了我沒憋住」。
而我則是一臉的「恍然大悟」。
要不是菜上來了，我根本就停不下來。其實交流就是最好的化學實驗，你永遠不知道會出現什麼奇妙的化學反應。我表現出什麼樣的狀態，很大一部分取決於對方是什麼樣的人。就像高中時，新來的英語老師向我們班的惡勢力挑戰時說過的那樣：「我告訴你們！我這人，見到佛就是佛，見到鬼就是鬼，見到流氓我就是流氓！」
我如今多少也有點這個意思，比如我和斑驢先生吃飯的時候，大氣都不敢喘，胸微含、頭微低，雙手微微交叉在前，甚至連手臂上的汗毛都要自動藏起來。可是和丹頂鶴先生卻不一樣，我的手指癢到特別想勾一勾對方尖尖的下巴，摸一摸對方汗涔涔的小手。
菜都是他點的，他說消化不好，不能吃葷菜，點了一道藍莓山藥、一道荷塘小炒、一道涼拌秋葵。點完了這三道菜，好像才想起來問我：「妳能吃肉吧？」
「那還說啥了，我可是肉食動物。」
「哦。」他看向服務生說：「那就再來一個西湖牛肉羹吧。」
我問：「這是葷菜嗎？」
他說：「湯裡頭有牛肉丁啊。」
看著一臉認真的丹頂鶴先生，我生出了一副活到老學到老的面相。

優酪乳開胃效果真是太好了，我砂紙一樣的胃都快餓成洪水猛獸了，一口山藥泥下了肚，我又活了過來。

丹頂鶴先生挾了一塊荷蘭豆，咬了一口又放下了。

「你怎麼不吃？」

「太硬了。」他皺著眉頭。

「硬？」

我一咬，脆。

他看著我問：「怎麼樣，是不是硬？」

我明白過來，原來在丹頂鶴先生的味覺世界裡，脆等於硬；就像在我的味覺世界中，軟等於老一樣。很顯然，我們真的不是一個世界裡的人。

店裡的食客不少，他叫了幾聲服務生，卻沒人搭理他。

他有點不好意思，跟我說：「現在服務型行業的態度都太差了。」

我心想，服務生還得抱怨你這種食客的身體素質太差呢，幾乎無聲的吶喊，你當服務行業都要給你配備「順風耳」或是「變種人」嗎？

我只喊了一聲，服務生就面帶微笑地站在我面前了。可就在我喊服務生的一瞬間，體內竟然莫名地爆發出對丹頂鶴先生強烈的保護欲。

「麻煩你把這道菜重新炒一下，我想要軟軟的。」丹頂鶴先生還是很有禮貌的。

「什麼軟軟的？」服務生有點懵。

「荷蘭豆軟軟的，要軟軟的荷蘭豆。」丹頂鶴先生看著服務生，還特意用手指了指。

「好的，請稍等。」

其實我覺得這家店服務生的服務態度挺好的。

只是悶頭吃飯實在尷尬，我看丹頂鶴先生皺著眉頭，一副痛苦的樣子，我猜他大概也正在絞盡腦汁找話題呢。我不忍心看見他不舒服，於是，剛才那股保護欲讓我擔起了找話題的重任。

我問：「聽說你在銀行工作？」

「是的。」

他又反問我：「妳在家具店做什麼？」

「做企劃。」

「哦。」

「你最近忙嗎？」

「忙！」他說這話的時候，終於有了點力氣。「我們部門特別忙，我每天都忙得腳打後腦勺了。」

「為什麼？人手不夠嗎？」

「我們部門有十四個人。」

「那不少了呀。」

「但是每次加班都是我一個人。」

我低頭喝了一口湯。其實我挺理解他那些同事的，就像我一開始見到丹頂鶴先生時，也生出了一顆捏軟柿子的壞心。但是現在不一樣了，我胸中的那股保護欲正燒得熱乎，所以我特別想去他們單位為他出頭。

正合計著怎麼出頭，一抬頭發現丹頂鶴先生的臉色比之前更白了，好像用不了多久他就會白得透明，然後徹底消失不見。

「我說，你這是怎麼了？」

「我肚子有點疼。」他的表情更痛苦了。

「要緊嗎？」我問。

「沒事，一會兒就好了。」他艱難地說。

我向服務生要了一杯熱水，可是熱水還沒來，丹頂鶴先生就「噌」地一下站了起來。

「怎了啦？」

「不好意思，我去趟廁所。」他捂著肚子就飛了出去。

目送他離開，斑驢先生給我發來一條語音微信，內心突然莫名恐慌起來。

他問我：「在幹嘛呢？」

我打字回他：和閨密吃飯呢。句子後面附上帶紅臉蛋的笑臉。

他又問：「在哪兒吃飯呢？」

我心裡輕輕地「咯噔」了一下，又看了看四周。此刻的我已經心虛到看任何一個身材健碩的高個子男生都像斑驢先生，我甚至在思考如果斑驢先生真的出現在餐廳裡，那麼我要出什麼牌才能確保我不至於在眾目睽睽下輸掉裙子。這種騎驢找馬的遊戲真的不是我這種量級的女生能玩得起的，內心太煎熬。

於是我慎重回覆：在飛鳥和魚。

我覺得像斑驢先生這樣看片只看動作片、吃肉只吃五花肉的壯漢，應該對優酪乳比肉做得更好的餐廳沒什麼印象。

果然，他回覆我：「哦，沒什麼印象，好吃嗎？」

我吁了一口氣，回覆：還行，不過閨密喜歡。

他說：「那妳好好吃吧，不打擾妳們了。」還發了一隻微笑的驢給我。

俗話說，人家送給我一頭驢，我得回報給人家一匹馬。

我正在尋找合適回覆的表情時，竟然收到了一條丹頂鶴先生的微信。

我腦子「嗡」了一下，第一個反應就是——天，他跑了！

我打開他的微信，看到這樣一段文字：

吳小姐，妳好！和妳接觸之後，我覺得妳是個很好的女孩。我思來想去，覺得目前只有妳能幫我，妳也一定能幫助我。

我就在飯店的男廁所裡，請妳想辦法送些衛生紙給我，十分感謝！

我出去以後，一定馬上買單，妳還想吃什麼，儘管點！

我有三秒鐘處在啞口無言的狀態中無法自拔。在第四秒鐘的時候，那股對丹頂鶴先生的保護欲喚醒了我，但我可以為了他赴湯蹈火，卻沒法為了他進男廁所啊！於是我叫過來一名男服務生，跟他說：「不好意思，可不可以麻煩你給我兒子送一下衛生紙？」

他爽快地接過衛生紙，問我：「請問您兒子怎麼稱呼？」

為了保護丹頂鶴先生的名譽，我只能犧牲我自己了。「啊……你就說……絕世美女的兒子，他就明白了。」

「絕世美女？」

「對，孩子不懂事，就喜歡跟我開玩笑，他平時經常這麼叫我的，哈哈哈……」我裝出一副不好意思的樣子，向服務生解釋。

「好的，沒問題。」

我給丹頂鶴先生發了一條微信：

衛生紙馬上到位，記住，你是絕世美女的兒子。

我的任務完成，回去安安心心地挑西湖牛肉羹裡的牛肉丁吃。大概又過了半個小時，丹頂鶴先生終於出來了。他捂著腰，頂著一腦袋細密的汗，我就像一名在野外發現受傷的保護動物的志工一樣，趕緊迎上去扶著他坐下。

「怎麼樣？」我問。

「還行吧……肚子應該沒事了……為了不暴露身分……我又蹲了半個小時……腰不行了……」他連連擺手，說話微微帶喘。

我心裡這個不忍，心想這孩子的媽看到他這個樣子得多心疼啊！

我伸手拿過桌子上的濕毛巾，給丹頂鶴先生擦汗，擦完了一看毛巾，嚇了我一跳！雪白的方毛巾上竟然有一抹黑。我心想這下完了，難道我把丹頂鶴先生發黑的印堂給擦下來了？

「這怎麼回事？」我把毛巾上的黑推到他面前給他看。

誰知道丹頂鶴先生蒼白的臉「噌」地紅了，紅得好像溫度計最下方的液泡。

我望著丹頂鶴先生的臉，又一次恍然大悟。

原來丹頂鶴先生沒有眉毛。

我忍不住問他：「眉筆在哪兒買的呀？品質不錯啊，我都沒看出來。」

他突然就笑了，臉上倒有幾分輕鬆釋然的神色，用另一手拄著額頭，彷彿第一次仔細看我，然後跟我說：「我覺得妳不適合這個顏色。」

02 到底是哪裡出了問題

走的時候，丹頂鶴先生跟我說：「今天實在不好意思，不過以後有什麼事就找我，我欠妳一個人情。」

我說：「客氣啥，都是朋友，以後買家具就找我！」

就這樣，我透過相親的手段，又多了一位朋友。

「人生啊……」馬琳一聲嘆息。

自從她小學六年級第一次聽到〈夢醒時分〉裡的那句：「你說你感到萬分沮喪，甚至開始懷疑人生……」就彷彿被歌詞詛咒了一樣，每次她感到萬分沮喪的時候都要仰天長嘆一句：「人生啊……」

「這不能怨我，他太虛了。」我說。

隔著電話，我也能感受到馬琳那根本來已經癱軟的脊柱又瞬間繃直。

馬琳壓低了聲音。「啊……虛啊……那個……體驗不好嗎？」

「不好，他花樣太多了，不行，真來不了。」

聽我說完，馬琳有三秒鐘沒說話，再開口，她的聲音已經不再是我熟悉的閨密了，就好像喉嚨裡含著一座蓄勢待發的火山。她說：「經驗老道啊……我明白他為什麼虛了。」

「誰經驗老道？妳說他還是我？」

「當然是他了。」馬琳發出一串不同頻率的壞笑。

「我覺得我也挺老道的。」

「妳拉倒吧！從小學一年級到現在，妳什麼情況我還不知道嗎?!」

「是呀，我小學一年級的時候萬萬沒想到，我現在都騎驢找馬了，都腳踏兩隻船了，都吃著碗裡的看著鍋裡的了，都成壞女人了。」

「吳映真，沒想到在妳二十九歲的時候，還長能耐了。」

馬琳對我的想法進行了無情的嘲諷。「吳映真，我求求妳，妳這種話以後千萬別再和第二個人說了，太丟臉了！那都是我小學二年級就玩剩下的，拜託，妳只是腳踩兩隻船而已，又不是腳踏兩張床，老處女！」

說我是老處女！這個三觀有嚴重缺陷的女流氓！

我反擊道：「我跟妳說不到一塊去！要不是我小學一年級就認識了妳，我會跟妳這個女流氓做朋友？」

「可我是女流氓又怎麼樣呢？我一畢業就結、婚、了！我老公對我特別好，剛才還給我熱包子吃呢！」

馬琳把「結婚」兩個字說得特別重，擲到我心裡，砸出兩個大坑。

我說：「那又怎麼樣，妳那個破包子白給我都不要！」

馬琳突然發出一串魔性的笑聲。如果一個人的笑聲就能把另一個人逗笑，那他們八成是很有緣分的。我想我和馬琳之所以道不同也互相為謀了二十多年，大概就是因為這種說不清道不明的緣分，馬琳負責笑，我負責被她的笑逗笑。

我們每次互嗆到激烈處，大概都是這樣收場的。可是我還是得端著點，不然下次互嗆，我會更加嗆不過這個流氓。於是我冷冷地回應：「妳笑個屁？」

馬琳笑累了，嘆了一口氣。「人生啊……」

此處的「人生」與之前的那句「人生」不同，此處是虛詞，類似於「噫吁嚱」，沒有任何意義，只是想為另一話題起個頭。

接著她說：「好吧，我收回。可妳又沒和斑驢先生正式確立關係，騎驢找馬怎麼啦？」

小學五年級的時候，我和馬琳放學後結伴回家，每次等公車等得百無聊賴時，我們就會玩一種自創的遊戲，觀察形形色色的路人，然後把他們想像成一種動物，看誰說得最像。

通常都是我說的動物比馬琳說的更像，因為我喜歡看《動物世界》。那時候電視台剛剛播放這個節目，很多動物都是從節目中認識的。我當時不明白為什麼我媽禁止我看動畫片卻允許我看《動物世界》，現在想想，她大概是想透過《動物世界》讓我學會如何做人。

而我之所以對動物那麼敏感，多少和我爸有點關係。我爸淨身出戶之前，曾帶我出去玩過一次，那也是他最後一次帶我出去玩，去的地方，就是動物園。

那是我第一次去動物園，那是我最後一次享受父愛。

所以我對動物的敏感應該是來自對父愛的留戀。至於是不是這麼回事，我就不知道了，但我是這樣分析自己的。

後來我相親，總是會把對方想像成一種動物，就像一個代號，方便我和馬琳在大庭廣眾之下肆無忌憚地吐槽相親對象。

「我覺得斑驢先生挺好的。」

「我知道他挺好，但是咱們不是想找更好的嘛！斑驢先生家裡條件畢竟一般，賺得也不多。丹頂鶴先生在銀行工作，至少可以滿足妳買買買的愛好，甚至送妳去包浩斯學設計也有可能啊！」

「我的條件也一般，為什麼要要求別人？再說做不到買買買，能做到買就行了。」

「妳看看！妳在買東西的時候也要貨比三家，最後買下一件最合身的，更何況是相親；妳挑來的男人價位又高又不能七天無理由退換貨，當然要試穿一下合不合身了！妳又不想都買下來，沒關係的。這是常態，不是壞。」

所以說，這是常態嗎？

可我很害怕這種世俗的常態，比如我小時候明明是想成為一位世界知名的家具設計師，讓全世界的人都用我設計的衣櫃和餐桌，可到底是什麼地方出了錯，讓我淪為一個普通人？

六歲那年，我爸和我媽離婚，我媽騙我說他當船長出海去了，可是這個城市壓根連海都沒有。十歲那年，和我青梅竹馬的同桌楊朝夕跟父母移民去了美國。臨走時，他缺著半顆門牙跟我說：「吳映真，妳得多吃點飯！」十四歲那年，我和馬琳冒著大雨蹺課去道觀抽籤，馬琳抽到的是上上籤，輪到我下跪的時候，籤罐子裂了。十八歲那年，我沒通過美術學院的考試。十九歲那年，我的腿越來越粗，可胸沒變。二十二歲那年，我暗戀一個學長，可那次下大雨，我眼睜睜地看他拿著傘把我學妹接走了，在屋簷下路過我時還不忘和我說了聲「Hi」。二十三歲那年，我排隊買包子到我這裡就售罄，排隊等公車到我正好客滿。二十四歲那年，我跨系考設計系的研究生，面試的時候考官和我說：「沒關係，明年再來。」二十五歲那年，我做足了面試的功課來到現場，本來想做自我介紹，可一張嘴卻把早飯吐出來了。二十七歲那年，我兜兜轉轉，終於找到一份和家具有關的工作，卻每天都在忙著促銷打折。二十九歲這一年，我相親無數，卻在為可能孤獨終老做準備。

所以，我明明那麼努力了，到底是哪裡出了問題，讓我淪為一個連自己都覺得太普通的普通人？

斑驢先生的微信是希望，讓我停止了無望的思考。我翻了個身，蹺起小腳，捏著嗓子和斑驢先生說：「沒有呢，還沒睡呢。」

斑驢先生回覆我。「怎麼還不睡？」

我說：「這就睡啦！」末尾帶點氣聲，是不是會顯得更性感？

斑驢先生問：「明天一起去看電影？」

「好呀。」我求之不得。

沒有對比就沒有傷害，見了丹頂鶴先生，我才知道斑驢先生在自然界中的珍貴。我下定決心要和斑驢先生發生點什麼，一心一意把他變成我的男朋友，再也不會背著他見別的相親對象。

03 斑驢先生

斑驢先生叫秦北冥，是個裝修公司的專案經理，比我小兩歲。他之前是長跑運動員，擁有一八二的身高和一身健碩的肌肉，我的馬尾辮剛好碰到他臂上接種疫苗後留下的疤痕。他的脖頸很粗壯，埋在表皮的血管走勢優美。皮膚是健康的小麥色，衝我微笑的時候會露出一口整齊的大白牙，讓人看了會萌生一顆蕩漾的春心。

他也許知道自己笑起來很招女生喜歡，見著我的時候就對我笑，介紹自己的時候也對我笑，問我吃不吃辣的時候還是對我笑。

「我是內蒙古人。」他笑著說。

「那你一定很會摔角吧？」我問。

「摔角不行，但是我從小就跑得很快。」他說完又笑。

他給我講當初在體校念書和參加比賽的事，一五一十得好像在向長官彙報工作，完全沒重點、沒觀點、沒興奮點，可我還要裝出一副很有興趣的樣子，因為馬琳跟我說：「如果妳喜歡一個男生，就一定要裝著很喜歡聽他說話的樣子，即使妳一句都聽不明白，也要嗯嗯嗯地答應著，這樣他就會很有自信。如果妳能給他自信，那他八成就會喜歡妳。相信我，男人都很傻的！」

所以我兩隻眼睛瞪得好大，源源不斷地透過消耗我眼中的水分進行著瘋狂的、自殘式的發光發電。可是聽他講話，總感覺眼皮裡長了東西，每眨一次眼都特別磨眼珠，難受得我直想翻白眼。

不過這一招好像真的挺管用，因為斑驢先生展露出來的微笑越來越多。只要他能對我微笑，我忍受的一切聲音廢料都是值得的。

後來我們吃完飯，他送我去坐車。等車時，他問我：「妳渴了吧，想喝點什麼？」

我說：「什麼都不喝了，車快來了。」

他說：「沒事，我一會兒就回來。」

我看著他跑過馬路，在對面的小攤販手裡接過兩瓶礦泉水，又跑了回來。他跑步和別人不一樣，有跳躍感，也許是專業運動員的緣故，看起來就是美。車站旁邊的看板上是一款新型的棕色ＳＵＶ，外形動感流暢，我看到下面附著的四個字：草原騎士。

他把瓶蓋擰好了遞給我，又衝我笑。

晚上躺在床上，突然又想到了那個場景，又想起那款車，但是我竟忘了車子叫什麼名字，廣告語也想不起來，只記得「草原騎士」四個字。我好奇搜了一下，意外地發現了斑驢的詞條。

斑驢四蹄健碩，奔走速度很快，每小時可達七十公里，有「草原騎士」之稱。這個奇異的動物竟和秦北冥一樣擁有線條優美的脖頸和漂亮緊致的臀。看著手機上的斑驢圖片，雙手好想摸摸牠柔順的皮毛。

當我在電影院門口找到斑驢先生，我沒想到他會這樣說：「妳的裙子很漂亮啊！」斑驢先生已經買好了爆米花，看到我的那一刻情不自禁地脫口而出。

我心中一驚，不得不感嘆馬琳的老謀深算。

今天上午，在我們一邊逛街我一邊給她講斑驢先生對我的重要性時，她抓了這條裙子給我看。

「穿這個。」

我瞅了一眼，碰都沒碰。「這也太俗了！有蕾絲也就算了，竟然還有大牡丹！」

「妳知不知道，以妳這個小經理為代表的一票直男都是被哪首歌灌溉長大的？」

「啥？」

馬琳竟然清了清嗓子，唱：「啊……牡丹，百花叢中最鮮豔……」

我目瞪口呆。

「聽懂沒？」

「聽懂了，牡丹最鮮豔……」

馬琳把裙子往我手裡一塞。「等啥呢，趕緊換上吧。」

後來，我穿著這條大牡丹走在赴約的路上時，心情一直很忐忑。我甚至產生了自卑心理，覺得那些看著我的路人都在驚訝於我奇葩的穿衣品味，真羞恥。直到看見斑驢先生的笑臉，我才知道，我的世界觀原來只是自以為是。

有那麼一刻，我悲憫地想：難道我這輩子都要穿不喜歡的衣服，去取悅喜歡的人嗎？如果我喜歡的人喜歡我不喜歡的衣服，那麼我為什麼還要去喜歡這個人？

可是，如果讓我現在拒絕斑驢先生的笑容，告訴他這條裙子醜爆了，他的品味土得掉渣，我真的做不到。

坐在電影院的椅子上，蕾絲邊有點刺，追逐戲有點無聊，我挺好奇斑驢先生會不會在這黑燈瞎火的最後一排吻我，可是我又有點害怕，又不知道在怕什麼。這種矛盾讓我沒有辦法專注於電影的故事中，只能一次又一次地偷瞄斑驢先生。他倒是很專注，咧著嘴「嘿嘿嘿」地傻笑。

我本來想吃點爆米花，發現爆米花盒子竟然被斑驢先生夾在了兩腿之間。他怎麼能這樣做！那我還怎麼去盒子裡掏奶油味的爆米花來吃？電影不愛看，坐著不舒服，有爆米花不能吃，還擔心他會親我，每一樣都很耗內力的。

終於散場，和斑驢先生走出電影院時我有點犯睏，但還是要保持淑女狀態，不然我所有的犧牲都前功盡棄了。

「妳餓嗎？咱們去吃點什麼吧？」他問我。

「好呀。」

找餐廳的時候讓我有點驚訝，一個韓式餐館門口的電視播放著喜劇節目，斑驢先生竟然像個小孩一樣站在那裡看電視，傻呵呵地咧嘴笑，然後我就像他媽一樣站在那裡，驚訝地看著他。

喜劇節目到了一個段落，他才想起來還有這麼一個我，趕緊轉過頭和我說抱歉。

女人在碰到喜歡的人時都會變成小賤人。我笑著擺擺手，說：「沒關係，我也覺得挺好看的。」

其實我覺得好看的是他的身材，若不是因為這一點，我能陪他在大太陽底下幹這事？

他說：「我想起來了，聽說這附近有一家特別好吃的醬排骨店，要不我們去那兒吃吧？」

我當然是一萬個「沒問題」。

問題是斑驢先生找不到地方，他選擇打開手機，跟著導航裡那個嗲嗲的聲音找。也許是店面太小、胡同太深，我們就快走到地老天荒也沒聞到醬排骨的飄香，我兩隻腳都快要抖出一支小曲來。於是我說：「要不咱們問問吧，興許這附近的老居民能知道呢？」

他堅定地說：「不用問！應該就快到了。」

於是又走了一圈，又走了回來，又沒有找到。

我又說：「要不咱們去別家吃吧？」

他卻說：「要不……妳去……問問？」

坐在排骨店，我突然有點想哭。我知道那是我的內心被我的欲望和身體感動哭了，看著向我傻笑的斑驢先生，我特別想伸手摸摸他的毛。

斑驢先生要了兩份醬排骨套餐，我再也裝不下去了，悶頭就啃了起來，我們倆就這樣對著啃排骨。中途斑驢先生加了一碗米飯，我本來也想加，但為了我們能夠有長久的「友誼」，我忍著沒這麼做。酒足飯飽，我的腰剛剛直起來，就聽到斑驢先生的一聲嘆息。

「怎麼了？」我問。

「最近牙疼，一吃硬的東西就疼死了。」斑驢先生捂著左臉。

「怎麼回事？要不要去醫院看看？」我關切地問。

「沒事，就是上火了。」

「怎麼上火了？最近有什麼煩心事嗎？」我一副賢妻良母的姿態。

「欸，我問妳一件事。」他收起了笑容，我心裡突然就陰了下來。

「你說。」

「我最近要轉正了。」

「這是好事啊，嘆氣幹嘛？」我也替他高興。

「我們主管要我下週一向他彙報工作，讓我說誰幹得好，誰在工作中偷懶了。妳說我怎麼說呢，都是一起工作的哥兒們，只有一個能轉正的，讓我怎麼說？真鬧心。」他很明顯不擅長這個，一臉怨懟。

我以為，我表現優勢的機會終於來了。

於是我挺了挺胸前的那朵大牡丹，說：「你以為你們主管是真的要讓你打小報告嗎？不是的，對待這種工作彙報，你只需要記住一點，就是對事不對人。你要說沒錯，是存在工作偷懶的情況，但是我一直都兢兢業業、勤勤懇懇地完成我的工作，沒有一絲馬虎和懈怠。除了這些，你還要表決心。」

「怎麼表決心？」

「說未來呀，說你未來要怎麼做，要更加努力、為公司和工作付出更多，要顯示出你對這次機會的渴望和勝任，這樣才能既不得罪人又把自己凸顯出來，主管也會高興。」

我說完之後，斑驢先生愣愣地看了我一會兒，然後才低著頭說：「哦，咱們走吧，我去買單。」

我有點小小的滿意，我覺得斑驢先生一定是被我深深地感動到了。怎麼會有比他更幸運的男人，好女人和好工作都在向他招手，正應了星座運勢文章裡經常出現的那句話：事業愛情雙豐收。

我都羨慕斑驢先生了。

兩天後，他給我發了一條微信，說他轉正了，謝謝我。我當然很開心，立刻回覆他：

「太好了！恭喜你！得請客吃飯哦！」還附上了扮可愛的笑臉，一絲不苟地和他發微信。

可是，這條微信發出去後，我卻再也沒有收到回覆。

剛開始我並沒有多想，以為他轉正後會很忙。三天後我又給他發了一條微信：「忙嗎？」還是沒有回覆。

五天後，我給他打了一個電話，響了兩聲，就變成正在通話中了。

我花了很多心思的斑驢先生，就像斑驢一樣，在這個地球上消失了。

馬琳很生氣，她把我和斑驢先生的介紹人狠狠地打了一頓。這年頭當紅娘也不容易，風險太大了，弄好了自然功德一件，弄不好不僅裡外不是人，甚至有可能招來殺身之禍。

馬琳顯然是下了狠手，不然介紹人也不會全程都在撕心裂肺地大叫著：「妳放過我吧，老婆！」

馬琳自然是不依不饒。「我說你怎麼能介紹這麼一個渣男給吳映真！你還嫌她不夠可憐不夠慘嗎?!」

這話聽起來有點不對勁，但是他倆這場戰爭是如此之激烈，以至於我根本就插不進一個疑問。

程淺那扭曲的臉上快速張合的，是他扭曲的嘴。「我也不知道他渣啊！他就和我說不合適，別的他什麼都不肯說！」

「肯定有理由！不然不可能之前相處得好好的，現在連個微信都不回，太絕情了！」

「我也覺得有問題，可是他真的什麼都不說啊！」

「不行！你給我問出來！你必須給我問出來是什麼原因！」

馬琳下了死令，我站在一邊袖手旁觀。我覺得這畢竟是「家暴」，外人不好插手。另外，其實我比任何人都更想知道真相。

04 動物世界

我的情路亮起紅燈時，我的事業路上也堵車了。

我們家居生活館的業績連續下滑，到今天為止已經第三個年頭，這倒是和我入職的時間很同步。也許是為了慶祝我入職三週年以及生活館業績下滑三週年，早上八點，主管特意召開了全員大會，宣布家居生活館正式更名為「凡爾賽宮」。

凡爾賽宮，這名字讓我瞬間覺得自己應該是一名穿著大蓬蓬裙、每天在國王身邊端茶倒水的法國宮女。可是我認為我們的家具之所以越來越賣不出去，並不是因為不夠高端大氣上檔次，恰恰相反，床和梳妝檯的雕花精緻得會讓顧客質疑它的舒適性。更讓顧客望而卻步的是它們越來越昂貴的價格，如果一個買家具的地方不叫「生活」而叫做「宮殿」，那麼真的會有人在這種家具中找到家的歸屬感嗎？

「那麼今天就是這樣，大家還有什麼意見和建議嗎？」老闆在散會之前總要例行公事。

對於這個提議，我是有意見和建議的，但關鍵是要不要提出來呢？

可是沒等我叫住老闆，老闆就先叫住我了。

「吳映真，妳留下來，大家可以走了。」

我留了下來，又跟著他去了他的辦公室。

我們老闆是個五十多歲的離異老胖子，木匠出身，在家具行業摸爬滾打了三十年，據說孩子被他扔到澳洲去了，自己一個人在國內尋花問柳好不快活。他和我們賣場的好多漂亮女生都眉來眼去的，大家都能看到眉來眼去，但眉來眼去之後還有沒有後續大家就不知道了。

他從來不和我眉來眼去，三年了，一次「眉來」都沒發生過，我當然也就更不會主動拋給他個「眼去」。之所以人身安全常年零事故，主要有三點原因：第一，我不漂亮；第二，我不小；第三，我是個一心一意給他幹活的驢，在他眼裡，我可能就不是個女的。

當年他許諾我說，先讓我在企劃部摸索三年，了解家具裝潢的行業門道，再讓我進設計部學習，培養我做設計師。

於是這三年來我在企劃部事無巨細，從大型活動的策劃到廣告投放的預算決算、微博微信的製作推廣，再到部門員工的出勤報表，我一個人幹一群人的事。早八晚九，有活動的時候早五晚十二也並不稀奇。工資自然是在上漲，但是我辛苦堅持下來的原因無非就是一個：進入設計部，成為設計師。

所以老闆讓我留下來的時候，我還有那麼一點小興奮，心想這麼多年盼星星盼月亮，現在終於都被我給盼來了。

「妳坐啊。」

老闆把昨天晚上喝剩下的茶水往身後那棵巨大的發財樹上一潑，動作乾淨俐落。

「小吳，這三年，妳辛苦了。」老闆看著我的眼睛。

「能為家居館盡一份力是我的榮幸。再說，這麼多年，您也沒有虧待過我。」我說。

我的言外之意是，那三年之約，您老也應該兌現了吧？

「嗯。」老闆沉吟了一會兒，然後突然親切地問我：「小吳啊，妳有男朋友了嗎？」

「啊？沒有呢。」我沒想到，怎麼畫風轉換得這麼快。

「妳也快三十歲了吧？」

「二十九。」這個數字從我的牙縫裡擠了出來。

「哦，那還是快三十歲了呀。」

「呵呵呵。」我無話可說，只能擠出來一個艱難的笑。

「妳看妳這麼好的女生，忙得都沒有時間談戀愛了，妳說我這個做長輩的，真是於心不忍啊。」

據我所知，他老人家連做他親兒子的長輩都很不合格，哪根筋不對勁又到我這裡來做長輩了？

「我和妳爸的歲數應該差不多，我要是妳爸，也替妳著急，閨女這麼大了還沒男朋友呢，這擱誰誰不著急啊，妳說是不是？」

「是。」

我慢慢覺得不對勁了，可是沒摸清老闆的意圖之前，我只能先按兵不動，順著他來。

「所以，我更希望妳能做一個輕鬆點的工作，多留出點時間來找找男朋友，這才是終身大事啊，妳說是不是？」

他這麼一說，我就明白是什麼意思了，但我還想為自己再爭一爭。於是儘量微笑著說：「所以還請您像當初答應我的那樣，把我調到設計部去。我在那兒應該會有更多時間談戀愛，也會有更多的能量為公司創造更大的產值。」

「唉……」只聽老闆的一聲嘆息，這嘆息打碎了我夢想的殼。「妳也知道，我們公司的營業額連年下滑，設計部的人太多了，我肯定是要裁員的。」

「就算不去設計部，我在企劃部也幹了這麼多年，我的能力和經驗——」

我還沒說完，辦公室的門突然開了，一個甜美的女聲說：「哦，對不起，我不知道你們還沒說完……」

老闆說：「妳來得正好，妳吳姊一會兒要整理東西，妳也幫幫忙，就直接搬過去了。」

「是，老闆。」

我回頭一看，正好看到與聲音同樣甜美的笑容。我在賣場見過這個漂亮女生。我不再說什麼，而是很榮幸看到老闆眉來眼去的故事終於有了結局。

於是我站起來，微笑著對他說：「謝謝您的關心，不過我忘了和您說，我沒爸。」

我從公司出來，看見工人們正在更換賣場的牌子，「生活」兩個字被繩索吊著扯了下來，金光燦燦的「凡爾賽宮」正等待著被升上去。下午的陽光炙熱，這四個字正刺著我的雙眼，馬琳的電話剛好打進來。

她說：「映真，程淺套到真相了。」

我說：「大馬，我失業了。」

當這種情況發生的時候，我們是一定會在西馬串店集合的。西馬串店的食客還是那麼多，不過還好，因為今天失業，我三點就下班了，難得不用排隊，自然要點些好貨。

「服務生，給我來四串大腰子，二十串羊肉，二十串牛肉，十串菜卷，再來一份烤生蠔，先開四瓶啤酒，涼的。」

馬琳沒有對我的點單持任何異議，我有預感，她今天要和我說的真相，會比失業這件事更讓我崩潰。

「說吧。」

馬琳很認真地看了看我，就像一位醫生透過觀察一位病人的狀態，以此來決定是否現在就將他得了絕症的消息說出來。

「要不咱們等啤酒上來了再說吧，我有點口渴。」馬琳說。

「那就等先吃飽了再說吧。」臨刑前，我十分渴望吃上兩串新烤的大腰子。

於是我倆就放開了吃喝起來，四瓶啤酒不夠，於是又要了四瓶；八瓶啤酒還欠點火候，接著又補了兩瓶。當第十瓶啤酒下了肚，我覺得雙手握住的根本不是啤酒瓶，而是旋轉木馬的桿，我得握住了，才能不從馬上摔下來。

馬琳一向比我有酒量，因為她再一次地觀察我，看了又看，看了又看，這才跟我說：

「映真，那小子果然是個渣男，妳不和他交往就對了。」

「到底怎麼回事？」我想我終於可以知道真相了。

「那天，程淺和幾個哥兒們吃飯，其中也有斑驢。後來他們喝多了，開始聊起女人，有一個哥兒們誇自己的女朋友有多麼能幹，做房仲的，上個月拿下了四百多萬的銷售額，妳說厲不厲害？」

「厲害！」

我本來想舉起大拇指，但是我不敢鬆開酒瓶，怕一鬆開，我就得從馬上掉下去。

「是呀！程淺的哥兒們也都覺得很厲害，巾幗不讓鬚眉，可是妳猜那小子說什麼？」

「他說什麼？」

「他說你們覺得那樣的女人真的好嗎？女人太強有什麼好處？我前一陣子認識一個女的，那叫一個精明，指導我跟主管應該說什麼，不應該說什麼。這種女人太有心計了，以後把我賣了我還得幫人家數錢呢！妳說他說的是誰？」

「我唄。」我嘿嘿一笑，原來我是把人家生生嚇跑的。

「他當時喝多了，忘了程淺還在場呢！把實話給說出來了！他這個大傻子！」

馬琳罵斑驢先生「大傻子」的時候中氣十足，她的丸子頭散落了許多柔軟的碎髮，在她發力罵人的時候，隨著晃動的頭飄搖著，讓我想到了大海的波浪，也是這樣彎曲浮動的；又讓我想起帆船，帆船就是在波浪上航行的。

這一想到船可壞了，暈船的感覺瞬間貫穿了我的身體，我趕緊向廁所跑去，雖然起跑的一瞬間，我已經記不得西馬的廁所在哪兒了。

嘔吐的感覺就像有一雙無形的大手給奶牛擠奶一樣地擠著你的胃，這種感覺並不好受，但根本停不下來。

馬琳在後面拍打著我的後背，其實我一直想和她說：「妳快回去吧，不然咱倆的包包誰看著啊！」

其實我挺佩服我自己的，都吐成這樣了，還能惦記起自己的包包。此刻有這等覺悟的人都是熱愛生活的失戀者，都是不會對生活自暴自棄的失業者，都是關心明日陽光的失意者，可惜我就是沒有機會和馬琳說。

當那無形的雙手終於放過我的胃時，看著我剛才閉著眼睛吐出來的成果，突然間又浮現起斑驢先生的臉，於是，我又吐了。

這一吐算是徹底了，我把晚上吃進去的那些肉串，包括對斑驢整個物種的非分之想全都吐出去了。我這個人優點不多缺點不少，但有一個優點是我引以為傲的，就是我不會為一件事哭兩次，也不會為一個男人吐兩次。

全吐出來以後，我的內心一片清明。我再也不會為了誰而穿我不喜歡的裙子，不管我以後是找不到工作還是變成肥婆，我都不會為了嫁人而委屈自己。事實證明，為此多委屈也沒用，因為嫁不出去就是嫁不出去，所以做自己就好了。

想明白這件事，我的胃就舒服多了。馬琳關切地問我：「映真，妳沒事吧？」

「沒事啊。」為了證明我真的沒事，我還用僵硬的嘴角向她展示了微笑。

笑完了，我有點後悔，特別想和她說這個不算，我重新笑一個給妳看。於是我就又笑了一次，還是不完美，接著我又笑了起來。在馬琳看來，我微笑的節奏是這樣的：「呵呵……呵呵呵……呵呵呵呵……」

通常在影視劇裡，如果一個人物出現了這樣的笑聲，那麼他八成是在扮演一個瘋子。我看到馬琳皺著眉頭說：「吳映真妳別這樣！沒必要為這個渣男難過，他有病，咱們不能跟他一樣！」

「我沒難過啊。」我說。

馬琳有點急了，她說：「吳映真，妳別憋著，有什麼不痛快妳就發洩出來，千萬別弄出內傷來！」

我說：「我不是剛發洩完嗎？還怎麼發洩什麼啊？我已經沒東西可吐了啊！再說了，多大點事啊，人家又沒有和我談戀愛，就是相處看看嘛，發現不合適及時收手，這很正常。」

聽到我這樣說，馬琳臉上那些擔心的褶皺瞬間鬆弛了下來。她打了個哈欠說：「那就出去吧，廁所味道挺重的。」

我倆又回到座位上。馬琳說：「我讓程淺現在來接我們啊？」

我說：「不著急，歇會兒。」

於是馬琳給我要了一壺茶水，西馬串店牆上的電視正在播放《動物世界》，我就一邊喝茶水，一邊看《動物世界》。

我問馬琳：「妳知道斑驢長什麼樣子嗎？」

「我當然知道啦，我見過秦北冥。」說話間，馬琳已經打開了手機遊戲。

「我是說斑驢！真正的斑驢，不是秦北冥！」我說。

馬琳問：「哦，不知道，牠是斑馬和毛驢的孩子嗎？」

我說：「不是，但是從外表上來看也差不多。牠們的前半身是斑馬的花紋，後半身卻像驢子。」

「所以呢，牠的肉能吃嗎？」

馬琳作為一名合格的肉食動物，連頭都沒抬一下，就在不經意間問出了自己最感興趣的問題。

「當然，斑驢的肉味道又好，出肉量又高。」

「那還真是一種好動物。」

「可是牠們在一八八三年就滅絕了。」

「哦，所以呢？」馬琳顯然沒有明白我為什麼要給她講這些。

「妳知道牠們為什麼滅絕嗎？」我問。

「被人類吃光了唄。」

「不，人類是很喜歡吃牠們的肉，但是這還沒把牠們逼入絕境，真正可怕的是人類看上了牠們的皮。在歐洲，牠們的皮價格很高，這才導致斑驢的最終滅絕。」

「所以呢？」

「所以，太注重外表是多麼可怕的事情。」我悠悠地說。

馬琳搖搖頭，撥通程淺的電話。「程淺，你快過來接我們吧，吳映真喝多了。」

05 當時為什麼沒有再考一年

我失業在家，最鬧心的不是我，而是我媽。

我媽作為一名快退休的優秀高中語文老師，雖然現在已經退居二線，成為學校圖書館的管理員，但是對待工作仍然兢兢業業、一絲不苟，所以對於她都有班可上而我卻沒班上的事實難以忍受。但我媽畢竟是有知識有修養的老太太，當然不會把這種痛苦當面跟我說，可知母莫如女，我能從她每天做菜時放入的食鹽含量看出她最近的心情。

所以最近一段時間，我媽做的菜，每一道都鹹得過分。我當然不敢吱聲，在家啃老的人還好意思說媽媽做的菜難吃嗎？

可能是由於最近有大量食鹽攝入體內，讓我萌生了新的力量，因此我把這次失業當作新的開始，所以我的履歷大多投給了家居設計類的職位。可是幾乎全軍覆沒，只有一家公司讓我過去面試。

我當然很高興，帶著我的畫稿和最貴的包包就過去了。

對方是一家家具設計的小公司，面試我的人年輕且英俊，雖然穿著深色西服，但他臉上的膠原蛋白好像多到一轉頭就會因為重力加速度而流下來，裹在白襯衫裡的肌肉證明他是健身房或者戶外運動的常客。

人卻親切得很，眼神裡都是熱情的光芒，還為我挪椅子讓我坐下。

「外面很熱吧。」他拿著遙控器把空調開大。

「還可以。」我說。

「天氣預報說今天三十度呢，一路上辛苦啦，冰水可以嗎？」他又走到飲水機前面。

「可以。」

他把水擺在我的面前，自己也在我對面坐下。

「我叫許諾，我們是個剛起步的小公司，我一個人兼任好幾攤工作，老闆、人力資源、財務、業務員甚至搬運工，都是我一個人，省錢嘛。」

「創業公司起步難，不過你年紀輕輕也很了不起了。」我誇讚他。

他搖搖頭。「哪兒啊，我自己是有想法和抱負，但是真正要實行起來，還是免不了俗，要借用我爸的財力和資源。」

這麼坦誠的富二代我還是第一次見到，不過話又說回來，我也不認識幾個富二代。

「我看了妳的履歷，妳之前在風範家居生活館幹了三年的企劃，怎麼又想做設計了呢？」他問我。

「因為我本來就是想做設計，而且之前的老闆也承諾我，說我做滿三年企劃，就會讓我去設計部，但是他的承諾沒有兌現。」說完我突然反應過來，「噗哧」一聲笑了出來。

「不好意思。」我說。

「沒事。」他倒是習以為常。

「那麼妳為什麼離開那裡？」他問。

「因為合約到期，還有就是老闆的個人原因。具體是什麼原因，我雖然離開了，不管發生過什麼，我也不想說老東家的壞話，畢竟我在那裡學到很多，也得到了很多。」我說。

許諾看著我的眼睛裡有一些來路不明的光。當我開始懷疑自己是不是說錯了什麼的時候，他終於點點頭，接著問我：「妳是學工商管理的，為什麼想做家居設計？」

「因為這是我從小的夢想。」我說。

「那妳上學的時候為什麼不選擇這方面的科系呢？」他問。

「我選了，但是我沒考上。不過這麼多年，我也從來沒有放棄過畫畫和設計，我今天帶來了我自己畫的設計圖。」

我轉身從包裡拿出來畫冊給許諾看，許諾認真翻看起來。

「其實妳畫得不錯，但還是缺少專業性的東西和設計經驗。很有想法和創意，但總感覺是個門外漢。我說話直接，妳不要生氣。」

許諾向我道歉，我知道他對我的評價直接，但我也知道這是準確的。

「當時為什麼沒有再考一年呢？」他問。

是呀，當時為什麼沒有再考一年？

我在高一的時候告訴媽媽想要學畫畫的志向，我媽媽沒有反對，但也沒有特別支持，因為家裡的情況擺在面前，一套顏料買下來，我媽就得每天多講四個小時的課；品質好一點的，她每晚就要十點回家。我家裡沒有這麼大的草原，供養我這匹夢想的小野馬。可我知道，我媽已經竭盡全力了。

我當時的成績也不錯，考個本科的重點大學應該沒什麼問題。但考美術專科要有半年的時間全天在畫室。當時我的班導師和我媽說：「妳確定要讓吳映真走這條路嗎？她本來可以考上很好的大學，可這樣一折騰就懸了。而且，您的家庭狀況，學藝術也會費勁的。」

她和班導師說：「我一個人養著她，就怕她會恨我，走一步看一步吧。」

所以我決定賭一次大的，用青春做籌碼，向全國最好的美術學院挑戰。

可惜，我賭輸了。

輸了就回去好好考文科吧，偏偏我又得了闌尾炎，手術加恢復，能參加高考就已經不錯了。後來我看星座書上說，那一年，土星在我的本命宮壓著，換句話說，就是活該我倒楣。

可我究竟為什麼沒有堅持再考一年呢？

現在想想，可能是因為那時候覺得自己還年輕，以後會有大把的時間迂迴攻堅，總是有辦法成為設計師的。現在看來，這種想法太幼稚，人生已經在我的妥協中掉了頭，青春也在偏離的軌道上漸漸遠去。

那麼現在，我要怎樣回答許諾呢？

我什麼都說不了，我只能微笑著說——

「就是……沒有。」

許諾善解人意地點點頭，眼神裡是令人舒服的光。

我當然沒有成功。他們公司小，需要老手，能馬上投入到工作中的那種人才。作為在職場工作了三、四年的人來說，我當然理解許老闆的選擇，每個人都有選擇的權利，當年沒有人逼著我一定要念工商管理，一定要去那所大學，是我自己去的。所以現在，我怨不得這個小老闆。

既然履歷都石沉大海了，又趕上這幾天陰雨連綿，索性在家吃冰淇淋看電影。

06 貓先生

那天我正在重溫《珍愛來臨》，英俊傲慢的湯姆突然打擾正在眾人面前朗讀的珍．奧斯汀。和湯姆一樣闖進來的，還有我老姨打來的電話。

我老姨說：「真真，妳在幹嘛？」

我有點不好意思，把電影暫停，說：「在家呢。」

我沒想到我老姨聽了還挺高興，她說：「那正好，我一會兒給妳發過去一個男孩的照片，妳也給我發一張漂亮點的照片，聽見沒，快點啊！」

我更不好意思了，我說：「老姨，那個，我現在在家待業呢，妳還給人家介紹不好吧！」

我老姨說：「這怕什麼！妳又不是待業一輩子，妳先跟他見面，那邊工作也找著。那句話怎麼說來著，兩手抓，兩手都要硬嘛！再說了，妳已經沒工作了，再耽誤找對象這不更完蛋了嘛！」

我老姨不愧是在高校後勤工作了一輩子的老幹部，說起話來句句在理，字字誅心，除了乖乖拿出自己的照片，我沒有任何拒絕的理由。但是，我想起一事，於是問我老姨：「老姨，我不是給過照片嘛！」

我老姨不是第一次給我介紹對象了。她是我的長期紅娘，我媽說，我老姨打小就人美嘴甜、八面玲瓏，識人的眼光又穩準狠，最好的例證就是我那個當年還是廚房水台師傅，如今擁有十二家連鎖大酒樓的姨丈。先天資質好，後天經驗足，又自帶優秀專案案例，這樣的人才去天宮應聘紅娘職位肯定毫無懸念，優先錄取。

可惜我老姨這半輩子練就的一身武藝無處施展，她兒子高中時就早戀，大學畢業就早婚了，根本沒有給她一丁點施展才能的機會。她一口沸騰的老血在胸中滾來滾去，當我終於過了二十一歲，我老姨誓要將這口熱忱染紅我的嫁衣。

她又是我媽這五個姊妹裡面唯一一個沒有退休且工作單位比較優質的，自然會產出優質的未婚青年，比如那些青年教授和青年教務人員，當他們到學校任職時，勢必會來我老姨那裡申請單身宿舍，至少也要辦張飯卡。這時候，我老姨都會熱情地與這群初來乍到的青年才俊說一句：「小夥子，你有對象沒？」

之前就說過我老姨火眼金睛，她也不是誰都問。不過在她開過口的人群中，單身率竟然高達九成，說她看人準，可不是徒有虛名。

她名聲在外，當然有很多人來找我老姨給自己家閨女介紹對象，這其中不乏副總經理的女兒、副校長的女兒、富一代的千金。可是我老姨那是我的親老姨，條件再好，排隊也要排在我後面，所以當我老姨從對方口裡得到的答案是否定的時候，她會迅速把手機按亮，然後指著螢幕快照說：「這是我外甥女，你看她行不？」

我又問了一遍。「老姨，妳不是有我照片嗎？」

我老姨說：「我跟妳說，這個條件可好了！叫楊照，父母在國外開公司，以前都是我們學校出去的學生，要不是這一點，人家還不來我們學校交流呢！我們校長請了一年才把他請過來待三個月，八抬大轎給抬來的！」

「簡直要上天了啊老姨！」

「所以妳趕緊再給我一張更漂亮的照片。」

「我那張還不夠漂亮？」

「不夠，我怕人家看不上妳，萬一連面試的機會都不給妳怎麼辦？ＰＳ會不會？美圖秀秀，知道不？」

合作多年，我老姨頭一次和我說這樣的話，沒想到她也有不自信的時候。

我突然想到一件事，我說：「等一下，老姨！」

我老姨特別不耐煩。「還等啥！趕緊的！」

我說：「妳說他就在這兒待三個月？」

我老姨說：「是呀。」

我說：「三個月以後呢？」

我老姨說：「他就回美國了呀。」

我說：「這太不靠譜啦！相親是以結婚為目的的，他走了，把我一個人留這兒，這不耍我嗎？」

我老姨說：「這事妳不用操心，我會幫妳問清楚的，只要他心誠，這些都不是問題！」十分鐘以後，我把一張在圖書館裡拍的照片發了過去，美顏效果顯著得只要不瞎都能輕易看出來。我老姨給我比了個「ＯＫ」。

我根本就不認為這事能成，因為小楊教授這大樹實在是太高了，我爬上去可能會冷，也可能會吸不上氣，還有可能摔死，更有可能我壓根就爬不上去。

我又看了二十分鐘電影，奧斯汀和湯姆剛跳完一個彆扭的舞，我老姨的電話又打了過來，聲音裡透著的那種興奮，我確信她得知自己意外當了外婆的那一刻都沒有這麼激動。她說：「真真啊，楊照同意見面了！」

「老姨——」

沒想到我亢奮的老姨都學會搶答了。她說：「人家說了，別的事都不用操心，能見面就行，他說見了面就都懂了。唉呀，我真是沒想到啊，這麼優秀的人竟然想要見妳……」

我黑著臉說：「老姨，這話是怎麼說的。」

我在心裡可憐了楊教授一秒鐘。他可真是初來乍到，沒見過中國的世面；可要不是因為這一點，我可能就見不著他了。

隨後我老姨發過來一張楊教授的照片。他穿著白襯衫，坐在國外圖書館的書桌旁，前臂像小學生一樣乖乖地貼在桌面上，正轉頭對著給他拍照的同桌微笑。那一張臉，是那種讓所有女生看了都會忍不住激發本能地說上一句：「這個哥哥好像在哪兒見過？」

我本來想把照片給馬琳看看，但是馬琳現在太忙了。她辭了銷售的工作，早上六點起床，去城北的培訓班上課，晚上九點才能到家，天天如此。馬琳之所以這麼拚是因為只要過了銀行的筆試，面試基本上十拿九穩。程淺的爸爸在銀行有相熟的朋友，那次兩家人見面，談到了這家銀行正在徵人，他和兒媳婦說，只要能進筆試，面試不成問題。

其實我還是羨慕馬琳。她是金牛座的，進銀行是她的夢想，目前看來，她這個待業女青年，所有的付出都是有回報的。而我這個待業女青年，基本被夢想關在門外了。可我從來都不認為，我的付出是不值得的。

夢想呀，就是讓你去犯賤的東西。

我沒想到我媽對這事會出奇地上心，還特意給了我五百塊錢讓我去買件新衣服穿。我不明白這些老太太都是怎麼了，難道在她們的眼中自己的孩子真的是天仙嗎？我突然理解了灰姑娘的繼母，可憐天下父母心，我也確實是親生的那一個。

楊照竟然約我在西馬串店見面，這讓我有點意外，還忍不住有點驚喜。

西馬串店是下午一點開門營業，由於我沒工作他沒課，我們約在下午兩點見面。我老姨和他說我的職業是小學老師，現在正在放假中，每天的每個時辰都有空。這話裡的意思就是：我家大門常打開，方便楊教授隨時「臨幸」我。

我說：「老姨，這不是騙人嘛！」

我老姨說：「我說妳是小學老師，並不是說妳真的是小學老師，只是表示妳是很正經的女生，時間又多的是，絕對不會耽誤談戀愛。這怎麼能是騙呢？」

我說：「老姨，這是什麼邏輯，妳就不怕有一天他會戳穿我？」

我老姨說：「妳這幾天就趕緊找工作唄，他又不知道，怕什麼。」

「可是我找不了小學老師的工作，我沒有教師資格證啊！」我想我老姨信口雌黃也要有限度，這麼嚴重的謊以後要怎麼圓呢？

誰知我老姨輕飄飄地說：「沒事，他是外國人，暫時還不明白這些，到時候妳說妳轉行了就行了。」

果然，薑還是老的辣。

西馬串店，我曾經來過無數次，可能是由於我今天的鞋跟太高的緣故，進門的時候不小心被門口的台階絆了一下，就這樣莽撞地衝進了西馬。站穩後，我一抬頭，就看見楊照正在向我招手，招得那是一個肯定、從容。我其實特別佩服他，我的照片都P成那樣了他還能在人群當中認出我來，不愧是高人。

我向他走過去。這個時間西馬串店的人不多，但是陸續有食客進門找座位。我看他站了起來，好像在特別迎接我。他穿著灰色的純色T恤衫、淺藍色牛仔褲，皮膚白淨得像牛奶，自然俐落的短髮，目測髮質有點軟，黑色的帆布包放在旁邊的座位上。

待我坐下，意想不到的事情發生了，這個神一樣的楊教授開口對我說的第一句話竟然是：「妳怎麼那麼胖了？」

對於一個女生來說，「胖」這個字就像一顆誅心的子彈，容易引發不必要的殺人命案。我知道給他的照片確實P得狠了點，但是我沒想到他會這麼沒禮貌！

這可怎麼辦？我要用什麼來嗆他？說你和照片上也不一樣，你比照片帥多了？我當然不能這麼說！雖然這是事實。

於是我說：「是啊，給你的照片我故意PS了，因為我想做個試驗，來證明直男癌患者都長著一雙願者上鉤的瞎眼睛。」

楊教授顯然沒有想到我會這麼說，他托腮看著我，似乎拿我當成一個課題來研究思考。他的樣子，很像一隻波斯貓。

看就看，誰怕誰。於是我也看著他。我們就這樣詭異地對視了兩秒，他突然莫名其妙地問我：「妳知道我是誰嗎？」

「我當然知道你是誰，你是牛得快上天的楊教授嘛！」我此刻的腦子好像一只畫著笑臉的紅色氣球。

然後，他竟然發出了一聲恍然大悟似的「哦」。

好像才想明白自己是誰一樣！

真沒想到，老馬也有失前蹄的情況，我老姨竟然給我介紹了個傻子。

我正在無言以對的狀態中無法自拔，突然聽到對方真摯地喊我的名字：「吳映真。」

「啊？」

「妳想吃點什麼？」他把菜單擺在我面前，衝我微笑。

在相親的時候，女方會有很多選擇。比如是選擇早到五分鐘觀察男生出現時的走姿，還是選擇晚到五分鐘，觀察男生等妳時的坐姿。第一印象很重要。同樣的，妳的選擇也會影響男生先看到妳的第一印象。所以這些選擇看似細節，卻有可能成為兩人關係的決定性原因。

此刻，我就面臨著這樣的選擇：到底要不要和這朵奇葩吃這頓飯？

其實，女生的選擇受客觀影響是非常大的，比如說此刻的我吧，我是真的餓了，所以我選擇：「我要五個羊肉串，兩個烤雞皮，兩個烤菜卷，再來一份辣白菜炒飯。」

我選的都是上菜快的食物，因為我想儘快結束這一次尷尬的相親。

楊教授點了一道烤比目魚和蛋炒飯，他竟然要了烤比目魚，這菜很慢的！

楊教授問我：「妳喜歡吃魚吧，對，我們一樣的。」

「呵呵，嗯。」雖然這是真的，但非常自以為是。

雖然他顏值很高，但是個顏值高的傻子，所以在等菜的時間裡，我全程都在看電視上播放的《動物世界》。

今天播放的是雪豹塔希提的故事。

「妳現在在做小學老師嗎？」對面傳來楊照的聲音。

我最怕他問這個，心裡虛出了一個大洞，於是更不敢看他，目不轉睛地盯著塔希提在捕獵，就像此刻的塔希提盯著那隻羚羊，鼻子裡哼出了一個底氣不足的「嗯」。

果然，對面沒有再傳出聲音。誰都能看出來我並不想再繼續這個話題。

當塔希提已經開始享用那隻肥碩的羚羊時，我的美食還沒有上來。

「妳這麼喜歡看雪豹嗎？」楊照又開始和我搭話。

此刻的塔希提迎來了春天，陽光燦爛明媚，牠正趴在一塊岩石上瞇著眼睛悠閒地曬太陽，偶爾打個哈欠或者眨個眼睛，看起來就像在院子裡打盹乘涼的鄰居。

我說：「不是，我只是喜歡大貓。」

「那妳知道 Cat Survival Trust 嗎？在英國倫敦。」

又開始飆英文了，除了 cat，剩下那兩個單字我根本就沒聽懂。還好我的辣白菜炒飯救了我。

楊照沒有再說什麼，因為傻子都能看出來我對辣白菜炒飯的熱情要比那個什麼 cat 大上十倍，要比他自己大上一百倍。我其實有點隱隱的奇怪，為什麼他還要跟我這種沒禮貌的人繼續講話，像這他種傲慢的霸道總裁型人設不是早就應該在嘲諷我之後冷冷地走掉嗎？

我見他微笑地看著我吃炒飯，於是禮貌地問他：「你吃嗎？我給你分一點？」

沒想到他竟然說：「行啊。」

然後還把面前的小碟子向我這裡推了推。我只是客氣一下，沒想到他還真吃？我在沒有動過的那一塊地方盛了兩勺遞給他。

他吃了一口就停下了。

「太辣了。」

然後，我看到他白皙的臉上漸漸泛紅。他又倒了幾次水，水壺都喝空了。

我是一個很糾結的人，這一點糾結尤其表現在我看《動物世界》的時候。比如，當一隻雪豹在追逐一隻羚羊時，我的內心是煎熬的，因為如果雪豹捕獲了羚羊，我會可憐羚羊失去了生命；可是當羚羊逃脫時，我會可憐雪豹要餓著肚子。

這種糾結總結起來就是：同情弱者症。

所以，當楊照說我胖時，我想讓他臥軌；當他被辣白菜折磨時，我又想給他倒水。

這就是「不爭氣人格」，俗稱「賤骨頭」。

快吃飽的時候，我發現楊教授很認真地吃那條魚。很認真很認真，那架勢，不亞於一場危險性極高的科學實驗。他好像是察覺了我在驚訝地看著他，一塊魚肉剛要送到嘴邊又放下了，然後抬起頭問我：「妳不吃嗎？我給妳留了一面魚肉。」

「我已經吃飽了。」我說。

於是我就坐在那裡等著他緩慢細緻地吃魚，這條魚直接導致這場乏味詭異的相親沒完沒了，由於最近睡午覺睡慣了，又吃得飽飽的，我開始有點昏昏欲睡。

可是楊教授還沒吃完。
我有點等不及，於是對服務生示意。「買單！」
我說買單雖然有催促他的意思，但是我也是真的想買，因為我不喜歡讓我不喜歡的男生請吃飯。如果我覺得我們不會再見面了，我會買單。雖然我尚在待業中，但是這點尊嚴的血我還是要出的。
楊教授馬上放棄了那條魚，抗議：「不要，我來。」
我說：「您接著吃吧，我買就是了。」
於是我走到收銀台前面，準備微信付款。
沒想到楊教授緊跟著過來了，直接拿出現金遞給服務生。
管收錢的服務生是個小女生，看見帥哥和鈔票還能搭理我？衝著楊照根本就合不攏嘴，還故意磨蹭時間。
「一共是一〇八元，這是您的帳單，請對一下，看看有沒有多加上去的菜。」
欸，我來西馬這麼多次，怎麼從來沒聽過這小女生主動讓我對帳單呢？都是我要她把帳單給我看看好嗎！
楊照看了一眼說：「好的，沒有問題，謝謝。」
「您再確認一下，我們機器印出來的有時候可能會出錯。」
我在旁邊都忍不住要見義勇為了。我對小女生說：「妳能不能快一點，後面還有客人等著呢。」

她很自然地白了我一眼，然後從收銀機裡挑選出兩枚嶄新的硬幣遞到楊照手裡。「謝謝您的惠顧，歡迎下次再來！」

我也禮貌地說了一句。「謝謝你請我吃飯。」

真是人長得美，連「謝謝」都比一般人多幾個。

可是當我們一轉身，發現楊照的黑色帆布包沒了。

07 雪猴先生

「你包包裡有什麼？」我緊張起來。

「有一個相機。」

「貴不貴？」我更緊張。

「還行，大概四萬塊人民幣吧。」

我倒抽了一口冷氣。

「其實相機還行，關鍵是我的筆——」

「是蘋果的嗎?!」

「什麼蘋果？」

「蘋果筆電！你——」我把已經滑到嘴邊的「傻子」又嚥了回去。

「不是啊，就是個紙質的筆記本，不過裡面的內容都是我洗澡的時候想出來的演算法，比較重要。」

「大哥，你洗澡的時候還算題目哪？你的筆記本是防水的嗎？」

「我洗泡泡浴的時候。」楊教授竟然還能衝我笑出來。

我理都沒理他，直接找到剛才收錢的小女生說：「找你們老闆來，我包包丟了，我要調監視器。」我說。

「妳找我們老闆沒用，包包丟了得先找警察，警察來了我們才能調監視器。」小女生淡定地陳述完抓小偷的步驟後，繼續收錢。

這樣的態度讓我有點生氣，但是現在不是生氣的時候，為了這事耽誤了找東西的時間不值得。

於是我急中生智，抱著試試看的態度指了指楊教授。「是他的包包丟了。」

果然，她抬起頭看著楊教授說：「沒事，您別擔心，我現在就幫您報警。」

一氣呵成。

警察不到十分鐘就到了。來了兩位警察，年紀大的一臉和氣，年紀小的有點嬰兒肥，卻看起來非常嚴肅。

警察都來了，店家馬上帶我們去辦公室，調出監視錄影給我們看。

從錄影看，小偷技術純熟，他一進門就不動聲色地直奔洗手間，並沒有經過楊照的包；可走的時候就像是剛在店裡吃完飯的客人，自然而然地伸手拿走了包包。但我注意到一個細節，他在馬上就要走出大門的時候跟剛進門的食客打了個招呼。這個剛進門的食客我看著有點眼熟，雖然臉看不清楚，但是這個彎腰駝背的走路姿勢卻無比顯眼。

我對警察說：「麻煩您能不能倒回去再讓我看看那個人？」

警察又讓我看了一遍。這走路姿勢，就算他整容了我都認識他——這不是我的相親對象，雪猴先生嘛！

「妳認識？」我發現小警察說話時不動嘴唇。

我點點頭。

「怎麼認識的？」他問我。

「相親。」作為一個女生，我還是有點窘迫的。我看了一眼楊照，楊照倒是一副看熱鬧的表情。

小警察又看了看楊照，問：「你們倆什麼關係？」

「我們……也是在……相親。」我如實回答。

那位警察大叔忍不住笑了。

他看著我，點點頭，而小警察則冷冰冰地來了一句：「理解。」

理解什麼？

警察讓我去店裡找雪猴先生，我憑藉記憶仔仔細細地找了一圈，但是沒有找到。

「也可能是我記不住他長什麼樣子了，如果他能站起來走兩步的話，說不定會更好找一些……」我說的確實是實話。

「他叫什麼名字？」小警察問。

「好像叫王明……」我好不容易想起來。

「怎麼寫？」老警察問。

「唉呀……這個我還真不知道他是哪個字……」我說。

小警察說：「這可能就有點麻煩了。」

「啊？什麼意思？找不回來了嗎？」我又緊張了。

「你們之間有什麼情感糾葛嗎？」

「啊？」

「妳確定他丟的相機裡面，沒有妳那種照片嗎？」

「哪種照片？」

我沒反應過來，楊照卻忍不住笑出聲來。他一笑我就明白過來了，頓時有一種不小心把辣油當洗面乳用了的錯覺——一時半會兒都找不著臉了。

我冒著違法的可能問冰臉小警察。「您確定您不是個假警察嗎？」

警察大叔這時候冒出來勸我。「別生氣啊，他只是想排除一種可能。」

我學著小警察的樣子來了一句：「理解。」

兩位警察私下交流了一陣，然後小警察又走進了辦公室，老警察走過來問我：「那個妳的……前任相親對象是幹什麼的？」

「他算是個人工作室吧……好像是弄二手車的。」我回憶道。

「妳現在還能聯絡到他嗎？」他問。

「不能，我都把他電話給刪了。但是我可以回去問介紹人，介紹人可以。」我說。

「那好，妳最好和他聯絡一下，有什麼事就及時通知我們。」

我點點頭。

「你們等消息吧，我們這邊有什麼進展，我會通知你們。」

楊照向警察道謝，店經理向我們道了歉，並免了這頓飯的單。

從西馬出來，我已經身心俱疲，含胸駝背，腳趾頭開始輪番在高跟鞋裡蜷曲，一句話都不想說。

楊照說：「妳等一下，我這就把車子開過來。」

對我說這句話的楊教授簡直就是天使。

我點了點頭。

當我坐上他車子的一刻，我都差一點睡著了。

楊照問我：「妳家住哪裡啊？」

我用手機導航給他看，他說：「太好了，謝謝。」

我說：「是我謝謝你。」

說完，我們就再也沒什麼話可說了。

全程只聽見導航裡傳出來甜美動聽的「走右側三車道」、「五十公尺左轉」、「前方有紅燈照相」。

我有一個針對相親對象的「三道門」情結。

我回家一共要經過三道門。一道社區大門，一道公寓大門，還有一道是自己的家門。通常相親對象送我回家，我會根據對這個人的印象好壞程度來決定他止步於哪道門。

目前為止，大部分人都止步於第一道門，只有兩個人止步於第二道門，其中有一個就是斑驢先生，還沒有人見過我的第三道門。

楊照也是我打算止步於第一道門的相親對象，所以當我按開安全帶的時候就對他說：「謝謝你送我回來，再見。」

沒想到他竟然問我：「等一下，可以停在這裡嗎？」

我說：「你放心，我快點下車就行了。」

「不，」他說，「我送妳。」

我忙說：「真的不用了，現在也不晚，我一會兒就到了。」

他沒有說話，而是在認真地尋找車位。我偷偷拉了拉車門，果然被鎖住了。

他把車子規規矩矩地停好，這才示意我下車。

「車子小有小的好處，開門的幅度會大一點，好下車。」他笑著說。

倒是不裝腔作勢。

我們跨過第一道門之後，他竟然還往裡走。我覺得該說點什麼了，他之所以執意要下車送我，應該就是在等我這句話。

於是我站住不動，對他說：「你看，今天這事弄得挺不好的，和我相個親還把相機弄丟了，不過你放心，我肯定會竭盡全力幫你找的！」

「啊，」他點了點頭。「接下來往哪裡走？是往這邊嗎？」

「啊，這邊。」我沒想到他還真的按著我指的方向邁步。我又一次阻止他。「欸，我說你回去吧。」

「好的。」嘴裡說好，腿上卻往不好的方向繼續走著，我也只能小跑地跟著他。

「我最近要參加一個研討會。」他說。

「哦。」

「大概週五能回來。」他說。

「哦。」

「所以週六打算去買家具。」他說。

「哦。」

「嗯。」

「這回真的到了，你快回去吧！」我站在公寓門口止住腳步。

楊照往樓上看了看，問我：「爬上去挺累的吧？」

「還行吧，這種老舊社區，沒電梯，沒辦法。」不過他怎麼知道我要很累地爬上去，難道我沒有住一樓的面相？

看著我走進了漆黑陰涼的樓道，楊照才擺擺手離開。

我嘆了一口氣，想著該如何重新拾回我與鄰居趙大媽那破碎的感情。

08 介紹人得罪不起

趙大媽就是我和雪猴先生的介紹人。

雪猴先生是趙大媽的外甥，當初因為我刪了雪猴先生的微信和電話號碼，趙大媽一氣之下也差點刪除了我的聯絡方式。她在社區裡逮到我媽就抱怨：「妳家映真太不懂事了，妳說妳跟人家不成可以，但買賣不成仁義在，哪有說都不說一句就直接給人家刪了的?!」

趙大媽嗓子裡安裝了天然的環繞立體聲響，兩句話一喊出去，樓上的十幾個腦袋探出窗戶來。

我媽當時手裡正攥著一捆韭菜，為了省錢沒要塑膠袋，她的手指深深扎進細密的韭菜裡，擠出綠色的汁水，升騰出綠色氣味。

我媽反擊。「有什麼仁義？我又沒買賣過女兒，哪來的仁義?!」

也許是單親母親的緣故，我媽平時溫和得很，誰說她什麼她都可以一笑了之，唯獨說我，不行。

家庭婦女出身的趙大媽，對於我媽這個邏輯顯然有些措手不及。她癟了癟嘴，終於癟出了一個字正腔圓的「好」。

「好，沒人管妳家女兒！」

「謝謝，我也覺得我家女兒妳來管不合適！」

我和其他吃瓜群眾一樣趴著窗戶目睹了一切。我發現兩個平時聊不到一塊去的老太太，吵架也吵不到一塊去。各自的知識結構都太不同，吵起來根本就不和諧，更沒有快感可言。

我有點心虛，眼瞅著我媽趾高氣揚地進了門，我趕緊把洗衣機上的髒內衣按進水盆裡，扮演愛勞動的好寶寶樣子。

我媽果然氣得不輕，進門劈頭就問我：「妳為啥刪了人家的聯絡方式？妳不想和人家相處就好好說，咱們家孩子不能突然玩失蹤，沒禮貌！」

我說：「媽，這事不能怨我，我已經和他講得很清楚了，他還總給我發奇怪的微信！」

我媽問：「有多奇怪？」

我擦擦手，說：「我都刪了，他人也都刪了，而且太占記憶體了！」我接過她手裡的韭菜，說：「不過我可以背出來。」

「妳怎麼還會背？」

「因為他隔三差五就發一次，而且每次發的內容都是一模一樣的：映真，妳上次不辭而別，其實我是懂妳的。請妳不要這樣自卑，要記住妳是非常好的女孩！跟上我的腳步，我們一定會很幸福的！」

我媽靜靜地看了我三秒，沒有說話。

「每次都是這樣，一字不差。」我聳了聳肩膀。

我媽想了想，然後說：「妳先給我講講你們倆是怎麼回事吧！」

我撈個凳子坐下，開始給我媽講我和雪猴先生的相親故事。

雪猴先生約我在火鍋店見面，屋裡人聲鼎沸，蒸氣繚繞，彷彿置身仙境一般。我從來沒來過通風這麼不好的火鍋店，誰都看不見誰，我當時腦子裡的第一反應就是：這特麼能找到相親對象嗎？可別相錯了人。

煙霧中，我看見了一個周身環繞仙氣的菩提手串正在空中飄動，我心中大動，以為自己真的到了太虛幻境。看這空中，還飄著法器呢！

「請問是吳小姐嗎？」一個帶著笑的聲音傳了出來。

我正瞇眼睛找這聲音的主人呢，誰知道霧氣散開，一個頂著三分頭、穿著花襯衫、花褲子、花皮鞋的男人正站我對面衝著我呵呵笑。

我本能退後一步。他說：「妳好，我是王明。」

我說：「你好，王先生。」

他說：「別叫王先生啦，多見外，叫王哥吧。」說著一轉身，對我回眸一笑，說：「這邊走，妹妹。」

我緊緊跟著他，生怕一個不注意，就丟失在這雲裡霧裡了。

雪猴先生帶著我在一個空桌邊落坐，他選的這個位置還挺隱蔽，七拐八拐，挨牆靠窗，四周無食客，往來無跑堂。

我說：「你這位置選得堪比包廂！」

他說：「還行，我前一天訂的位置，我說越隱蔽越好，要談大事。咱這不是大事嘛！」

他樂呵呵的，笑起來有些顯老。

我也學著他「呵呵」一樂，說：「看來你很喜歡吃火鍋啊。」

沒想到他臉一繃，嚴肅起來說：「不是，我不喜歡。不過我這個人啊，皮膚特別乾燥，就喜歡濕一點的地方，火鍋店啦澡堂什麼的。」

原來他來火鍋店並不是因為想吃火鍋，而是命中缺「濕」啊！

「點菜吧、點菜吧！」他大聲招呼服務生。然後跟我說：「妹妹，妳隨便點啊！千萬別跟哥哥客氣！不過我呀，不太喜歡吃肉，吃肉體內濕氣太重，我最近養生，不吃肉。」

我說：「那來點海鮮呀？」

他眉頭一皺，連忙說：「不好意思妹妹，不瞞妳說，之前做生意跟客戶大魚大肉的吃壞了，落下毛病，痛風！所以我還是小心點，小心點好。」

帶我吃火鍋，不點肉不點海鮮，那我只能來一道蔬菜大拼盤了。

「完啦？」他一副很驚訝的樣子。

我「嗯」了一聲。

他突然大吼：「這也太少了！」然後伸手拿過菜單自己看。

「一盤木耳，一盤金針菇，一盤豆腐皮，再來一份手擀麵。」

點完了，他又對著我呵呵笑，說：「這還差不多。妹妹，妳點得太少了！減肥也不能這麼減啊！」

我差點昏死過去，心想：哥哥，我說減肥了嗎？不是你說不吃海鮮不吃肉的嘛！你摳門能不能不要拿我胖來當藉口！再說了，我需要減肥嗎？就算需要，你別說出來好嗎?!

服務生對了一遍菜，剛要轉身，就被雪猴先生叫住：「欸，等一下。」

服務生又轉過來。

「我剛才進門的時候，看你們寫著什麼今日有特價菜？」

「是的先生。」

「今天什麼特價啊？」他問。

「今天馬鈴薯片特價。」

「哦，那再來盤馬鈴薯。」

當時我已經想好，等忍完了這一頓，我再去斜對面的小超市補兩根烤腸。

雪猴先生倒是一副心滿意足的樣子，看著我問：「妹妹平時有什麼愛好啊？」

我說：「看看書看看電影吧。」

他說：「高雅！就喜歡這種高雅的人！」

我問：「王……哥平時喜歡幹什麼呀？」

他用左手的食指關節「咣」地碰了一下桌子，立馬吐出兩個字。「泡澡！」

「這個興趣……還挺別緻的哈……」我接話。

「哎呀，妹妹！這個泡澡真是好呀！特別養生！就我這臉，之前一吹風就乾裂，這幾年我把市裡的澡堂都泡遍了，妳看看，多好！」

雪猴大哥用手背把自己肥厚的臉蛋拍得「啪啪」作響。

「欸，妳摸摸，可水靈了！妳們女人花那麼多錢買這個水買那個霜的，有啥用？就泡澡，泡澡是最好的美容了！真的妹妹，妳別害羞，妳摸摸、摸摸！」

我的腳尖已經指向出口的方向，若不是服務生上菜打斷了他的熱情，我早就跑了！

說時遲那時快，我趕緊轉移話題。「王哥工作忙嗎？」

他把馬鈴薯放進鍋裡，說：「能不忙嘛！我一天的事可多了！我現在是二手車市場的副手，也就是副總，不知道我三舅媽跟妳說過這個沒，市場那麼大，根本離不開我！」

他手裡的菩提手串彷彿被一股能上天的真氣頂得嘩啦嘩啦直響，我若不補上一句「王哥你可真厲害」來平復一下，怕是要被這股強大的力量逼到牆角去。

於是，我就違心地補上了。

他彷彿更有興致，臉上的肥肉在蒸氣裡顯得更肥，和我說：「欸，就今天上午我還賣出去一輛二手的奧迪V8呢！八成新，這個數！」

他伸出五根短粗的手指頭，在我面前晃了又晃。

我「哇」了一聲，根本弄不清他伸出來的五指的是五萬還是五十萬，正想低頭撈個木耳，就聽服務生一聲大喊：「外頭警察開單啦！」

一陣風過後，雪猴先生竟然不見了。

由於我這個位置挨著窗戶，而這個窗戶又正好挨著警察開單的那條街，我眼睜睜地看著食客們呼啦啦地衝出門口各自上車。更重要的是，我看見雪猴先生也在隊伍之中。

他那一身的花花行頭在陽光下閃閃發亮，我跟著這枚發光體過了馬路，路過一輛賓士，路過一輛寶馬，路過一輛本田，又路過一輛捷豹，最後在一輛銀灰色的車輛前面停下，開門，上去，開走。

這輛車的車標好像一對紅色的翅膀，有一個霸氣的名字叫做——

五菱宏光。

09 沒想到還能再見面

接下來，我趁他回來之前迅速買單，並吩咐服務生，我走後千萬不要撤掉東西，雪猴先生停好車回來還得繼續吃呢。

聽到這裡，我媽嘆了一口氣，在桌子上攤開一張報紙，又把手裡的韭菜放在報紙上，開始用手一根一根擼下韭菜上的泥，說：「以後啊，相親之前，咱們得先對介紹人把關。介紹人要是靠譜，介紹的男孩也能靠譜，比如妳老姨；介紹人要是不靠譜啊，介紹的男孩也八成不靠譜，比如妳趙大媽！」

我覺得我媽這個觀點還是很正確的，相親的最大風險就在於，明明對對方一無所知，卻要拿出完成終身大事的態度去相識。因此在相親的世界裡，「介紹人」就好像是神仙一般，因為他們是唯一的全知視角，要做的事情就是把身邊兩個「類聚」的陌生人聚到一類；如果你和介紹人都無法「類聚」，那麼你和他介紹的這個人，多半也無法「群分」。

「所以啊！介紹人太重要了！咱們要提高標準，就算嫁不出去，也不能誰介紹了都去見！」我媽一拍桌子，連韭菜都雀躍起來。

可是第二天，我媽就忘了，說鄰居秦大媽給我介紹了一個工程師，這幾天跟著案子在外地跑，等人家回來了，讓我去見一見。

我說：「媽，趙大媽和秦大媽有什麼區別？妳昨天關於介紹人的理論都和韭菜一樣剁成餡啦？」

我媽說：「這回不一樣，這個小夥子有文化呀！而且人家都給妳介紹了，挺熱情的，妳就去見見吧。要是都不見了，以後誰還給妳介紹對象啊？沒人給妳介紹對象，妳還怎麼結婚啊，對不對？」

什麼對不對？我此刻只能無言以對。

那麼，事情到了這個地步，我還怎麼去重新聯絡上雪猴先生？

思來想去，只能硬著頭皮從趙大媽下手了。

第二天一早，我特意去早市買了一個綠油油的西瓜，留到傍晚六點多才搬出去，因為這個時間，趙大媽多半是要去社區南門雜貨店門口打麻將。

我捧著西瓜，選擇了趙大媽必經之路上最隱蔽的一段等著。趙大媽今天來得有點晚，我腳脖子被咬了兩個包，天色都有些深了，她老人家才出現。

我一看到她就猛地跳了出來，大喊了一聲：「趙大媽！」

「唉唷我的媽呀！誰呀？」

我趕緊把西瓜放在趙大媽懷裡。

「趙大媽，我孝敬您的，我是映真啊！」

我為什麼要先送禮後報名字呢？機智如我，懷裡抱著大西瓜的老太太就算再不待見我，她也別想跑了！

果然，趙大媽翻了翻她那被褶子和死皮包裹著的大眼珠子，說：「我當是誰呢，啥事？」

我涎著臉直言。「趙媽媽，我想要王明的電話。」

「哎呀！這是怎麼啦？妳不是不喜歡人家嘛？」趙大媽的嘴皮子都沒動一動，但我知道，她老人家的內心已經雀躍得能夠翻倒復仇的江海了。

「我找王哥是為了協助警察辦案子，有個盜竊案需要他的協助。協助警察辦案是每個好市民應盡的義務嘛！」我實話實說。

趙大媽聽了我這話，連眼皮上的褶子都平整了許多。「唉呀映真，妳可別誣陷我們家明明啊，他可是個好孩子。再說了，這事要找也應該是警察來找他吧，妳這是怎麼回事？」

我說：「您放心，只要給我王明的電話，肯定會有警察來找他的！」

趙大媽一聲大吼。「警察來找他幹嘛?!我家孩子沒犯罪沒違規，妳讓警察來找他幹嘛！我說小真啊，妳不喜歡他可以，但妳可不能害他啊！」

我發現眼前的老太太已經不是趙大媽了，而是一隻尾巴啪啪作響的響尾蛇，隨時準備咬我一口。

我趕緊轉換策略，把眼眉一垂，訴道：「好吧趙大媽，這都是我的藉口。我……我其實……還是忘不了王哥……對不起，我欺騙了所有人……可是我卻騙不了我自己……所以我求您，您就把王明的電話給我吧！」

我知道趙大媽平時深受苦情戲浸染，每次看此類的電視劇都會準備兩卷衛生紙，不哭光不會大結局，對症下藥才是王道。

果然，我明顯看出了趙大媽的眼皮鬆弛了下。可女人不管多老，都會被矜持所累，她說：「妳媽不讓我管妳！」

說起我媽，她瞬間爆發了抱著四斤的西瓜小跑的力量。這力量是那樣的強大，我眼看著趙大媽就要消失在越來越深的夜裡，於是我抓住最後的機會大喊一聲：

「那您告訴我王明的明是哪個明也行啊！」

不知道趙大媽是覺得我對雪猴先生的心意是真的虔誠，還是雪猴先生找對象是真的很困難，總之，她用她那環繞立體聲響一般的嗓子為我播放了一遍王明的電話號碼。

我在無比感激的情緒中目送著趙大媽捧著沉重的西瓜漸行漸遠，心中默默感嘆了一聲：「趙大媽，一路走好！」

我沒想到王明接到電話還是那麼笑呵呵的，不得不佩服商人八面玲瓏的優點。他聽明白我的意思後，非常配合，這倒令我有些不好意思。

原來那小偷是他在澡堂裡認識的。他之前跟我說去過全市所有的澡堂真不是瞎扯的，偷楊照相機的小偷就是他在澡堂認識的「澡友」。這兩人都對洗澡有著無與倫比的熱忱，但是他也不知道這位「澡友」的真實身分，他說，也許這傢伙偷東西就是為了買澡票的。

我再次對一個人的執著與夢想有了新的認識。

從派出所出來，我對雪猴先生說：「今天真的謝謝你了，王哥，我請你吃飯吧！」

雪猴先生樂呵呵地擺一擺手中的菩提手串，說：「別客氣，朋友幫忙嘛！再說了，配合警察辦案也是每位好市民應盡的義務嘛！」

我說：「真的太感謝你了王哥！你真是太棒了！」這次我是發自肺腑的。

他說：「妹妹真沒事，以後想買二手車就找哥！」

我主動伸出手，說：「哥，沒說的，以後想買家具找我！」

剛說完這句話，我突然意識到，我已經失業在家，曾經對許多相親對象許諾的「以後買家具找我」這件事已經派不上用場了。那種來自「失業」本身的焦躁突然占領了我的全身，我就像一個夏天穿著黃色連衣裙穿過林中花叢的笨蛋一樣，身上落滿了讓人大呼小叫的蟲。

無用，才是最可怕的孤獨。

原來我已經失業半個多月了，之前一直在「鬆一口氣」和「新的開始」攪拌而成的綜合果汁裡暢飲，如今那種假性「飽腹感」已經蕩然無存。果汁好喝，可以解渴卻不能充飢，可以灌滿肚子卻不是米麵油，上一趟三分鐘的廁所出來就又餓了。

這時候，我媽突然打來電話。

我聽見她說：「真真快回來吧，家裡漏水了。」

雪猴先生送我回家，開著他那輛如小鋼炮一般的五菱宏光，在晚間高峰的路上盡顯老司機本色。

我雙眼直勾勾地盯著前方不敢有一絲鬆懈，好像我鬆懈一下，就有可能不知道自己是怎麼沒的了。

「王哥，你慢點開，不著急！」這句話，我儘量出口淡定。

結果雪猴先生說：「怕啥？妹妹，在我這兒就沒有堵車這一說，妳信不？」

我說：「王哥，你眼裡有沒有堵車這回事，我不能賭命啊！」

雪猴先生呵呵一笑，瞬間轉了兩下方向盤，超了一輛路虎。

我沒想到，第一個闖進我的第三道門的，竟然是雪猴先生。

我本來是讓他回去，沒想到他說：「妳們家也沒個男的，有什麼事不好說話，我上去幫妳們看看。」

我覺得他說得也有理，我和我媽這麼多年，因為孤兒寡母這種弱勢組合也吃了不少虧，尤其這種狀況，有個男人在場，就算什麼話也不說，只是在一旁站著也是件利器。

一進屋，我傻眼了，就像進入了一家小型「盆」類藝術展覽館，為了使展館看起來更加靈動，從天花板上設置了許多不規則的流水線，滴滴答答地墜進不同材質的盆裡，配合出不同的美妙聲音，讓人目瞪口呆。

我媽說：「別在那兒乾瞪眼了，幫我把這花盆搬過去。上水管爆了，都是乾淨的水，正好可以澆花。」

雪猴先生趕緊走過去幫忙，我只能感嘆我媽的智慧。

我正忙著，楊照這時給我打電話。我知道他想問什麼，但是我現在都自顧不暇，實在沒時間向他彙報抓小偷的進展，於是果斷掛斷。

楊照又打了一個，我當時正在用抹布擦地，雙手濕漉漉的，連掛斷電話的機會都沒有，任他打了一會兒，也就不打了。

當一切處理妥當，已經晚上八點多了。我和我媽坐在沙發上休息，誰也沒有說話。我看著這間住了快三十年的屋子，心裡就像這間剛剛大哭一場的老房子。我不知道我媽的心情是怎樣的，也不敢問。

但是經過這件事情，我心裡存了兩件事。第一，不要隨便否定一個人，這樣太片面，每個人都有缺點和優點，看清這兩個點的順序，決定相處的方式和壽命。第二，我決心給我媽改善居住環境，換一個兩房一廳的；就算不能換，也要把這間房子改成兩房。

所以，我得馬上找工作，賺錢，攢錢。

至於夢想，就只能再緩緩，再緩緩了。

我知道我又走遠了一步，可我沒有辦法，我愛自己，可我也不能不管我媽呀！

10 我覺得妳有點傻

我又開始找家具公司企劃的職位，得到的回應就比較多了。工作經驗是枷鎖也是帆，它會推動一個人在那條航道上越走越遠，但也就此把人牢牢鎖在其中，轉彎不得。

所以第一職業很重要，一開始就不能妥協不能將就。但是人總會因為各種原因跟生活妥協。妥協是一種退縮，卻也是用無奈換取安全感的可靠方式。

「妳拉倒吧！」

忙裡偷閒給我打電話的馬琳對著我這番血淚觀點打了個哈欠。

「別老埋怨生活，妳當初就是努力了，也是努力得還不夠，老是找什麼藉口！又不是大家都沒考上，考上的還是很多，說白了妳就是沒天分又喜歡一條路走到底，活該啊妳！」

我看了看廚房牆上的鬧鐘，已經十一點了，我媽睡得早，我晚上打電話都在廚房裡解決。所以我為什麼要在這樣一個又熱又睏的午夜，窩在逼仄油膩的廚房裡，聽馬琳肆無忌憚地嗆我？

我壓制著嗓音和怒火，問馬琳：「妳幹嘛這麼晚給我打電話！」

馬琳突然軟了下來叫我：「吳映真。」

軟而不糯，酥而不油，像睡美人第一次叫王子的名字。

毫無疑問，馬琳對外是個軟妹子，對我是個女漢子，但是當她對我軟下來的時候，我得承認，軟妹子才是征服天下的利器。因為她們不僅能夠俘獲所有的男人，而且還能夠把其他女人變成硬漢，然後接著擄獲她們。

我嘆了口氣，坐在廚房裡平時摘菜用的小板凳上，說：「我知道妳最近挺累。」

馬琳帶著哭腔說：「還是妳懂我！」

「注意休息，別總不好好吃飯。」

「嗯？」

她說：「我知道，可是我給妳打電話不是聽妳說這些的。」

「妳覺得妳說這些真的能安慰我嗎？」

「嗯？」

「我給妳打電話是因為，當我這麼累的時候，聽聽妳這個既沒對象又沒工作的老女人說說話，才是對我最大的安慰了。」

我曾經不止一次地懷疑，我為什麼要和馬琳做朋友，這一刻，我又懷疑了一次。

馬琳在那頭哈哈大笑，笑聲就彷彿是咱們家不小心爆了的水管，呈現噴湧且連綿不絕的態勢。

就在我要被這種笑聲淋透的時候，馬琳戛然而止，突然問我：「缺錢了吧？」

我一愣。

她接著說：「我就知道。我給妳微信轉兩千塊，妳先花著，別嫌少，我也失業呢。」

我挺感動，立刻說：「妳也不賺錢，還救濟我幹嘛？」

她說：「可好歹我有程淺養，妳有誰？」

我說：「我有我——」

「媽」字還沒出口，馬琳就發聲道：「妳可拉倒吧！別再揮霍阿姨的錢了，她這麼大歲數攢點錢不容易。」

我沒再說話，心裡是疼的，一說到我媽，我心裡就疼。

愛是條件，所以愛也有條件反射。

第二天一早，叫醒我的不是面試官的電話，而是警察叔叔。

警察說，小偷抓到了，果然是在雪猴先生指認的那家澡堂抓到的。相機已經被小偷變賣，買了洗浴中心的貴賓券了。洗浴中心說他們出售的票券不能退，損失不能讓他們來承擔，不過可以拿著小偷剩下的票去洗澡，算是賠償了。

我聽著聲音，感覺好像是當時那個年輕的警察。

我說：「謝謝警察先生，洗澡的事好說，我想知道除了相機還剩下什麼沒？」

警察說：「還有當時那個書包，還有一個筆記本，別的就沒什麼了。」

我說：「太好了！就要這個筆記本，還有書包！」
他問：「那澡票妳還要不要了？」
我想了想，說：「是很好的澡堂嗎？」
小警察好像也想了一想，說：「應該是很好的澡堂，大江戶，就在財富大廈對面。」
我說：「那就都要吧。」
小警察說：「那妳就過來都拿走吧。」
不一會兒，我又接到了面試官的電話，是一家我之前就頗有好感的家居網站，要我今天下午過去面試，他們地點就在財富大廈的三樓。我連聲說好。
掛斷電話，我看了看星座運勢，說我今天如虎添翼，事事順利。
剛看完運勢，我就接到了第三個電話，是楊照給我打過來的。我趕緊接了。
他說：「妳昨天晚上怎麼不接我電話？」
我說：「我家昨天晚上漏水了，手上全是水，根本接不了，對不住了。不過你這電話來得正好，正好現在有進展了。」
他說：「什麼進展？」
我說：「你的包包啊！你打電話不就是為了這事嗎？我剛掛了警察的電話，找到了。」
他聽起來倒是很平靜，說了聲：「是嗎？」
「是呀，不過相機找不到了，但是筆記本和包包還在，你的筆記本不是特別重要嘛？」

相機找不到了，我有點心虛，所以儘量誇大找到筆記本的喜悅，想感染他，讓他跟我一起喜悅。但是他沒有。

我的心更虛了，怕他要我負責賠償。

然而，我沒想到，一個更讓我心虛的問題就此擺在眼前。他突然問我：「妳今天幾點鐘下班？」

我一下子懵了。

其實做這麼多年企劃，隨機應變的能力還是有的，但是一用在自己的事上就完了。就像一個殺手最擅長的就是掐死別人，但是唯獨掐不死自己，所以我這一身的武藝自己卻享用不到，這大概就是絕世高手的隱痛之一吧？

我沉默了半分鐘，他說「喂」，我說「欸」，他又說「喂」，我又說「欸」。後來他說：「對了，妳現在應該還在放暑假吧？」

我說：「是啊，我放暑假啊！」

他說：「不好意思，我忘了。」

我吁了一口氣。

他又說：「那正好，我一會兒去接妳，然後我們一起過去取東西。」

此刻我已經開始編撰新的謊言。如果把時間拖延到下午，那麼我該怎麼跟他解釋下午的面試呢？

他又開始「喂」。

我說：「別喂了，好的，沒問題。」

心想等這件事一結束，我就刪了他。相親不成變朋友的人很多，相親不成而刪除對方的也不少。

為了面試，我精心打扮了自己。

楊照一看見我就笑了，問：「妳這身打扮，怎麼感覺是去面試？」

我尷尬癌瞬間晚期了，呵呵呵笑了一會兒，儘量鋪墊了一下自然輕鬆的氣氛，才說：「哪裡哪裡，見個朋友而已。」

他又問：「是去相親嗎？」

又一波毫無精神和靈魂的病態「哈哈哈哈」席捲了我的面部皮肉。我說：「哪裡哪裡，女性朋友而已。」

他幫我拉開副駕駛的車門，說：「哦，那上車吧。」

一上車我才發現虛汗都下來了，本來天就熱，這麼兩個問題問得我連妝都花了，趕緊拿出氣墊粉補上。我補妝補得又細又慢，就是怕他在車上又來個問題把我徹底打回素顏。

結果怕什麼來什麼，他在一個穩穩當當的左轉之後，突然問我：「妳覺得妳喜歡當小學老師嗎？」

我想這個人怎麼這麼不會說話啊，他怎麼就這麼清楚我最不喜歡聽什麼，然後不容置疑、鏗鏘有力地丟給我呢？

我實在是不想再讓他問任何問題了，所以反問：「那你覺得你喜歡當大學老師嗎？」

他說：「喜歡啊，不然我就在我公司裡繼續上班了。」

我問：「你有公司？」

「嗯，不過現在我手裡只剩股權了。」

前方的綠燈亮了，他不疾不徐地啟動車子。

我悻悻地問：「怎麼啦，被人給踢出局啦？」

他說：「不是，我自己把它賣了。」

「為啥賣了？收益不好？」我問。

「不是，雖然公司不大，但是在行業裡也算是數一數二了，只是我不想再做了，因為沒時間談戀愛呀。」

他微笑著看了我一眼，然後繼續認真地目視前方。

我嘆了口氣，說：「沒想到還有你這種不思進取的人。」

聽了我的話，楊照笑出了聲。他潔白而尖利的右側虎牙露了出來，說：「我這人很簡單的，沒有什麼大理想。」

我嗤嗤笑道：「楊老師，你就別謙虛了，你太謙虛可能會遭雷劈。」

楊照哈哈大笑。他說：「話真毒，我覺得妳小時候不是這樣啊？」

我突然覺得這話不對勁，問他：「這跟我小時候有什麼關係？你認識我小時候？還是楊老師兼職楊大師能掐會算啊？」

此時手機導航插話道：「已為您推薦附近的停車場，請點擊前往……」

楊照打了一把方向盤，看了我一眼，嘆了一口氣。

我問：「你嘆什麼氣？」

他正在停車，臉上的表情突然變得很認真，像是在認真地入庫，又像是在認真地思考。我看著他把方向盤擺正，然後熄火、拔鑰匙、鎖門，然後把臉轉過來看著我，認認真真的。我聽見他叫我的名字。「吳映真。」

我說：「幹嘛？」

他說：「我覺得妳有點傻。」

我聽他說完話，一時沒反應過來。周圍安安靜靜，他還是像剛才一樣那麼認認真真地看著我，目不轉睛。他的眼睛很好看，很坦蕩，沒有絲毫躲閃的意思，在我慢慢回味出他剛剛是在罵我的時候，我不可思議地盯著他。我的表情發生了明顯的變化，可他還是那樣，坦蕩的，沒有絲毫躲閃的意思。

我突然想通了電影《傲慢與偏見》裡面的一場戲，達西先生和伊莉莎白在吵架，看的時候我總感覺氣氛不對，現在我想通了，他們嘴上是在吵架，可雙唇卻想要親吻啊！

11 一份新工作

我被自己突如其來的智慧嚇出了一身冷汗，丟下一句：「一會兒出了警察局，咱倆就誰都不認識誰了。」就開始開門。我不知道身後的楊照在幹什麼，可我扳得很激烈，反覆扳了幾次門就開了，不知道是楊照主動打開的，還是怕我把車門弄壞了被迫打開的。

楊照看到自己的筆記本和書包的時候還是很開心。我仔細看了一眼澡票，每張面額都是八八八元的極致貴賓券，裡面不僅包含早中晚三餐自助餐，各種溫泉浴室隨便進，各種按摩拔罐服務隨便點，各種棋牌麻將桌球隨便玩，還附贈水果零食以及豪華單人休息室。我的每一寸皮膚都在叫囂著：「去！去！去！」

我問楊照：「可以給我兩張嗎？」

楊照說：「都給妳。」

我說：「不，我要兩張就行了！」

那位和藹可親的老警察說：「你倆一起去不就得了？我看你倆挺合適的，比上次妳帶來那位強多了。」

我哈哈笑著說：「警察叔叔，您真愛說笑！」

出了門，我和楊照說：「楊先生，不管怎麼樣，這件事算是完結了，我也很高興能認識您這樣一位社會菁英青年才俊，您真的特別好，所以我很高興能認識您這樣一位朋友，咱們有緣再見吧！」

我故意說得官方且江湖氣，還特別有誠意地伸出手，以「朋友」的方式和他告別。

楊照沒接我的話，也沒拉我的手，面無表情地看著我，不知道他在想什麼。

但是他的眼神就像是在看一個傻子。我又想起剛才在車上那個詭異的氣氛，於是把伸出去的手舉得端端正正地擺動兩下，說：「我下午還得給一個學生義務補習，先走了。」

楊照終於開口說道：「行，正好我下午也約了朋友，但是週六妳還是得幫我去買家具。」

我說：「楊老師，不好意思，我週六有事。」

楊照說：「那我就只能找妳老姨來幫忙了，她老人家特別熱情。」

他一副特別無辜的表情，接著說：「沒辦法，我現在在這裡人生地不熟的，妳剛才不是說咱們是朋友嘛？」

我說：「行，我幫你買。」

然後招手攔車奔赴面試現場。

面試公司的櫃檯小姐是個微胖美女，塗著大紅色的口紅戴著大框眼鏡挺著深深的事業線，我忍不住瞄了一眼。

微胖美女清了清嗓子，問我：「請問您找哪位？」
我指了指我剛才瞄過的地方，小聲說：「美女，妳這兒有渣……」
微胖美女驚恐地低下頭，然後趕緊嘟起性感紅唇問我：「嘴上沒有吧？」
我搖搖頭，說：「就那裡有……」
她雙手齊上陣，把胸前黏著的餅乾渣撣掉。雖然都是女人，但我還是有些尷尬。
「謝謝妳！妳是來面試的嗎？」
我說：「是呀。」
她說：「妳跟我來吧。」
然後這個微胖的櫃檯小姐把我引入一間小型會議室，裡面坐了大概七、八個身著正裝的男女。胸前掛著「人力資源」字樣胸牌的女孩問了我的姓名，做了登記。
我問那女孩：「一會兒是在這兒群面嗎？」
女孩兒指了指會議室前方的小門。「不是，一會兒叫名字的要進這間單獨面試。」
不一會兒，一個精明幹練的短髮女人和一個年輕男人有說有笑地走進會議室。女人看起來有些年紀，但保養得很好；男人戴著圓形眼鏡留著山羊鬍，挺瘦，但瘦得有精神。
山羊鬍男生說：「先說好，這事我可不在行。」
短髮女人說：「沒事，你下午既然沒課，就幫我看看。」
人力資源女孩看到他倆立刻站了起來，短髮女人說了句「開始吧」就走進了小門，山羊鬍男生也跟了進去。

從公司出來的時候，已經下午五點半了。路過櫃檯時，微胖美女探出半個身子，問我：「怎樣？」

我說：「還行，我能說的都說了。」

她問：「妳是最後一個嗎？」

我說：「是呀。」

她說：「最後一個勝算挺大。」

我說：「啊？不是說最後一個都是弱勢群體，考官都累了嗎？」

她搖搖頭，說：「我們這兒不一樣，我們老闆喜歡一句話：好飯不怕晚。」

聽到她說「飯」字，我還沒開口，肚子就先接話了。

微胖美女一副了然於心的樣子，嘴唇竟然抿出和她眼線一樣的誇張弧度。

她從抽屜裡拿出半袋餅乾，笑嘻嘻地問：「想嘗嘗我的餅乾不？就我中午吃的那個。」

我抽出一塊來放在嘴裡，禮貌地回應。「謝謝妳啊，挺好吃的。」

這時候我媽給我發了條微信，問我回家吃飯不。我說：「我得先走了，謝謝妳。」

她的大波浪鬈髮在空調冷風中抖了抖，豪爽地說：「謝啥，希望能再次見到妳！」

我學著她的口氣說：「我也是。」

第二天一早，我就接到了入職電話。我吁了一口氣，感覺一些東西遠去了，一些東西又回來了。

「妳真的回來啦！」櫃檯微胖美女的鬈髮垂墜，就像貴賓狗的兩隻耳朵，看起來又迷人又可愛。

我微笑說：「我叫吳映真。」

她說：「唉呀，本家啊！我叫吳瑩瑩。」

我說：「以後多多關照啊，瑩瑩。」

她說：「好說，妳的飯卡和門卡馬上幫妳辦！」

我找到工作，當然要通知馬琳，但是工作第一天就很忙，之前由別人代管的所有業務都堆在了我這裡，手裡又加了兩項新活動，實在騰不出時間。我本來想中午午休給她打個電話，正式通知她一下，沒想到午休時間還沒來，馬琳就帶著哭腔給我打電話了。

第一句話是：「吳映真，我要離婚。」

我說：「啊？」

第二句話是：「程淺這個混蛋！」

我說：「怎麼啦？」

第三句話：「我銀行的工作沒戲了！」

我其實特別好奇這件事，又擔心馬琳，但是第一天上班就長時間打電話這樣不好。我四下看了看勤奮工作的新同事們，壓低聲音說：「大馬，我剛找到工作，現在說話不太方便，妳要離婚，要我給妳點錢不？」

馬琳沒說話，哇的一聲哭了。

我說：「妳別哭了，我晚上請妳吃飯，咱們好好說行不？」

馬琳抽搐地說出兩個字。「西……西馬……」

我說：「懂！」

馬琳來找我，沒想到晚上七點才下班，其實我走的時候還有人沒走，只是部門主管陳姊體諒我，和我說：「妳第一天來上班，就先走吧，允許妳有一天的緩衝期。」

我眼含深情地望著陳姊說：「謝謝陳姊，我今天還真有點事，我明天一定和戰友們奮戰到底。」

陳姊笑了笑，就又轉過身繼續她的工作了。

我一下樓，就看見馬琳背對著我，後背直挺挺地坐在沙發上。她穿了一件船型領的墨綠色T恤，一動不動地看窗外的車來車往，像一株靜靜地生長在床邊的虎尾蘭。

在我印象裡，二十二歲就結婚的馬琳和程淺並沒有鬧過幾次離婚，細想起來，在這六、七年裡，也只有六、七次而已，幾乎一年一次，頻率並不算太高。

我掐指一算，現在剛好是七月，正好符合他倆每次發作的週期。

我走近她輕聲喊道：「馬琳。」

馬琳轉過頭看著我，目光呆滯，叫我：「吳映真。」

我趕忙「欸」了一聲，在她對面坐下。

「到底怎麼啦？」我問。

馬琳眼圈一紅，感嘆道：「吳映真，妳看看我這命……唉……人生啊……」

我也著急了，說：「妳別哭，告訴我怎麼回事！」

「程淺他爸和程淺一樣，都是大騙子！」

我說：「妳是不是說反了？」

她扭曲著一張臉，帶著哭腔反問我：「這重要嗎?!」

我趕緊否認。「不重要不重要。」

她說：「那妳知道現在什麼最重要嘛?!」

我有點著急，趕緊順著她說：「妳認為啥重要啥就重要。」

她說：「妳下班也太晚了！還不趕緊去排隊，得什麼時候能吃上啊！」

我說：「走走走！打車打車！」

果然在排隊，我們是十三號。站在西馬串店的門口，馬琳給我講了整件事的來龍去脈。

原來從她上培訓班的第一天，那個銀行行長就告知程淺他爸，馬琳的學校不是重點一流大學，連考試資格都沒有，更不可能進入面試了。

我說：「這也怨不得程淺他爸，他爸也是沒有辦法。」

她說：「我沒怨他爸，我怨的是程淺！他早就知道這件事情，每天看我起早貪黑地去培訓班上課，累得跟狗似的，可是他一句話都不說，一句都不說！他怎麼這麼狠！」

我說：「那妳是怎麼知道的？」

她說：「我每天晚上都九、十點回來，回來倒頭就睡，因為實在是太累了。昨天晚上，他突然很想和我那什麼，我說我太累了，實在是沒有體力，明天還有最後一堂課，上完了就好了。」

我說：「妳小點聲。」

馬琳似乎根本沒聽見我說什麼，繼續高亢地說：「結果他說，妳明天別去上課了，反正也考不上了。然後他還企圖要趴過來，我一腳把他踹床底下去了！我說，你說啥?!」

我手機突然響了。我的鈴聲一直都是電影《花樣年華》裡的〈Quizas Quizas Quizas〉，一響起來就容易讓人情不自禁地來一個探戈的經典動作：猛回頭。

我這一回頭不要緊，就見程淺正滿頭大汗氣喘吁吁地站在我倆旁邊。

「程淺！」

「妳別跟我提他！我要和他離婚！」

程淺大喊：「離啥離啊！去不了就去不了唄，多大的事，我養妳！」

馬琳也嚇了一跳，她轉過身一巴掌打在程淺的臉上。

「放屁！我用你養?!我回精品店賣鞋，比你賺得多！」

馬琳這回是真哭了，排隊等位置的群眾們，今天真是有福氣了。

程淺也哭，他說：「馬琳，妳別離開我！我以後再也不給妳熱包子了，妳願意吃啥我都給妳現做，妳原諒我行嗎？」

馬琳突然泣不成聲，哽咽著說：「你終於知道……你以前上下班，我哪次不是做你愛吃的……現在我上課這麼累……你就只知道給我熱包子……早上包子晚上包子……」

我現在終於聽明白了，他倆這次鬧離婚根本不是因為銀行的工作，只是因為包子。

「你這是……根本就不愛我……」

馬琳嗚嗚嗚地哭得像個孩子。

程淺抱住了她，周圍響起掌聲和歡呼，我趕緊退到群眾中間，以免成為尷尬的電燈泡。等他倆都擦乾眼淚，我才過去打哈哈：「那……咱們一起去吃點啊？快到咱們了。」

馬琳一副嬌羞的小女人表情對我說：「映真，我今天就不吃了，我想回去陪我老公做昨天沒做的事去。」

把我嚇的，我說：「你倆趕緊走！」

他倆就迫不及待地趕緊走了。我看了看隊伍，前面還有一桌就輪到我了，馬琳再次把我推向了進退兩難的境地。

到底吃還是不吃？

12 還是我最蠢

正想著，服務生就大叫著十三號，我走了過去，把號碼牌遞給門口的服務生。他問我：「就您一位嗎？」

我嘆了口氣，說：「對。」

服務生把我安排在靠廁所的一個雙人位上，我帶著要補一補的心態點好了菜。服務生從我眼前撤下菜單的那一刻，斜對面那個長桌旁，楊照的身影被亮了出來。

他們男男女女一群人，從我這個位置剛好能看見楊照的側面。

我趕緊把服務生叫住，服務生回頭問：「還有什麼需要嗎？」

我說：「有啊，我想換個位置。」

服務生看了看四周，又拿著耳邊的對講機說了什麼，然後和我說：「不好意思，現在沒有多餘的位置，您要是不喜歡這個位置可以重新排隊。」

我說：「你們想想辦法呀，你看這個位置挨著廁所，味道多大啊！」

服務生一臉為難。我一鼓作氣，說：「麻煩你想想辦法，只要離這裡遠一點就行。你就趁著下一桌還沒進來的時候給我挪過去，然後你再把他們帶過來嘛！」又說：「我就一個人，吃完就走了，很快的！」

「妳和我們一起吃吧！」

嚇了我一跳，楊照什麼時候站在我身後了？

服務生樂了，說：「妳可以上他那兒去吃啊，他們那桌地方大，位置也好，絕對沒有廁所味。」

我冷著臉說：「行了，你可以退下了。」

服務生面無表情地走了。

楊照又微笑著說：「來吧，都是我們學校的年輕老師，聚一聚，一起吧！」

我對楊照說：「謝謝你啊，不用了，我有朋友在呢。」

楊照看了看我形單影隻的包包。

我說：「他在外面打電話呢，一會兒就回來了。」

楊照又看了看窗外，外面候位的食客不少，打電話的也不少。

楊照說：「那行，既然妳有朋友，我就不打擾妳了。」

楊照轉身回去。我追著他的背影，剛想吁一口氣，發現他們一桌人都齊刷刷地伸著腦袋往我這邊看呢，其中一張臉差點把我的魂都嚇破了。那性感的山羊鬍子，不正是昨天面試我的人嘛?!

楊照走回去，山羊鬍子就站了起來，和楊照說著什麼。他背對著我，我看不到他的表情，但是不一會兒，楊照就轉過來看著我，帶著恍然大悟的眼神和有故事的笑容。山羊鬍子還繼續說著什麼。

我心裡就像有一百顆雞蛋瞬間摔在地上，蛋液冰冷而黏膩，糊住我的整顆心。

然後我又回到了這個問題上來：到底吃還是不是？

可我是真的餓了，而且東西都點完了！

我叫來服務生，說：「烤魚不要了，剩下的請快一點。」

當我決定繼續吃的時候，就再沒有往那邊看過一眼。雖然我知道我免不了成為他們的話題，可只要楊照不再過來騷擾我，我就可以吃下這頓飯。我只是有點擔心那個山羊鬍會不會在我老闆面前說我人品有問題，還有，就是擔心我老姨。

其實這些都不重要，假如明天就是世界末日，那麼今晚我也要吃完這頓飯。

還好，我吃飯的時候，一切相安無事，因為我盡力遮罩周圍的一切聲音和畫面，不去想我和我的家人因為貪婪與尊嚴而撒下的一個又一個的謊言，眼裡只有羊肉串和菜卷。

我的努力終於沒有白費，我的胃終於得到了安慰。

我沒想到，就在擦完手，準備結帳的時候，楊照又走了過來。

「妳朋友呢？」

我連頭都沒抬，數著錢包裡的零錢說：「他有事先走了。」

他說：「那我送妳回家吧。」
我覺得他有點太過分了，好歹我也是個女的，給我留點最後的尊嚴不行嗎？
於是我抬起頭，很認真嚴肅地說：「楊先生，我能拜託你一件事嗎？」
他說：「妳說。」
我說：「咱們以後誰也不認識誰行嗎？」
他說：「怎麼啦？」
有那麼兩秒，我就這樣靜靜地看著他在那裡靜靜地裝逼。
然後我說：「後會無期。」說完拔腿就走。
楊照兩、三步跨過來，攔住了我結帳的去路。
我說：「你要幫我結帳嗎？」
他說：「行啊。」
我說：「那我就不客氣了，反正沒多少錢。對了，我週六沒空，我們公司有一個大型活動需要我跟。」
我又走，他又攔住我。我開始怒視他，旁邊已經有食客注意到我們的異常了。
楊照不笑了，認真說：「妳別生氣，咱們不是朋友嘛，妳什麼職業和我關係不大。」
他這麼說，我緩過來了點。
我說：「謝謝你。你還有朋友，我就先走了。」

他湊近我說：「妳幫幫忙，他們一會兒還要去酒吧喝酒，我不想去了。」

我往後退了一步，仰著上半身看了看那一桌子的人，他們每一個都精神抖擻地放著「看熱鬧不嫌事大」的光，就像一群狐獴。

看在那兩張澡票的面子上，我點了點頭。

楊照微笑，走回去和他們說了兩句什麼，又走了回來，說：「走吧，我送妳回家。」

等楊照的車開動後，我看著窗外飛馳而過的路燈和霓虹，慢慢熄了火。

我說：「對不起，我不該撒了謊還這麼理直氣壯，你也不是故意當眾戳穿我的，在這裡碰見那個山羊鬍，算是我倒楣。」

他說：「沒事，我本來也覺得妳不可能當小學老師。」

我一聽，這明明是話裡有話啊！我轉過頭問他：「你什麼意思？難道我長了一張誤人子弟的臉？」

他說：「我沒這意思，看來我是找對人了。」

「啊？」我一臉懵逼。

他說：「駱老師說妳對家具設計很有一套，有自己獨特的想法，做企劃有點可惜了。」

我問：「駱老師？」

他說：「就是那個山羊鬍，他是我們學校設計學院的老師。」

我說：「他是老師？我還以為是我們公司的高層呢。」

楊照說：「不是，他和你們老闆只是朋友，但他有自己的工作室。」

我問：「你們這群老師都厲害啊，一個個都有副業，不對，當老師才是副業吧？」

他笑了笑，說：「不能這麼說。」

我嘆了口氣，不免心生羨慕。

他突然問：「聽駱老師說完，我有點納悶，妳這麼有想法，怎麼不去做設計師？」

長夜漫漫，長路漫漫，我就把無聊又窩囊的成長經歷和他有一搭沒一搭地說了一遍。為什麼是有一搭沒一搭，因為我時刻準備著因為楊照感覺無聊而終止話題。沒想到他還挺有興趣，一直問「然後呢、然後呢」，像個半夜不睡覺，和媽媽討故事聽的五歲小男孩兒。

當我終於講完了這一切，突然發現一件事，問楊照：「欸，我發現你今天沒用導航。」

他微笑說：「是啊，所以我現在還沒找到地方呢。」

所以呢，我剛才為什麼要自掏失敗人生供他取樂而沒有給他指一條明路呢？

說來說去，還是我最蠢。

13 他們終成眷屬，竟然還讓我花錢

第二天中午，我拿著飯卡正要去食堂吃飯，瑩瑩不知從哪兒冒了出來，突然挎住我的手，歪著臉笑嘻嘻地說：「中午食堂沒有好吃的，咱們去外面吃吧！」

我說：「也行啊，我請妳。」

瑩瑩說：「我提議我來請，下次妳提議時妳再請。」

她帶我去單位附近的一家大骨湯麻辣燙店。我問：「這麼熱的天吃麻辣燙不熱嗎？」

瑩瑩撐起她的小花遮陽傘說：「熱才能減肥嘛。」

大熱天吃麻辣燙的人還真不少，多半是女生，老闆把空調開得足足的，桌椅擦得亮亮的。瑩瑩挾起一片藕，吹了兩口，問：「映真，妳有男朋友嗎？」

我嘴裡塞滿了花卷，因為這家店花卷不要錢，所以我一下子沒忍住拿了兩個，嘴裡含糊著說：「沒有呢。」

瑩瑩說：「那正好，我給妳介紹個男朋友吧！」

我說：「行啊。」

瑩瑩吃了一口菠菜，然後說：「他叫周書養，是我男朋友的同學，人特別好，是個自由畫家。」

我想了想問：「妳男朋友也是畫家嗎？」

瑩瑩說：「他不是，他沒這個天分，現在當公務員呢。但是周書養可不一樣，他又有才華又有理想，就是那種……」瑩瑩瞇起眼睛，彷彿想要看清對面牆上張貼的啤酒廣告裡那個硬漢的皺紋一樣，突然張大眼睛說：「對，就好像時尚雜誌上說的那種藝術家一樣！」

我說：「哦。」

「妳週末有空嗎？去見一見吧。」

我說：「瑩瑩，我已經二十九歲了。」

「沒關係啊，周書養也二十九。他說了，比他大都可以，只要能支援他畫畫——」

我趕緊笑著打斷瑩瑩說：「不好意思瑩瑩，我可能沒那個財力。」

她連忙擺手。「我不是那個意思，我是說，妳只要不挑剔他的硬體條件就行。」

我說：「不太明白……」

瑩瑩接著說：「我的意思是呢，介紹對象不是要有看對方的硬體和軟體兩個部分嘛？周書養的軟體特別好，人很有才華，又溫柔又體貼，但是硬體嘛就稍微差了一些，車只有自行車，房只有三坪大的鐵皮屋，就在古玩市場裡面，算是他的畫室。」

我說：「我明白了……」

說到底，這個青年藝術家周書養只是一個勉強溫飽的理想主義者。

我委婉地說：「算了吧，我就不耽誤人家了。」

瑩瑩說：「怎麼能是耽誤呢？我做櫃檯這麼久了，什麼樣的女人沒見過？妳一來我就知道妳是個由內而外的好女孩，他能認識是他的榮幸。」

瑩瑩做櫃檯這麼久，這種話肯定也不是只對我一個人說過。

我說：「我這週六沒時間呀。」

她說：「那就週日，妳陪我去古玩市場轉轉。妳不是還沒去過古玩市場嗎？我跟妳講，那裡可好玩了。」

我看著瑩瑩有些漲紅的臉，也不知道是因為辣還是因為對我有殷切的期盼。剛做同事，她話都說到這分上，我總要去見識一下古玩市場和裝滿理想的男青年。

我說：「好的。」

瑩瑩說：「老闆買單！」

快下班的時候，我收到一條簡訊。這年頭給我發短信的人還真不多，多半都是久未聯絡的同學。我定睛一看，果然，一個簡單粗暴的婚禮請帖，時間地點姓名。

我一看姓名——黃博宇和劉美娜，這不是我大學暗戀了三年的學長和那場大雨裡被他接走的學妹嗎？

他們終成眷屬，竟然還讓我花錢！

我默默地看向窗外，心裡翻來覆去滾動著兩句話，一句是對黃博宇說的：「學長，您還留著我電話哪！」

另一句是對劉美娜說的：「學妹，妳還讓黃博宇留著我電話哪！」

可是生活總是有讓人意想不到的事情發生，比如說就在快下班的時候，我突然接到了黃博宇的電話。

簡訊可以不回，但電話不接就不太好了。

黃博宇第一句話就說：「我就知道，妳是個不換電話號碼的好女孩。」

他的聲音還是那麼好聽。當年在學校的大學生廣播電台，每天傍晚五點半，黃博宇的聲音總是伴著我去自習室的路上。每次聽他播音，總是有一種想衝進播音室看看他長什麼樣子的衝動，可是我連電台的門在哪裡都不知道。於是我下定決心要考進大學生電台，半夜趴在被窩裡學寫新聞稿，等到電台缺人，我就成了黃博宇的「新同事」，聽他每天念我寫的新聞稿，然後成為他的朋友，成為我暗戀的那個人。

就在我以為會水到渠成的時候，誰知下大雨才是檢驗真愛的重要標準。

黃博宇這話聽著雖然彆扭，但也在理。我說：「師兄好久不見啊。」

他說：「我剛才給妳發的訊息，妳看到沒？」

我裝傻。「啊？你給我發訊息了嗎？我上班太忙了，沒注意啊！」

他說：「沒關係，我要和美娜結婚了。」

我說：「真的啊！太好啦！你們終於修成正果啦！真替你們高興！我都快哭啦！」說實話，我誇張起來連自己都怕。我說完，周圍那幾個要下班的同事們全都不收拾東西了，停下來看著我，等著我放下電話跟她們八卦。

他說：「謝謝，妳一定要來，我還有事要請妳幫忙呢。」

我說：「唉呀，我那天有事啊，要陪我男朋友挑家具。」

說完我就發現自己暴露了。既然沒看到訊息，怎麼能知道是「那天」有事呢？不過暴露也好，我也就不用再多說什麼了。可我沒想到的是，學長已經在這幾年不見的時光裡，練就了一身不要臉的硬氣功。

他說：「沒事，我們婚禮八點四十八分就開始了，典禮結束時家具店肯定還沒開門呢！」連喜宴也不打算讓我吃一口是嗎？到這個分上，我對他的懷念與愛戀統統變成了指關節的痠痛，連握著電話都費勁了。

他接著說：「所以妳就過來吧！早點過來，我真的有事請妳幫忙，映真。」

他一叫我的名字，我的心就立刻軟了下來。我想求求他別用我愛的聲音叫我的名字，我還是會難過，會不甘心，會可憐自己敗下陣來。

更會任他擺布。

我聽見自己說：「好，我早點過去幫忙。」

第二天，我打扮漂亮，八點就過去了。

我事先和楊照說好，讓他十點半的時候來飯店接我。

我一到場，黃博宇就熱情地把我拉到一間沒有門的小屋裡，屋子裡放滿了婚禮的用品和酒水什麼的，就像個倉庫。

我說：「學長，你今天好帥啊，恭喜你。」

他說：「謝謝，我知道——映真，一會兒典禮開始，所有人都得去看典禮了，這屋裡有這麼多酒水，不能沒人看著，到時候妳就在這兒待著就行。」

我徹底傻掉了。大哥，我們好久不見，你一來就管我要錢不說，不給飯吃不讓看典禮也不說，竟然讓我幫你看倉庫！虧我今天早上六點就起來打扮，我是不是應該穿著在家幹活的運動服來？

外面有人喊他，他應了一聲，急急地吩咐。「我得出去了，麻煩妳了映真。」然後就奔著他的新娘子去了，我又一次被他扔下。我討厭這種感覺！

我四下看看，發現有七箱柳州老窖靜靜地躺在那裡，叫囂著讓我來一頓「早餐酒」。可我吳映真能跟他黃博宇一般見識嗎？如果我跟他一般見識，那麼今天和他黃博宇結婚的不就是我吳映真了嗎?!

我撈了個凳子坐下。不就是看東西嘛，看就看唄。桌子上有成袋的瓜子和喜糖，我抓了一把，邊吃邊給馬琳打電話。

馬琳帶著一股濃重的睡意罵我。「吳映真，妳有病啊！大週末的，不睡懶覺給我打什麼電話……」

我說：「馬琳，我給妳講個事，保證比睡覺還有意思。」

我把我當「倉庫保管員」的事跟馬琳講了一遍，馬琳睡意全無，大罵。「他大爺！妳在哪個酒店？我搭車過去把酒瓶全給他砸啦！」

我說：「沒事，馬琳，他這樣也好，他這樣我就徹底放開了，徹底舒坦了，徹底不跟他一般見識了。」

馬琳轉過來罵我。「吳映真，妳個大傻瓜！」

我說：「嗯，妳說得對。」

她嘆了口氣，說：「人生啊……」

我說：「是呀，就這人生，我也沒招了。」

聊著聊著，我聽見外面熱熱鬧鬧的，主持人熱情飽滿地說著，黃博宇和劉美娜的婚禮即將開始……

我心裡突然也跟著緊張起來，有什麼東西充盈了我的心。我掛斷電話，全神貫注地聽著那頭婚禮的程序。那邊開始播放兩人的生活影片，黃博宇用我最愛的聲音大喊：「劉美娜，我會愛妳一輩子！」那麼做作，那麼幼稚，白給我一萬句這樣的話我都不要。可我心裡就是不舒服。再不想要，我也不想讓黃博宇對劉美娜這樣說。

新娘的父親把新娘交給黃博宇，劉美娜的爸爸講話，黃博宇的爸爸講話，然後新郎和新娘要開始交換戒指……

我實在忍不住，跑出去偷偷推開宴會廳的大門。沒有人注意到我，但是我看到黃博宇正在給劉美娜戴戒指。隔著很遠很遠，我發現黃博宇哭了。他曾經也在我面前哭過一回。那時候，他媽媽剛生了一場大病，他在上自習的時候哭了，別人都沒發現，只有我看出來了。我給他遞了面紙，他跟我說了謝謝，我那時候是那麼心疼他，可是我什麼都沒說，因為自習室，不能說話。

我看見黃博宇緊緊地抱住劉美娜，吻著她，恢弘的音樂彷彿響徹了我心底的山谷。畢竟，他是我的初戀，我曾為了他那麼努力過，熬過那麼多的夜，寫了那麼多的稿，我做過的事，從不曾忘記。

每個人都要和青春告別，有的人是一場聲勢浩大的儀式，比如旁觀自己初戀的婚禮；有的人是在睡夢中，悄無聲息，就像龐貝古城的一夜浩劫。

我之前一直在想，我吳映真的青春是怎樣的告別方式？

現在我明白了，就是對黃博宇的告別。

我在他們的擁吻中轉身離開，又走回那間小小的庫房。

在裡面玩了兩局糖果傳奇，典禮就結束了。

黃博宇帶著人走過來拿酒，看見我說：「映真，辛苦了。吃點飯再走吧。」

我掏出紅包，說：「不了學長，我還有事，先走了。」
黃博宇說：「那也好，我今天太忙了，以後再請妳吃飯。」
我笑了笑，剛要走，就聽見一個老太太說：「唉呀！怎麼少了一箱酒？」
黃博宇說：「媽，不能吧，肯定是查錯了。」
老太太嗓門子不小，她說：「我訂的酒我怎麼能查錯呢？這不只有六箱嗎？」
我趕緊走過去查數：一、二、三、四、五、六……
確實是少了一箱酒。

14 我命中註定要吵一架的兩個女人

老太太臉一酸，說：「黃博宇，我不是叫你找人看著嘛？這怎麼回事啊？」

這時候劉美娜穿著中式旗袍快步走了進來，對黃博宇說：「幹嘛呢，菜都上來了酒還不到位？快走快走，客人們都等著呢！」

老太太說：「美娜，咱們家的酒丟了一箱，那一箱不少錢呢！」

黃博宇看著我一臉尷尬。他說：「要不我去找酒店的人吧。」

老太太一翻白眼。「你走了客人怎麼辦？」

我說：「那我去找吧。是我看的酒，我中途就出去看了一眼典禮，沒有多一會兒。」

老太太沒看我，但一邊拿酒一邊說：「這屋沒門，所以才找人看著的，這中途跑出去了算怎麼回事啊……」

說完就拿著兩瓶酒出去了。

黃博宇一臉愧疚，小聲對我說：「映真，別和她一般見識，我丈母娘這人嘴不好。」

「幹嘛說我媽最不好啊！」劉美娜馬上抗議。

黃博宇連忙解釋。「不是最不好，是嘴不好。」

劉美娜翻白眼的樣子和那個老太太一模一樣。「你媽才嘴不好呢！她怎麼就不好了，這不是酒丟了著急嘛！」

我看黃博宇的臉都黃了，說：「算了算了，你倆快去敬酒吧，我去找。」

說完我就出去了，找到酒店的經理。經理說今天他們酒店這個時間有八場婚禮呢，拿錯酒的事以前也有過，不過也不排除是有人故意拿錯，或者被來往的客人拿走的。

「這年頭什麼樣的人都有。」年輕的男經理表示無奈。

我說：「能不能帶我去別的宴會廳看一看？」

經理面露難色。「這個恐怕不好吧，都是大喜的日子，誰也不想被打擾吧！」

我點點頭，他說得也是。

於是我又折回來，把黃博宇找了出來，和他說明了情況。黃博宇滿頭大汗，和我點點頭。我說：「不好意思，你大喜的日子讓我幹個活，我還給你弄砸了。」

他說：「沒事。」

劉美娜不知道什麼時候走了出來，她臉上那麼厚的粉底都遮不住雙頰的緋紅，看見我就示意伴娘斟滿兩杯白酒。她走過來，一手拿著一只酒杯，一只舉到她面前，一只舉到我面前。我抬頭看了看劉美娜，新娘子衝著我笑得特別甜，不過我怎麼都覺得她手裡拿著的不是白酒，而是兩把手槍，隨時準備和我同歸於盡。

她說：「學姊，我謝謝妳上學的時候那麼照顧我，要不是妳當初天天帶著我自習，我也不會認識我們家老黃，來，我敬妳。」

她不這樣說還好，我體內的一口老瘀血又活躍了起來。這我能喝嗎？她讓我喝下去的不是她的喜酒，而是我少女時代流過的眼淚。

我說：「不好意思學妹，我男朋友不讓我在外面喝酒。」

劉美娜呵呵一笑，說：「學姊有男朋友啦？太低調了，我們都不知道。老黃，你聽說過姊姊有男朋友嗎？」

黃博宇一臉尷尬，對我說：「恭喜妳啊，映真。」

姊姊是什麼鬼？我明明比黃博宇小了整整兩天好嗎?!我心裡非常彆扭，但不想和她一般見識，畢竟人家結婚，我來都來了，就沒有要拆台的打算。

我說：「劉美娜，妳還是少喝一點吧，新娘子喝多了失態不好。」

我承認我還是酸了一點。

劉美娜也不生氣，她用手腕推開扶著自己的黃博宇，杯子裡的白酒溢了出來，黃博宇的白襯衫濕了一大塊。她笑著說：「我知道啦，可我就是高興嘛！上學的時候很多人追他啊暗戀他什麼的，可最後還是被我弄到手了，對吧老黃？」

這是勝利者在向失敗者炫耀嗎？黃博宇和劉美娜好了以後，我確實不再和劉美娜一起自習了，因為她都和黃博宇去自習了。這不怨我，但是我們也不怎麼說話了，這件事，和我還是有點關係的，我承認。

劉美娜臉上洋溢著難以言表的幸福，就像一朵盛開的大牡丹正正好好砸在她臉上，那是最好的花期，我有點走神，心想這種花什麼時候也能往我臉上砸一砸呢？

此刻我必須承認，我不舒服，很不舒服。面對這樣一對熱情洋溢又充滿朝氣的新婚夫婦，我就是很不舒服。我不舒服有錯嗎？我不舒服我就是惡女了嗎？我不舒服就是人性的扭曲和道德的淪喪了嗎？

反正我就是不舒服。

我說：「我有事就先走了，那箱酒實在是不好意思，我可以賠給你。」

黃博宇說：「不用不用，妳能來我們就已經很高興了。」

我本來想把禮金給他，可是低頭翻包的時候不小心瞄到了黃博宇襯衫上被白酒弄濕的一塊，我手裡的紅包又換成了面紙，伸出手遞給他。

黃博宇馬上伸手去接，看起來特別感謝我的樣子，和我說謝謝。

劉美娜看著我們，說：「還是學姊知道心疼人啊！怪不得我家老黃對學姊念念不忘。」

黃博宇好像也沒想到劉美娜會這麼說，脫口而出。「美娜妳說什麼呢！」

劉美娜哈哈大笑，笑得花枝亂顫，氣都喘不過來。她說：「我開玩笑呢！開玩笑呢！幹嘛這麼當真，搞得像是被我說中了一樣！」

黃博宇皺著眉頭小聲喝斥。「劉美娜，妳喝多了吧妳？」

被黃博宇這麼一說，劉美娜確實是收斂了一些，但是花枝亂顫是有慣性的，她一個不小心，手裡的酒全灑在我鞋上了。那是我最好的鞋，在馬琳的店裡買的。

我所有的不舒服都湧到了嗓子眼裡，嘔吐或者罵人，總得二選一。

黃博宇下意識地蹲下幫我擦鞋，被劉美娜一把抓了起來。她說：「你幹嘛呀？你幹嘛給她擦鞋，讓別人看見多不好，我又不是故意的。」

劉美娜的力氣可真大，我估計黃博宇平時根本就打不過她。

劉美娜說：「學姊，不好意思喔，把妳的鞋弄髒了。妳看看妳，讓妳喝酒妳不喝，都灑了吧，剛才喝了多好。」

她把我的鞋弄濕了，還說是我的問題。

我沒忍住，說：「對對對，妳說得對，美娜，我就不應該來。」

黃博宇連忙說：「映真，美娜不是這個意思。」

劉美娜突然換了一副可憐兮兮地樣子，說：「學姊，妳幹嘛這樣說啊，今天我結婚，妳不想參加可以不來，幹嘛要這樣說，我做錯什麼了？」

我在心裡問自己：她做錯什麼了？那我又說什麼了我?!

我把紅包從皮包裡掏出來，又把鈔票從紅包裡掏出來，把紅包扔在地上，把鈔票塞給黃博宇。

我說：「對了，這個錢就當給你賠酒了，一箱柳州老窖，值不了我給的那麼多錢。別誤會啊，我沒給你禮金，我結婚的時候不會請你們的。」

就在黃博宇和劉美娜驚訝不已的時候，我靈機一動，突然想到一個大絕招。

我大聲對黃博宇說：「黃博宇，我曾經很喜歡你，擦拉黑！」

我本來還想學著韓劇裡的樣子給他比一個心什麼的，後來覺得還是適可而止吧，因為這本來是我的真心，我拿來當武器攻擊黃博宇心愛的人，他不好受，我更不好受。

我一轉身，看見楊照正在身後看著我。他見我轉身，向我伸出一隻手，我走過去時，他一把將我摟住，帶著我快步往外走。

他這樣摟著我，我才感覺身體被掏空，再用不上一點力氣。

我說：「楊照，你太快了，我都跟不上你了。」

楊照回頭看了一眼，說：「再不快點走，我怕妳走不了了。」

我想他說得可真有道理。

外面陽光明媚，我走出黃博宇的婚禮，上了楊照的車。

我說：「楊照，你換車啦？」

楊照打著保時捷 Cayenne 的方向盤說：「妳說讓我去酒店接妳，我也不能給妳丟人啊，所以我借了一台好的。」

我苦笑。「好樣的，不過我已經丟人了。」

我癱在座位上，扭過頭，眼淚在眼裡打轉，沒想到越轉越多，越轉越多，眼眶終究還是太淺，就流了下來。楊照把面紙遞給我，我就更控制不住了。

楊照默默開車，我不知道他是不是聽明白了這場戲的來龍去脈，但是有一點他肯定清楚，新郎是我在年少無知時愛過的人。

等我哭得有點睏了，他才開口。「吳映真。」

「嗯。」

「香水味挺別緻的。」

我說：「可不是嘛，醬香型的。」

說完我就忍不住笑起來，楊照也跟著我笑。他說：「滿車的酒味，今天要是檢查酒駕我就說不清了。」

我抽走他車裡的面紙，低下頭擦鞋子。其實也沒什麼可擦的了，基本上都乾了。

楊照說：「妳想去哪兒咱們就去哪兒，今天可以不陪我買家具，我來陪妳。」

我說：「還是去家具店吧，只有在那兒才能找回我內心的寧靜。」

楊照就呵呵呵地笑，我問：「你笑啥？」

他說：「沒事，咱們去哪個家具店？」

我說：「你都不知道去哪兒，你在這裡開啥呢？」

他說：「妳之前一直哭，我也沒好意思問妳。」

我說：「唉呀，怨我怨我，給您費油了。」

楊照又笑。他說：「妳能不能別這麼……世俗。」

我也笑了。我說：「楊老師，你中文有待提高啊，我知道你想說的詞是庸俗。」

他又露出他的虎牙，點點頭，一本正經地說：「妳懂我。」

我提議去家居生活館。我說：「聽我以前的同事說，現在有許多以前款式的家具都在打折。我在那裡幹過，知道什麼是好東西。咱們就先去那兒，看看能不能挖點寶貝。」

楊照把車子停在路邊，開始導航，他說：「沒有家具生活館啊？」

我說：「對了，你得找凡爾賽宮。」

到了凡爾賽宮，我問楊照。「咱們先看什麼？」

楊照說：「先看床墊吧。」

結果我一看到床墊就走不動了。楊照以為我覺得那張床墊還不錯，問我：「妳覺得這張好嗎？」

「這個不好說。」我迷迷糊糊，實話實說。

店員小姐說：「床墊好不好，得躺上去才知道。」

楊照說：「妳先躺下試試？」

然後我就躺下了。結果這一躺下，我就什麼都不知道了。

再次清醒過來，我發現楊照正坐在床的那頭看手機，年輕漂亮的小姐熱情地對楊照說：

「我再給您倒一杯水吧？」

楊照擺擺手說謝謝。

小姐又說：「我們還有薄荷糖，您來一塊嗎？」

楊照說：「不用了，謝謝。」

小姐說：「您女朋友都喝成這樣了還來逛家具店呢。」

楊照小聲說：「她想來，依她。」

小姐說：「您對您女朋友可真好！」

我連忙坐了起來。楊照感受到了床墊的震動，轉過頭來對我微笑。

「妳醒啦？」

我問：「我睡著啦？」

楊照笑著擺了擺手機，說：「妳都打呼了，我有錄音。」

我大喊：「啥?!現在幾點?!」

他說：「下午一點半。」

我嘆了口氣。「我睡了一個多小時。」

我趕緊下床，對著店員連聲道歉。楊照走過來拉我，說：「沒事，這床我已經買了。」

「你買啦？」

他說：「妳在大庭廣眾下睡了這麼久，這床肯定很舒服。」

我急了。「你殺價沒啊？」

他說：「不能殺價。」

我又急。「就算不能殺價，你也可以跟他們多要點贈品啊！」

他說：「那我沒要。」

我說：「你付錢啦？」

他點點頭。

我說：「唉，付了錢就不好要東西啦，不過沒關係，有我呢！」

我想楊照之所以找我而不是找那個山羊鬍來買家具多半是為了這個。因為我在家居生活館做企劃時經常到賣場，所以我深知這裡面的套路，幾句話就要到了一套印著大牡丹的床單被套四件組和一個晾衣架。

我向他展示我的「戰利品」時說：「你看，雖然這個被套醜了點，但是摸著品質還是不錯的。」

楊照一臉嫌棄，扔給我一句：「給妳了。」

15 我就是個庸俗的女人，配不上你

去挑餐桌餐椅的時候，楊照把他家的平面圖給我參考，一個方方正正的兩房屋。

我揶揄他。「呦，楊老闆住得這麼簡單？」

楊照笑著對我說：「不要叫我楊老闆，要叫楊老師。」

我撇了撇嘴，問他：「你想要什麼材質的？」

他說：「木質的，但顏色不要太深。」

我說：「明白。」

特賣區在最頂層，裡面都是叫「家居生活館」時的家具，是我喜歡的風格。從前我曾無數次在喜歡的桌椅板凳上摸了又摸坐了又坐，心想將來有錢買房子了，一定要買一套回家。沒想到我頭期款還沒湊齊呢，這些家具就已經絕版了。不過還好，今天可以滿足我對它們買買買的欲望，而且還不用省錢。

我徑直走到最喜歡的一套餐桌椅面前。木頭原色的桌椅，刷成米白色的桌面和椅面，靠背有一個自然彎曲的流線，剛好貼合人在吃飯的時候放鬆而自然的駝背；桌面的左側還設計了一個能夠開合的斜面凹槽，可以放紙巾，也可以把手機或者平板放進去，邊吃邊看。
我坐在椅子上向楊照招手說：「你過來坐坐。」
他沒動，說：「我不太懂，妳覺得好就行。」
我又走過去拉住他。「你過來坐坐嘛！是你用還是我用？沒有什麼懂不懂的，對於家具來說，每個人都是專家。這東西就像鞋子，合不合腳、舒不舒服，只有自己知道。」
楊照在我對面坐下，挪來挪去，感受著這套桌椅。
我又說：「你看，是不是，挑家具就是要試試的。不試，光看著美，看著尺寸，其實也能用，但是我覺得，在家裡用的不是面子的東西，總不能為了偶爾到來的客人誇你一句『哇噻你家家具好漂亮』就得天天吃飯的時候硌屁股吧。所以，一套好的家具，就是要兼顧美觀和實用，如果兩者非要選一個，那我首選的是，在看得過去的情況下，挑一個實用的。」
楊照點點頭，說：「我贊同妳的觀點。」
我問：「那你坐著覺得怎麼樣？」
楊照說：「我覺得挺好，買吧。」
我說：「等會兒，我再坐坐。這是我喜歡了兩年多的桌椅，你買走了我就坐不了了。」
他說：「誰說的，妳可以去我家接著坐。」
我笑說：「等你不喜歡了，賣二手的時候便宜一點給我就行。」
他問：「妳就這麼喜歡？」

我說：「是呀，就這麼喜歡。我對這種一桌四椅有一種特殊的期待，我小時候總想，為什麼坐在我對面吃飯的是我媽而不是我爸媽。現在，我就希望，我們一家人能夠坐滿這一桌四椅。我、我爸、我媽，還有我愛的人。」

一個甜美的聲音在我身後響起。「請問兩位喜歡這套桌椅嗎？我們現在有優惠喔。」

我轉頭一看，呀，這不是把我擠走的那個女孩嗎？

今天到底是怎麼了？冤家 party 日嗎？

她看見我也是一愣，緊致的小臉蛋瞬間鬆懈下來。我一眼盯住了她的名牌，她見我看她的名牌，趕緊轉身，可惜為時已晚，因為，我已了然了一切。

聽說女人都是報復心很強的動物，遇見這事的時候，我才發現，我也是個女人。

我站起來，叫住她。「等一下，原來妳叫羅露露。」

她站在那裡沒動，可是整個後背都好像在對我做鬼臉。

我接著說：「怎麼啦？是不是我的工作太忙，不適應啊？」

她轉過身，帶著一副假笑，說：「請問您看好了嗎？」

我說：「最近日子不好過吧？我看賣場裡都沒什麼客人啊，那個什麼凡爾賽宮風格的，還沒有這種家具賣得好吧？」

羅露露繼續假笑著說：「您要是不喜歡，我再幫您介紹點別的。」

我「嘿嘿嘿」笑得既庸俗又淫邪，湊近她說：「妳說妳，得是有多想拿這個業績才能對我笑成這樣啊！」

羅露露有點憋不住了，她一臉的膠原蛋白變得不再均勻，對我反擊。

「吳姊，我知道妳買不起，咱們就別再浪費彼此的時間了！」

我笑著說：「是呀，我是買不起，不像妳，不用買，老闆直接送嘛！可是老闆怎麼捨得又把妳扔回賣場了呢？」

我說的「扔」當然是扔垃圾的「扔」，羅露露對這個字比我還要敏感。

「我和妳可不一樣，是我把他給扔了，是我不要他，一個快死的人。」羅露露帶著輕蔑，對我也對我的前任老闆。

我愣住了。誰快死了？

可能是聽見了我們吵架，另一位銷售趕了過來。我一看，是之前和我關係還不錯的小張，我就問小張：「誰快死了？」

小張小聲說：「是老闆，肝癌晚期。吳姊，要不您去那邊坐會兒，我給您倒杯水。」

我一聽，唏噓不已，情不自禁替人操心。「羅露露，妳說妳也怪可憐的，好不容易能過上不幹活光吃飯的生活了，還遇到這種事。」

沒想到羅露露毫不領情，我都已經被小張拉走了，她又衝過來說：「妳真以為是我給妳擠走的嗎？妳不想想妳自己有什麼問題嗎？妳丟工作可賴不著我，還真是好笑，到現在都沒想通，真是又蠢又笨！」

這句話把我氣著了。

我伸手指著楊照，說：「是，我又蠢又笨，可我現在不僅找到工作了，我還找到了男朋友，我男朋友不老不醜很有錢還特別健康。看見這個人了嗎？看清楚了嗎？」

我本來還想問她「是不是特別帥」這句話，後來理智地忍住了。

我和羅露露一起看向楊照，發現楊照雖然在強裝鎮定，但是他憋紅的一張臉上，表情就好像在看馬戲團表演。我知道我和羅露露的這場即興表演強行拉他做男主角特別不應該，但是他的表現明顯和我不是一個片場啊！

我趕緊走到楊照面前，小聲說：「好朋友互相幫助啊，這套家具的折扣我可還沒談呢。」

楊照趕緊「嗯」了一聲，帶著顫抖。

我又伸出手來小聲說：「把你車鑰匙給我！」

楊照勉強擠出了一句。「幹嘛？」

「快點給我！」

楊照把車鑰匙從口袋裡掏出來遞給我，我壓著嗓子又囑咐他。「別笑了啊，別笑！」

我又走回去舉到羅露露面前。「看見沒，認識是什麼車不？妳又聰明又勢利就不用我再多說什麼了吧。我不像妳，還沒扶正，老頭子就快被妳剋死了！」

我眼看著羅露露即將爆發的玲瓏身段被小張拉走，我得意完就徹底消氣了，心想這女孩也不容易，我前老闆也不容易。我衝著她大聲說：「行了行了，我說兩句就完了，東西我肯定買了，妳也別往心裡去，妳現在比我可憐！」

羅露露又要衝過來，小張使了更大的力氣，我又大喊：「行行行，這事就拉倒吧，業績還算妳的，妳給我打點折就行了！」

羅露露被小張拉去了休息室。我轉身一看楊照，他彎著腰，雙手扶著雙腿的膝蓋，全身都在顫抖。

我嘆了口氣，覺得他是一個不能指望的人，走過去故意踩了他一腳，說：「怎啦，憋不住了？廁所在那邊，你沒有衛生紙可以管我要。」

楊照這才勉強抬起頭，他白皙的臉上看起來更紅了。

我生羅露露的氣，但也有點生楊照的氣。

我說：「你是不是有毛病啊？這事有這麼好笑嗎？我氣成這樣你笑成那樣！」

他說：「妳們倆幼稚不幼稚，看妳們女人打架太有趣了，我的病都治好了。」

我說：「我看你也是有病！神經病！」

這時候小張走出來對我說：「吳姊，妳也別生氣。她人就這樣，心高氣傲的，但她也有她的難處，她弟弟癱瘓在床八年，她得使勁弄錢。她現在也挺慘，不容易。」

我說：「我也知道。這樣吧小張，你幫幫忙，這張榻和沙發衣櫃都算在你頭上，那套桌椅還是算給羅露露，就當是給她賠不是了。」

小張說：「吳姊，妳人真是太好了！說實話，老闆得了這個病，我們現在也是有今天沒明天了。」

走出賣場，我對楊照說：「你看，我根本配不上你，我就是這樣一個庸俗的女人，剛被劉美娜那樣的賤人嗆完，就化身劉美娜那樣的賤人嗆別人了。」

楊照說：「妳能有反思的能力說明妳還不是無藥可救的。」

我說：「下次我可不這樣了，我根本就不是這種人，這樣太難受。」

楊照說：「所以說，妳還是配得上我的。」

我笑說：「謝謝你安慰我啊，楊老師。」

從家具店出來，楊照說要請我吃飯。

我說：「不行了，今天太累了，我得趕緊回家休息。」

他說：「那我送妳回家。」

我說：「行，今天不好意思，利用你炫耀了。」

他倒是很輕鬆，說：「沒事啊，我很樂意幫忙，就像妳很樂意幫我一樣。」

我心想他這話說得不對，如果他沒把我老姨搬出來，我才不會陪他買家具呢。而且，他幫我幫得也不是那麼盡心，我讓他假裝我男朋友的時候，他一直在旁邊笑場，明明就是在用無止境的嘲笑來暗示羅露露：這女的跟我一點關係都沒有。可是今天如果不是楊照的話，我恐怕沒有辦法從黃博宇的婚禮上全身而退。

想來想去，我覺得自己還是不要想了。

「走吧。」我說。

我晚上本來想請我媽去大江戶洗個奢華的澡來著，後來想想，還是把這兩張澡票送給雪猴先生吧。人家幫我那麼多忙，我總得有所表示，澡票正好投其所好，雪猴先生肯定高興。

於是忍痛割愛，把兩張貴賓澡票收到抽屜裡，預備有空的時候給他送過去。

16 孔雀先生

第二天，瑩瑩一早把我叫了起來。電話那頭的她聽起來朝氣蓬勃。「映真，咱們今天去古玩市場喔！」

我迷迷糊糊地問：「咱們不是約下午嗎？」

她說：「是啊，我就是想提醒妳別忘了，下午見！」

然後她就俐落地把電話掛斷了。

我呆呆地望著天花板，在睏意全無的絕望中懷疑著人生。工作日早晨睡不夠，休息日早晨睡不著，這才是通往幸福的大道上最硌腳的碎石。

我媽端著飯碗從廚房走出來，問我：「妳吃早飯不？」

我問：「媽，妳給我帶一份沒？」

我媽說：「我啥時候沒給妳帶一份，妳太懶，也不起來吃。」

我說：「媽，像我這樣的人，睡懶覺比吃早飯更重要，妳能懂我嗎？」

我媽翻了個大白眼，說：「妳小心得結石。」

我有點不耐煩，說：「媽，我都奔三十的人了，妳就別管我了。老也好，胖也好，得結石也好，當單身狗也好，放縱我吧！」

我媽一邊往廚房走一邊說：「行行行，我不管妳不管妳！」

然後端了一杯蜂蜜水出來給我喝。一口水下肚，我的起床氣全消了，真是神奇的蜂蜜水，神奇的母愛。

我眨巴眨巴眼睛對我媽說：「媽，要不妳還是接著管我吧！」

我媽說：「這還用妳說？只要我不死，妳就別想胡鬧。」

吃完早飯，我索性開始畫圖，設計我家的裝修樣式。既然手裡的錢還不夠換個房子，那把老房子重新裝修一下也應該夠用。可是全無思路，到了快出門時，我一筆都沒畫出來。

瑩瑩開著一款紅色的SUBARU來接我。我一出社區的門，她就探出頭來向我招手，紅唇紅裙紅指甲。我上車就誇她說：「妳這紅娘當的，真紅！」

瑩瑩奇怪地看了我一眼說：「我平時也這樣啊，妳看我什麼時候穿過黑白灰色的衣服。」

我低頭看了看自己，灰T恤黑褲子白色帆布包，掉進人群裡，都沒人多看我一眼。

古玩市場就在商業街後面，一條有些破敗的仿古一條街，瑩瑩打著她那把小花傘走在路上，連商鋪裡的狗都要駐足看上兩眼。

我看了看破敗的周圍，忍不住問：「欸，這兒都破成這樣了，還有人來買東西？」

瑩瑩說：「這地方輕易不來人，來人都是大客戶。」她指了指一家賣手串的。「就他們家，成噸成噸地往外運手串，五塊錢一斤，進了商場一串賣五十。」

我說：「妳小點聲，讓人家聽見。」

瑩瑩說：「沒事，認識的，他們家還送過我一斤呢。」

我聽後非常感嘆，心想，果然是街不可貌相。

我們到周書養的畫室時，周書養正在教學生畫國畫。學生是一個高中生樣子的女孩，頭上紮馬尾，褲子露膝蓋。

他看見我們，對我們微笑著說：「不好意思，等我一會兒，我馬上下課了。」

瑩瑩說：「你忙你的，不用管我們，我們隨便看看。」

周書養又看著我說：「那兒有剛洗好的水果，吃吧。」

我說了聲「謝謝」，就開始參觀他的畫室。

四、五步就走完的地方，橫橫豎豎掛的全是他的畫，中國畫居多，油畫也有一部分。

學生一下課，瑩瑩就跟周書養說：「這是吳映真，是個文藝女青年，你們好好聊聊！」

說完，瑩瑩又撐起她的小花傘。

我問：「瑩瑩妳幹啥去啊？」

瑩瑩說：「我跟我男朋友去吃壽喜燒，他在飯店等我呢。」

我說：「下午三點？」

她把我推到剛才那女孩子坐的位子上，說：「對呀，想吃就吃。」

周書養走到店裡唯一的木質老櫃子前拿出一包茶葉來，問我：「妳喝茶嗎？」

我點點頭，發現他站起來有點矮，目測身高不到一百七十，但顏值還可以，黑黑瘦瘦，穿格子襯衫。

他泡了一壺，倒了兩杯，說：「我平時願意喝茶。」

我嘗了一口，問：「這是什麼茶？」

他說：「綠茶，這個不錯，是學生家長送的。」

我說：「哦。」

然後我們就再沒什麼話了，安安靜靜地喝茶。我快喝完了，他就主動給我續上。

我說：「謝謝。」

他說：「不客氣。」

茶杯很小，我很快又喝完了，他又給我續上。

我又說：「謝謝。」

他又說：「不客氣。」

門口有棵槐樹，樹上有兩隻蟬，下午的天氣燥熱，蟬就像是兩個相聲演員，鬥嘴鬥得正歡，而我和周書養，就像是茶館裡聽相聲的。

我曾經問過幾個相親的朋友，相親的時候最怕什麼？大部分女生都說，最怕尬聊。我也怕，但是我現在遇到了更怕的情況，就是連聊都不聊，只有尷尬。

有個人走了進來，看了一圈，詢問一張工筆孔雀的價格，周書養連站都沒站起來，說完價格就低頭繼續喝茶了。那人在畫前又看了看，問能不能再便宜一點。這次周書養壓根連話都沒說，只是搖搖頭，人家便走了。

我心想，好一個高傲的畫家。

為了找點話題，我就借那隻孔雀發揮一下，我問：「你這孔雀畫得真漂亮。」

他點點頭，好像我是個迷妹，說了一句毫無特色的讚美。

我又問：「你這孔雀怎麼不開屏？」

他說：「我筆下的孔雀還沒有遇到能讓牠開屏的雌孔雀呢。」

他這話說的，我沒法接，不知道是不是我多心了。

然後我們就又沒話了。

我就繼續聽蟬叫，心裡盤算著昨天讓劉美娜澆濕的鞋子得讓馬琳幫我找個地方保養一下，也不知道保養這一雙鞋得多少錢。這時候，周書養突然問我：「妳喜歡看畫展嗎？」

我忙說：「喜歡呀，省美術館的畫展我幾乎每場都不落。」

他點點頭，說：「最近省美術館馬上要開始一個很不錯的畫展，叫臥遊江山，聽說有王希孟的《千里江山圖》。」

我趕忙扮小學生，問：「我不是太懂這個，你能給我講講嗎？」

我這句話就好像大壩上的閘，一開口，周書養的話就像洩洪一樣來勢凶猛，滔滔不絕。

他講得確實精彩，讓我心懷期待，臨了問我一句：「怎麼樣，感興趣嗎？」

我心想，這是約我呢？於是說：「當然有興趣啊！」

聽我表態完，周書養竟然低下頭繼續喝他的茶去了。

我心想，這是等我約呢？

我有點生氣，話說到這分上居然戛然而止，就好像一直讓我加速的短跑教練突然對我喊停，我身體和情緒根本受不了。他這是相親的態度嗎？

我忍不住問他：「你……是怎麼看待相親這件事的啊？」

沒想到他說：「我從不相親。」

我愣在那裡。

他繼續說：「都是好女孩主動來找我。」

我愣在那裡。

他說：「就像妳一樣。」

我愣在那裡。

他說：「妳不是因為喜歡我的畫才讓瑩瑩帶妳來找我的嗎？」

我張了張嘴，依然愣在那裡。

周書養又在低頭喝茶了，從從容容，慢慢悠悠。一隻趾高氣揚的大母雞打破了我們的尷尬局面，牠趾高氣揚地溜達了進來，在屋子裡「咕咕」了兩聲，又溜達出去。
我問：「這是誰家的雞？」
周書養說：「隔壁十字繡家的，總來。」
我呵呵一笑，說：「驕傲得很呢，牠以為牠是孔雀嗎？」
周書養沒說話，他把臉埋在了小小的茶杯裡。我突然反應過來我這句話的厲害，斜眼又看了看他。他有沒有多心我不知道，但我這是第一次發現他將茶水一飲而盡。
我站起來對他說：「我得走了。」
他也站了起來，問：「妳去哪兒？瑩瑩說她一會兒會來接妳。」
我說：「我得去上廁所了，喝了太多的茶水，你的畫室沒有廁所，不好意思喔。」
告別孔雀先生，我接到了馬琳的電話，馬琳說她又回到那家精品店賣鞋子了。為了留住她，主管竟然給她升職加薪。其實想想做銷售員也不錯，也算跟錢打交道，只要跟錢打交道，她就心情好。
我說：「妳真是掉錢坑裡了。」
她說：「沒辦法，金牛座。」又說：「我這次升店長就更忙了，沒時間陪妳玩了。」
我說：「就好像妳以前天天陪我玩似的。」
她說：「我不能經常看著妳，妳自己也得長點心，別總給我姨添堵，有什麼大事小情的，要及時和我彙報，聽見沒？」

我說：「巧了，剛好有一件事要彙報。」

我把剛才和孔雀先生的相親經歷和她彙報了一遍。陳述完事實，我感嘆道：「平心而論，其實我挺羨慕他，能夠保持驕傲，堅持理想。不像我，慫在錢不夠和努力不夠的面前，我挺敬佩他這種人。欸，妳說如果和他一起生活，是不是也是理想主義的一種實現？」

馬琳的笑聲如同一顆炸彈。「妳拉倒吧！妳當初都沒有選擇那種生活，現在能選擇和選擇那種生活的人一起生活?!別開玩笑了！」

我說：「什麼選擇不選擇的，聽不懂！」

馬琳輕蔑地說了一聲。「傻子。」

我說：「妳回去賣鞋正好，我那雙在妳店裡買的高跟鞋得拿去保養一下。」

馬琳問：「鞋子怎麼了？」

我說：「不小心弄濕了，現在味道挺大的。」

馬琳說：「聽妳這麼說，我怎麼有點噁心呢？妳踩到什麼了？妳要是踩到那什麼了，可千萬別往我這裡送啊！」

我說：「不是妳想的那樣，說來話長，見面再和妳詳細說吧。」

馬琳說：「行，那妳有時間來我店裡一趟吧。」

17 我的相親對象給我介紹相親對象了

第二天上班，我在食堂吃飯的時候，瑩瑩湊了過來，跟我說：「映真，妳別生氣啊，周書養就是那個樣子，不會說話的。」

我說：「我有什麼好生氣的，我覺得他人挺好，就是和我不合適。」

瑩瑩一臉的感激，說：「映真，妳真是太好了！就他這個人設啊，我給好多女孩介紹，人家連見都不肯見的！就是妳，不僅見了，還不說他的不好。妳真是好女孩，以後肯定能找到更好的！」

我說：「謝謝妳，瑩瑩！謝謝妳祝福我，也謝謝妳給我做紅娘。」

瑩瑩彷彿更興奮了，用她小巧玲瓏的鼻尖在食堂三百六十度的範圍內點了幾下，說：「妳看，這個、這個、這個，還有這個，現在都沒男朋友呢！可是人家全都看不上周書養，見都不肯見的！這麼勢利的人，我看她們以後能找個什麼樣的！」

原來在瑩瑩看來，周書養這種人的存在是檢驗女孩觀念俗雅的一把尺規，是男人理性社會的反骨，也是女人感性世界的軟肋。

瑩瑩繼續給我唱讚歌，說我有多麼多麼好，在這物質的世界上有多麼多麼難得，說得我連餐盤裡最愛的雞腿都不忍心啃一口，彷彿我這個在瑩瑩口中純潔而高尚的靈魂就會被這一口油膩的世俗給玷汙了一樣。

瑩瑩說個不停，直到食堂裡只剩下我們兩個的時候，我終於忍不住和瑩瑩說：「瑩瑩啊，妳到底想說什麼？」

瑩瑩這才說：「映真啊，妳、妳可別把周書養刪除了呀。」

我擦了擦嘴，說：「走吧，我還想睡一會兒呢。」

周書養還是繼續給我發微信，關於繪畫啊、早飯啊、天氣啊、工作忙不忙等可聊可不聊的問題。我當然沒有刪除他，但是有一搭沒一搭地回覆，嗯嗯、啊啊、哦哦、好的，心想時間久了，他自然就會明白我的意思。他是個驕傲的畫家，他的驕傲就像冰淇淋的那個尖，也許會隨著時間和世俗的溫熱而漸漸化掉，但我一口都不舔。

週五，楊照給我打電話，說要介紹一個人給我認識。

我問：「是誰？」

他說：「妳來了就知道了。」

我說：「幹嘛搞得那麼神祕。」

他說：「一會兒我把時間地點給妳微信發過去，別忘了。」

我說好。
他說：「等一下。」
我問：「還有事？」
他的聲音裡帶著神祕的笑意說：「一定要穿得漂亮一點過來，知道嗎？」
我的腦袋裡彷彿被人點亮了一盞燈。他不這樣說我還只是懷疑，一這樣說，我以為暗示已經非常明顯了。掛斷電話，我忍不住沾沾自喜，我的相親對象都在給我介紹相親對象了，我可真厲害！
為此，我特意梳洗打扮了一番，和我媽彙報晚上不在家吃飯了。我媽一看我的行為，問我：「和誰？」
我說：「和楊照。」
我媽聽我說完，就把剛拿出來的牛肉又放回冰箱裡，然後興沖沖地和我老姨吃飯去了。
我準時來到了之前約好的地方。他的辦公室沒人，但是門是開著的，我給他發微信，問他在哪兒，他回我：
還在開會，大概二十分鐘以後能結束，妳先等我一下，駱老師會比我先到。
駱老師？應該就是他給我介紹的那個人吧。我回他：
好的，謝謝你，我會好好表現的。
正在我思考是直接站著迎接駱老師，還是先坐著然後再站起來迎接駱老師的時候，上次看見的那個山羊鬍走了進來。我的屁股正好停留在站與坐的中間，懸在空中，被她驚訝的主人沒羞沒臊地撇著。

「駱……老師？」

山羊鬍倒是很友善地伸出手來。「妳好，妳是吳映真吧，我是駱黎。」

「咱們不是第一次見面了。」駱黎微笑著說。

是呀，面試的時候見了一次，在西馬見了一次，這是第三次了。他揭穿了我在楊照面前的謊言，也知道我和楊照是相親關係，然後楊照還介紹他來和我相親?!

我說：「那什麼，咱們之間可能有點誤會，楊照就說讓我來拿點東西，拿完我就得回去了，我媽還等我回家吃飯呢。駱老師再見！」

我就像個小學生一樣還和駱老師擺了擺手，準備繞過他跑掉。

駱黎說：「先別走，我知道之前我們有誤會，但是其實我對妳的印象還是挺好的。」

我轉過頭看了看駱老師，他的笑容很真誠，我就沒走。

駱老師挺熱情，他說：「小吳，咱們先坐著吧，坐下說。」

楊照的辦公室裡有一個雙人沙發，他看著我坐下，他才坐下的。

我心想，既然他都這麼說了，也許可以試試呢。

駱黎說：「楊老師說妳很想入設計這一行？」

由於剛剛見過孔雀先生，我對這種能主動找話並且話很投機的男生有了更多的好感。

我忙說：「是的，從小就想當設計師。」

駱黎說：「這很好，像妳這樣，已經進入社會很多年還能堅持小時候的夢想，真的挺難得的。」

我說：「對，也不是堅持，就是總是放不下，總會去想，如果有機會就一定要去試一試，總是這樣想。」我無奈地笑了笑。「也許這算是堅持夢想，但也可能算是不務實、不實際，也許我做設計還不如做企劃更上手、更賺錢，可是就是……就是想去做。」

駱黎說：「所以如果有機會，妳願意嘗試是嗎？」

「我願意全力以赴。」我說。

駱黎點點頭，接著說：「可是，我很好奇妳的期待值在哪裡？妳看，有些人是天才，比如畫出《千里江山圖》的王希孟，比如作出《費加洛的婚禮》的莫札特，或者是寫出《夜鶯頌》的濟慈，天賦異稟，這個誰也沒辦法。還有一些人透過非常的努力，最終也站在了金字塔的頂端。可大多數人呢，也努力了，最終還是平平淡淡，只是做著自己喜歡的工作而已，沒什麼大成就，比如說，我這種。」

我笑說：「駱老師太謙虛了。」

駱黎也笑，繼續說：「所以妳說妳想要做設計，我不知道妳想要做到什麼程度。」

我說：「十八歲的時候，我有兩個以為，以為時間還多，以為懷才不遇。歲數大了，我就明白了，時間再多，也不都是自己的，除非吃穿不愁又可以自由支配。至於懷才不遇，嘿嘿，我要是小仙女本尊我早就變身了，魔法棒這種東西，是可遇不可求的。」

駱黎點點頭。

「所以現在我還在努力尋找機會，但不會心存幻想了；想太多沒有用，還是要腳踏實地。歲數大了才知道，其實從事自己喜歡的工作，就已經是個很了不起的事情了。如果能做一個像駱老師這樣的普通人，那我就此生無憾了。」

駱黎笑說：「小吳謙虛了。」

我忙說：「以後還請駱老師多指教！不過，請千萬不要讓我的老闆知道我的想法，這可不是一個好員工的想法。」

駱黎點點頭，說：「我明白。」

我有點奇怪，隱約感覺這不像是一場相親，倒像是一次面試。也許和大學老師相親就是這樣吧，我想，但話題真的不能再往設計上引導了，這樣會顯得我太過功利。

「駱老師平時喜歡做什麼呀？」我主動出擊。

他稍微愣了一下，說：「平時也就是看看電影，帶帶孩子。」

我心裡咯噔一下，原來這是個單親爸爸。

不是沒有掙扎，但也不想這麼輕率地做決定，於是接著了解。「孩子……多大了？男孩還是女孩？」

駱黎說：「男孩，三歲了。」

我心想，還好，三歲的孩子還是好相處的。

這時候，駱老師的電話響了。他說：「不好意思，我先接個電話。」然後就走去窗邊接聽了。

楊照走了進來，問我：「感覺怎麼樣？」

我湊到他耳邊小聲說：「除了有孩子，其他都挺好。」

楊照愣了一下，問我：「這跟孩子有什麼關係？」

我說：「也是，主要還得看我倆。」

楊照疑惑地看著我，沒說話。

駱老師還在打電話，我和楊照就並排站在駱老師身後，看著他。

就在駱黎掛斷電話之際，我還是忍不住表達了一下此刻的感激之情，對楊照小聲說：「謝謝你喔，楊照，給我介紹男朋友。」

楊照猛地轉頭看向我，眼中複雜得難以名狀。

我正奇怪楊照的表情，駱黎轉身看見他，說：「正好，你回來了。剛才我媳婦打電話說鑰匙忘了，現在在孩子奶奶家。今天晚上就不和你們吃飯了，我再和小吳聊聊就走。」

此刻，我終於理解了楊照那奇怪的表情。

我尷尬到幾乎要昏厥。

我說：「不好意思啊，二位老師，我得去上趟廁所。」

我的臉滾燙，可是比我的臉更加滾燙的是自己的一顆羞恥心。

楊照也出來了。他拉住我的手臂，問：「妳跑什麼？」

「我不跑，還等著你來看我笑話啊！你跑什麼？」

說完這句話，我發現楊照又出現了之前在家居生活館裡的那個狀態，笑得顫抖不止。

他說：「我跑出來，不是為了追妳。我笑成這樣，一會兒沒法向駱老師解釋，我得跑出來笑一會兒。」

聽了他的話，我氣得又跑。

跑了沒兩步，楊照又追了上來。

他說：「行了，妳不是要從事設計行業嗎？他有非常好的資源。回去吧，駱老師很忙的，妳沒聽他說嘛，他一會兒就得走。」

我的後腦勺好像被木棍敲中了，身上所有的毛孔都被我自己給噁心吐了。我是真的傻，24K純傻，可是這個不重要，重要的是我要怎麼收場呢？

「那……那你不早說清楚！」

楊照說：「我沒想到妳腦子裡只有這個。」

我說：「這事不能怨我，是你誤導了我，是你讓我穿得漂亮一點的！」

聽了我的話，楊照停止了顫抖，他湊近我笑著說：「不是我誤導妳，是妳誤會了。讓妳穿漂亮點是為了見我，不是為了見他。」

他第一次這樣和我說話，可我總覺得很熟悉，好像有一個熟人住在他身體裡，卻被他這身陌生的皮囊包裹著而無法與我相認。

「一起回去？」楊照問。

我想了想，實在是太丟人了，我沒法越過心裡這道坎。

楊照問：「妳沒說什麼讓人誤會的話吧？」

我知道他是什麼意思，我忍著內心的劇痛把剛才那段不堪回首的經歷又從頭到尾地想了一遍，應該沒什麼破綻，即使是問了他的孩子，也算是朋友聊天，並不明顯。

我說：「沒有。」

楊照說：「那就沒什麼，走吧。」

我和楊照回去的時候，駱老師沒再提起這件事，很自然地把話題轉到有關設計的方向上去了。我們沒提，他也不問，真是很紳士的一個人。

駱老師說，如果讓我和學生一起學習一次，對於我來說並不實際。成長最快的方法就是學習結合實踐，他讓我週末的時候旁聽他的研究生課程，又交給我一個小案子，讓我先試著做一做。

18 開同學會的真正原因

那天駱老師走了之後，我本來想和楊照說「謝謝」，但想起我那時隔不久的上一個「謝謝」，這個「謝謝」就怎麼也謝不出口了，憋來憋去，憋得滿臉通紅。

楊照問我：「妳怎麼了，臉色不對啊。」

我說：「我嗓子疼。」

楊照問：「嗓子疼，妳臉紅什麼？」

我很認真地向他說明原理。「嗓子疼就是嗓子發炎了，發炎了嗓子眼就會泛紅，這種紅容易擴散，很容易就會擴散到臉上。」

有那麼兩秒鐘，楊照就這樣靜靜地看著我胡編亂造。

他看著我的時候，我有點擔心他會戳穿我的謊話，但是他沒有。他再張口的時候，是問我：「那妳還吃飯不？」

我說：「不吃了，下次我再請你吃飯，我想回家了。」

楊照說：「那我送妳回家。」

我說：「不用了，我叫車回去就好，或者坐地鐵也可以，地鐵也很快的，還不堵車。你也挺累的，之前還在開會，你快回家吃飯吧——」

我還沒說完，楊照突然插話。「妳不是嗓子疼？還說這麼多？」

我說：「那好吧，你送吧，我給你導航。」

楊照說：「我已經不用導航了。」

他真的不用導航了，甚至都沒有問我一句，開回我家跟開回自己家一樣熟練。到了我家門口，他放慢了車速，觀察起來。

我問：「你幹嘛？」

他說：「我在找車位。」

我說：「不用啊，你靠邊停吧，我下去就行了。這個時間哪還有車位，連臨停的位置都沒有了。」

他說：「我還是送送妳。」

我說：「不用了，現在也不晚，我們社區挺安全的，你幹嘛要送我？」

楊照仍然在維持著找車位的眼神，有點不耐煩地說：「妳不是嗓子疼？」好，我嗓子疼，不想聽我說話我就不說了。

我就不說話，楊照就繼續找。我看著自己離我家社區的門口越來越遠，越來越遠，這時候楊照的電話響了。

螢幕亮了起來，我看見螢幕上顯示了一個英文名字以及一隻狗的頭像，名字是Eve，狗是柯基。

總不能是這隻叫 Eve 的柯基犬給他打電話吧？

我問：「你怎麼不接電話？」

楊照這才停下車子，看了看他的電話。

可能是因為太久沒有接聽，對方掛斷了電話。他黑色的電話好像死掉了一般，沒有了任何靈動的生命跡象。

楊照抬起頭和我說：「確實沒有車位，我倒回去，妳在門口下車。」

他倒車，倒車影像顯示出來，但我不知道他為什麼除了倒車影像，還要偶爾轉過頭親自看看後面，難道是因為這裡是老舊社區的大門口，人多車多路況複雜嗎？我雖然在上大學的時候就考過駕照，但是從來都沒有上過路，所以我不太明白。

為了方便，他把一隻手搭在我的靠背上，偶爾轉頭的時候，他的側臉會離我很近。

他的側臉很好看，又是一副全神貫注的樣子，我偷偷瞄他的時候不敢呼吸，怕我的呼吸撞到他的臉上，讓他發現我在偷看他。我好像突然回到了還在當少女的時候，會因為一起擠公車的好看學長而心悸。

楊照在門口停下，他本來要下車，但是後面的車按了「叭叭叭」，他就又坐了回去。

要下車了，我覺得我還是得說出來。

「今天謝謝你。」我說。

他說：「沒關係啊，送妳回家而已。」

我說：「不是這一件。」

楊照說：「哦，是那件事。」

我說：「對，真的謝謝你！」

楊照輕輕地點點頭，好像我給他送了一個水果籃，他看了看，然後輕描淡寫地說「哦，水果籃」，沒說收不收。

後面的司機又「叭叭叭」，我趕緊跳下車。

就這樣，我過上了下班後就去上課的日子，但企劃的工作非常沒有規律，經常加班，所以我有時候甚至會下了課又回到單位去加班，然後直接又上班。好在公司有一項比較人性化的規定，如果前一天加班了，第二天沒什麼事的話可以晚點過去。

直到有一天，我打開鞋櫃，鋪天蓋地的酒味向我襲來，我想起一句話，叫酒香不怕巷子深。柳州老窖，果然好酒！

剛好今天下班下課都早，我抱著鞋盒子去找馬琳。

馬琳穿著幹練，化漂亮的妝，一進門，我就被馬琳的胸部深深地吸引了。

馬琳問：「妳看我胸幹嘛？」

我說：「我沒看妳胸，我在看妳的名牌。」

說到名牌，馬琳自豪地往前挺了挺，名牌上面的英文名字離我更近了。

「看見這上面的職位了嗎？」馬琳問。

我說：「看見了，不過妳的英文名倒是挺洋氣的。Madeline……瑪德琳……」

馬琳說：「因為我現在只服務更高端的客戶，所以只有這個洋氣的名字才能配得上我現在的身分。」

「可是馬琳，」我皺起眉頭看向她。「妳名字裡缺德啊。」

「妳才缺德呢！」她一個大白眼翻過來。我發現半個多月沒見，馬琳的白眼竟像海浪一樣洶湧。

她說：「妳找我幹什麼來了？還不快把鞋子給我看看。」

「哦，對。」我趕緊把鞋盒子打開。

馬琳說：「快關上！」

我又趕緊關上。

她說：「這味道也太大了，怎樣的，妳和鞋喝交杯酒啦？」

我說：「沒有，有人要給我上墳，剛好上我鞋上了。」

馬琳的表情有了細微的變化，她說：「吳映真，程淺出差了，我今天晚上還得自己回家呢，妳別嚇唬我行嗎?!」

我把我在黃博宇婚禮上發生的事簡略地講了一遍。
馬琳平靜地聽完，然後平靜地說：「妳跟我出來一下。」
我問：「幹嘛？」
她說：「來就是了。」
我們走到門口，馬琳說：「叫妳出來，沒有別的意思，我接下來說的話會很難聽，在裡面說，我怕會髒了那一屋子的好鞋。」
我敬佩地說：「馬琳，妳是用真愛來賣鞋。」
馬琳拍拍我的肩膀說：「謝謝妳，我也是用真愛來罵妳。」
然後她就真的用很難聽的話來罵我了，雖然很小聲，但是真的很難聽。
中途我有點受不了了，就問她：「馬琳，妳說話能不能不要那麼難聽？」
馬琳說：「不能啊。」
然後繼續罵我。
差不多有五分鐘，馬琳看了看錶，我也看了看錶，已經九點半了。
我問：「妳快下班了吧？」
馬琳點點頭，說：「嗯，她們快下班了，我還得等一位客人。」
我問：「那妳要等到幾點？」
馬琳說：「大概要到十二點半吧。」

我很驚訝。「什麼人，十二點半來買鞋！」

馬琳聳聳肩說：「是啊，這個客人每次都是十二點半過來買鞋。有些有錢人就是這樣，不走尋常路，否則怎麼有錢的會是他們？」

我說：「那妳也等?!」

馬琳說：「對呀，這是我的工作呀。」

我說：「那我陪妳一起。」

她說：「不用了，很晚的。」

我說：「妳不是說程淺出差了嘛。」

馬琳沒說話，把我的鞋盒子抱了過去，問我：「咱們得吃點東西，妳想吃什麼？」

她的同事們陸續都走了，我和馬琳坐在店裡吃壽司。她說壽司沒異味、沒湯汁，乾乾淨淨又貴，剛才罵了我一頓，正好可以當「甜棗」請我。

我說：「謝謝，妳想得可真周到。」

馬琳說：「那個楊照對妳還挺好的，還從婚禮上救妳，還借了輛豪車來接妳，妳確定那是他借的車嗎？」

她把壽司上面的鮭魚挾走了，若有所思地放進嘴裡。

我問：「妳幹嘛不吃底下的飯糰？」

她說：「因為不好吃啊，而且米飯還胖人。」

我說：「那妳幹嘛不直接訂生魚片，幹嘛要訂壽司？」
她說：「我怕妳吃不飽啊，正好米飯都給妳吃。」
我說：「謝謝，妳想得真周到。」
馬琳說：「對了，和妳說個事，我們小學要開同學會了。」
我說：「哇，小學畢業快二十年了，這還是第一次開同學會啊。」
馬琳嚥下那片鮭魚，然後露出一抹迷人的微笑，渾身上下散發出的是猶如綠皮火車裡那冒著熱氣的紅燒牛肉麵一般熟悉又令人渴望的味道。
那，是八卦的味道。
「知道為什麼嗎？」
「快說！」
她放下筷子，說：「咱們小學的班長劉鵬，他前兩年不是出家了嘛？」
「啊？我不知道啊！」我很驚訝。劉鵬是個上課喜歡睡覺和玩泥巴球的學霸，非常聰明，他媽是我們學校的教導主任，雖然小時候他那雙小眼睛裡就有對世間萬物都毫無興趣的神態，但我真沒想到他能走這一步。
馬琳接著說：「後來他又還俗了。」
「啊……那就更不知道了。」
「聽說他看中了一位常年去他們廟裡上香的女施主的女兒。這個女兒啊，讓劉鵬產生了似曾相識的感覺。本來劉鵬都把手機上交師父了，他又向師父去要，師父就問他為什麼要手機。劉鵬認為自己不應該欺騙師父，就告訴師父，自己碰見了一個女孩，覺得似曾相識，想把女孩偷拍下來留作紀念。」

「這……好嗎……」我覺得劉鵬的意志很不堅定。

「結果師父說，緣生緣滅，乃情字使然，你還年輕，還有未了的情緣，你不應該再待在廟裡了，你應該去找那個女孩。劉鵬一下就悟了。妳想想師父是多有慧根的人呀，不然能當師父嘛！」

「後來呢？劉鵬去找她了嗎？」我問。

「當然沒有了！咱班長能有那本事?!但他還是偷拍到了那個女孩，他把照片拿給他師父看，問他師父，覺得他們倆之間有沒有緣分。」

「他師父怎麼說？」

「他師父說，我們是佛家，不管算命，你要想算姻緣，半山腰左轉有家道觀。」

「那劉鵬去了嗎？」我問。

「當然沒去，他怕道觀收費貴，想起了張詩慧。」

「張詩慧？」我一時想不起來。

「妳忘了？就是從小就喜歡看什麼星座運勢、血型、手相的那個神婆，沒事就給大家做心理測驗。」

「哦哦哦，我想起來了，她現在專職搞算命啦？」

「專不專職我不知道，不過她確實是在搞算命。然後劉鵬就把照片給了丁武，丁武又找到陳晶晶，陳晶晶又找到董冬晴，董冬晴又找到我，我又找到李顯，李顯又找到龐博，龐博又找到顧曉白，顧曉白才找到張詩慧。」

「這麼麻煩……找家道觀算個命能花多少錢……」我感嘆道。

馬琳說：「不過也就是因為這件事，同學們又重新聯絡起來了。但是妳猜最要命的事情是什麼？」

「是什麼？」

「張詩慧一看到照片就說，這女的不是丁丹妮嗎？」

「啥?!」我嚇了一跳。

「妳說是不是很要命，我聽到這裡的時候也嚇了一跳，我也沒看出來這是丁丹妮。妳說上學的時候一共六年，我都沒看見劉鵬和丁丹妮說過六句話，他倆一年一句話的頻率都達不到，十多年以後，還一見鍾情了。」

我說：「最要命的不是劉鵬對丁丹妮一見鍾情……最要命的是劉鵬、丁武、陳晶晶、董冬晴、妳、還有李顯、龐博、顧曉白，你們竟然沒有一個能看出來，那是你們親愛的小學同學丁丹妮?!那張詩慧是怎麼做到的？」

「張詩慧是神婆啊！」馬琳說：「而且聽說丁丹妮整容了。」

「她整了哪裡？」我問。

「她割了雙眼皮。」馬琳鄭重其事地回答。

「割雙眼皮叫整容?!」我大吼。

如果割雙眼皮也叫整容，那有些明星可以直接叫投胎了。

馬琳說：「其實啊，我覺得，十幾年沒見的人基本上就算是陌生人了，更何況小學的時候我們都太小了，記不住也很正常。如果妳之前就知道對方是妳的同學，妳憑藉模糊的記憶和對方依稀殘存的童年時的模樣，妳大概能夠猜到對方是誰。如果妳不知道，快二十年沒見，在茫茫人海中，妳能認出來嗎？就算妳覺得眼熟，妳敢認嗎？」

我想都沒想就搖頭了，我確實認不出來。

「至於劉鵬和丁丹妮嘛，我覺得，如果劉鵬早就知道那女孩是小學同學丁丹妮，未必會對丁丹妮一見鍾情。特定的時候才會產生這種特殊的感情，距離產生美嘛。」

我說：「這些都是劉鵬告訴妳的？」

她說：「不是啊，是董冬晴告訴我的。」

我問：「那是誰告訴董冬晴的呢？」

她說：「劉顯。」

我問：「那是誰告訴劉顯的？」

她說：「那我就不知道了。」

我感嘆。「原來同學們都是透過八卦聯絡起來的呀，真是個團結的班級。」
馬琳又翻了個白眼，說：「這就是為什麼要開同學會的原因啊！」
我問：「什麼原因？」
她一臉嫌棄，說：「因為劉鵬想要聯絡丁丹妮啊！送分題啊這是，還用我告訴妳！」
那位VIP顧客走進來的時候毫無徵兆，馬琳瞬間變臉，兩副臉孔自然轉換，無縫銜接。我低頭看了一眼手機，剛好十二點半，一分都不差，難道這位尊貴的客人買鞋子的時間是算命先生算出來的黃道吉時嗎？
我識相地退到角落，看著馬琳熱情又得體地陪這位客人挑鞋子試鞋子。這位客人年紀輕，衣著得體，而且氣質知性，態度優雅，一進來就一直說抱歉，過程中還不斷說謝謝。
女孩的腿很好看，又細又長又直，這樣的腿和高跟鞋很相配，看著她一雙一雙地試，每一雙都好像是為她設計，我不禁心生羨慕且毫無睏意，好像在看一場秀。
最後女孩買了八雙，不枉馬琳等她這一場。
馬琳下班的時候已經快兩點了，我們倆走在凌晨兩點的馬路上，上次是什麼時候？好像是高中畢業的那個暑假，我們第一次去網咖熬夜打遊戲的時候。那時候，世界正在我們面前慢慢打開，我們不用擔心未來，不曾懷念過去，我們就像是剛剛從封印裡放出來的兩隻小妖精，好像能活五百多歲，好像永不知疲倦。
十年過去了，我們拚殺在生活的戰場上，殘酷又艱難，但我們仍是戰友，她拿著刀，我拿著劍——算了，刀和劍的殺氣太重，那就給我們一人配個斗篷好了。我們沒長隱形的翅膀，但披著隱形的斗篷，依然並肩走在凌晨兩點多的路上。

我只是有點心疼我的朋友。

我說：「我沒想到妳這麼辛苦。」

馬琳說：「可是我心甘情願啊。銀行那件事之後我也想明白了，我就是喜歡錢，所以只要能賺錢，我做什麼都會開心。」

我突然想到之前羅露露跟我說的話。她說我被辭退並不怨她，是我自己的問題。也許真的是我自己的問題，是我做事情不夠專心，所有的任勞任怨、加班加點，都沒有靈魂，都沒有主動，都是自以為是。也許，這才是我被辭退的真正原因。

大半夜的，腦子還真是清醒了許多，很久沒有想明白的問題突然一下子就想通了，想通了心情就更好了。

我說：「那我也要向妳學習，趁著還有點力氣，全力以赴。」

馬琳笑了笑，曖昧地問我：「去妳那兒還是去我那兒？」

我說：「去妳那兒，我不放心我媽；去我那兒，我不放心妳。」

馬琳說：「去妳那兒吧，我也不放心阿姨。」

我說：「我家可小了。」

馬琳說：「那有什麼，妳睡廚房就行了。」

19 今天，我被一百個人求愛了（上）

星期六，我正在上課，楊照給我發微信：在做什麼？

我：在上課。

他：明天最後一批訂的家具都會到齊，來給我做裝修清潔。

天哪，他還知道要裝修清潔。

我回：不好意思，我明天也有課。我認識一個很好的阿姨，和我住一個社區，幹活又認真又俐落，保證給你家打掃得乾乾淨淨，你放心，我出錢。

我還附帶了一個笑臉。

我欠了他一個大人情，現在人家給了我償還的機會，我當然要積極主動。

他回：駱黎明天不上課。

我回：你說不上課就不上課？

他回：對，我說不上課就不上課。

我納悶了沒到兩秒鐘，就看見駱老師突然停了下來，然後對我們小聲說：「不好意思，我接個電話。」

我給楊照發微信：是你在給駱黎打電話嗎？

楊照很快回覆：不是。

果然，駱黎回來就通知我們明天停課，說學校後天承接了一個重要的考試，明天要封樓準備。

我問楊照：明天幾點？

他回：七點半吧。

我抱怨：怎麼比我上課還早。

那邊沒動靜了，五分鐘後他回：那就七點吧，聽駱黎說妳上課總遲到。

我沒回他，生氣。

為了爭這一口氣，我早上七點整準時到了他家。他家在學校旁邊，倒是非常好找。

楊照給我開門的時候，看起來好像剛剛睡醒，又好像一夜沒睡，一臉倦怠，滿眼血絲。他看見我的時候竟然愣了一下，好像我是個不速之客。

我和他打招呼。「唉呀小夥子，我就是清潔阿姨啊，給你做裝修清潔的，還等啥呢，趕緊吧！」

我拍了拍他的肩膀。

他斜著腦袋思考了三秒鐘，又看了看手錶，才笑著說：「妳是我的清潔小妹。」
我說：「沒禮貌，叫大姨。」
他一笑倒是看起來精神了不少。
他側身讓我進去，一間嶄新的房子，標準的兩房一廳，客廳裡除了上次在羅露露那兒買的一桌四椅之外什麼都沒有。次臥的三面牆都被書架占領，書架上的書籍被排得挺整齊，地上是兩個大大的銀色箱子。主臥除了衣櫃只有一個床墊，床墊上的毯子還是淩亂的，被晨光曬個滿懷。
我問：「床也沒到？」
他說：「對，床和沙發都是今天到。」
我說：「你書架倒是選得很好，結實又漂亮。」
他點點頭說：「對，我會選書架，就像妳會挑餐桌一樣，都是遵從了自己的內心。」
我預感這個話題再繼續下去我會比較尷尬，於是趕緊轉移。
我問：「他們說幾點送來？」
他說：「上午。」
「沒有具體時間嗎？」
「沒有具體時間啊，所以讓妳早點來。」
楊照走進臥室把毯子疊了疊，我聽見他說：「我要去洗個澡，妳給我熱下牛奶煎個蛋就行了。」

我強烈懷疑他讓我這麼早過來就是為了讓我做早餐。

廚房很乾淨，他又漂亮又齊全的廚具就像是廚房裡的裝飾品。起來太早我也沒吃，正好給自己也做了一份。

他濕著頭髮出來，我的四個煎蛋剛好落在兩個純白色的瓷盤子裡。

我解開圍裙，把熱好的牛奶倒進杯子裡，楊照就站在門口看著我，眼睛也不眨一下，像是在看我，又像是在看離我有八百公里或者八個世紀遠的事情。

我問：「你要撒點黑胡椒嗎？」

「嗯？」他聲音雖然在回應我，但是眼神還是剛才那個狀態。

「或者點兩滴醬油？」我把醬油拿出來，然後點在我的那顆煎蛋上。「我就喜歡配醬油吃，不知道你們老外喜歡怎麼吃。」

楊照這才開口。「那我也要醬油吧，少放一點。」

我兩滴，他一滴。

我們一起吃早餐，就坐在之前買的那張餐桌上，沒人說話，卻都吃得很慢，不知道是我影響了他的節奏還是他影響了我的。我想兩個人在一起生活原來是很費力氣的一件事，看看，連吃早餐的速度都要互相磨合和適應，簡直事無巨細。所以，這麼費力氣的事情還是要和相愛的人一起做，不然一定會有怨氣。

我感慨自己的智慧，一抬頭，發現楊照的臉上也寫滿了感慨，我連忙問他：「怎麼，不好吃嗎？還是沒吃飽？」

楊照喝了一口牛奶，認認真真地嚥了下去，然後才對我說：「真沒想到，吳映真，我還能吃到妳做的早餐。」

我說：「真沒想到，我還能在這張餐桌上吃早餐。」

他說：「妳之前好像是說過，特別喜歡這張桌子。」

我說：「對呀，陪你挑家具的時候說過，你還記得。」

他喝了口牛奶，慢慢說：「其實……我可以實現妳那個對於這張桌子的小願望。」

我說：「你把它賣給我？」

楊照嘴裡塞了塊雞蛋搖搖頭。

「那是……」我突然想到了一個讓我更興奮的事。「送給我?!」

他把牛奶一飲而盡，然後抽了張桌子上的紙巾擦了擦嘴，看著我說：「如果妳……願意，妳可以天天在這張桌子上吃早餐……」

我聽他說完，心裡的某個部分發出「咯噔」的聲響。我確定它是「咯噔」一聲而不是「噗哧」一聲或是「吱嘎」一聲，是因為我的心臟就像是水族箱濾水器被不小心塞進了一塊小石頭，「咯噔」一下就不運轉了。

我不再運轉，可他還是繼續看著我，大膽又怯懦。他的雙眼明亮而固執，嘴裡好像塞了些重要的話要對我傾吐出來，我彷彿已經看到了那些話，可他不說，我沒法看清楚。

楊照的電話響了，他沒有馬上接起來，我也沒有馬上恢復運轉。我們好像都在等待著什麼，可是到最後，他只是說了一句：「家具到了。」

我倆起身下樓。下樓的時候，我想通了楊照的意思，他就是想天天讓我給他當清潔阿姨，就是這樣。

那麼有口難開的樣子，也算是他良心微痛反映出來的一種症狀。

樓下停著一輛裝飾漂亮的搬家貨車，上面漆著「諾家家居」四個字。我問楊照：「我們不是在諾家訂的家具啊？」

楊照說：「是啊，我們買的都是折扣商品，送貨要加錢。」

剛說完，一個戴著墨鏡的乾淨男生從後面的SUV裡走了出來，笑著抱怨：「楊照，你說你請個搬家公司能花多少錢！我這貨車本來就不夠用。」

他摘掉墨鏡，我發現這個人非常眼熟，但我一時想不起來。

楊照說：「吳映真，這是許諾，我同學。」

我說：「哦，許諾！」

許諾說：「吳映真？」

楊照說：「你倆認識？」

我笑著說：「嗯，我去他們公司應徵過，他當時沒要我。」

許諾有點尷尬，說：「哦、哦，我想起來了。」

我說：「這很正常，應徵和相親都一樣，不合適當然不能湊合。」

許諾說：「其實我對妳印象很好的，我覺得拋開專業化的東西，和妳在一起共事應該會很有趣。」

我說：「我對許總印象也很好，是個實在又實幹的老闆。」

許諾臉上的尷尬一掃而光，說：「謝謝妳，希望我們以後能有機會合作。」

我問：「許總後來找到人了嗎？」

許諾說：「找到了，雖然困難了點。」

我說：「不管怎麼樣，先恭喜許總了。」

許諾問我：「妳後來找到工作了嗎？」

我說：「找到了——」

我還沒說完，楊照就插話說：「對，她找到了，在我這兒當清潔工呢，你快點搬，她計費挺貴的。」

家具本來就不多，一車就裝下了，一會兒就搬完了。等到搬家的工人們都散了，楊照給了許諾一件舊T恤，許諾去洗手間把自己的襯衫換下來。

我抱著自己平時在家幹活穿的運動服等在廁所門口。

楊照問我：「妳幹嘛呢？」

我說：「我帶幹活穿的衣服了，等許總出來我就去換。」

楊照指了指燦爛的陽光，說：「妳去臥室換。」

他們倆蹲在地上搞安裝，我暫時沒什麼事，就問他們：「你們想喝什麼？楊照家有咖啡、牛奶和啤酒，或者果汁也行，可以做西瓜汁和梨汁。」

因為許諾剛才有誇讚我，我覺得應該讓許總對我的印象再上一層樓，於是特意面對許諾，微笑著問：「或者葡萄汁也可以現榨喔。」

我想，許諾應該可以透過腦補製作葡萄汁的複雜過程了然我對他的示好。

許諾微笑說：「謝謝，我要水就可以了。」

楊照面無表情地說：「我想喝葡萄汁。」

我說：「做葡萄汁很麻煩的，需要我一粒一粒地手工去皮去籽。」

楊照說：「我知道啊，妳別忘了洗手。」

我有點來氣。「人家喝水你也喝水嘛，我一會兒還要打掃整個房子，很累的。」

我說完，還是乖乖去廚房製作葡萄汁去了，畢竟欠了人家一個大人情，人家想喝個葡萄汁，這種小事，再麻煩也要照辦。

我在廚房聚精會神地去皮去籽，聽到許諾對楊照說：「聽說 Eve 帶著楊敏霓來了。」

Eve？這個名字我曾經在楊照的手機上看到過，她果然不是一條狗。

楊照一開始沒有聲音，只聽到「叮叮噹噹」的落錘聲，好一會兒，楊照的聲音才隱隱約約地傳過來。

「我們還有……沒結束……」

楊照的聲音太小了，中間那個「還有……沒結束」的「……」，被他一錘子給砸掉了。

我不知道為什麼，我真的不知道為什麼，就躡手躡腳地走到門口，全神貫注地偷聽他們的談話。

許諾說：「這手機一直在閃。」

我第一個反應是：應該是 Eve 打給楊照的電話。

我的身體因為這個信號幾乎固定在廚房的門口。我不是沒有聽到楊照的腳步越來越近，但是我此刻滿腦子的想法都是：近一點好，近一點我就能聽清全部內容了。

直到楊照就那麼猝不及防地出現在我眼前。

我才想，我是希望他近一點，可我沒希望他這麼近。

楊照問：「妳趴在門口幹嘛呢？」

我……我一時沒答上來。

楊照舉起手機說：「妳手機一直在閃。」

「哦。」我說。原來是我的手機。

「我設置成靜音了。」我接過手機這一看，一共十條訊息和兩個未接電話。

現在很少有人給我發訊息了，我納悶著點開第一條，是一個陌生的號碼，內容是：

美女，我很喜歡妳，我現在也是單身，我們可以聊聊嗎？

第二條：妳好，我覺得妳很不錯，我們能見個面嗎？

第三條：妳好美女，在茫茫人海中認識妳，是緣分，請給我個機會，我會好好表現的！

後面的幾條也正是大同小異，大同的意思就是想跟我約會，小異的意思就是有些要和我見面，有些要和我先聊天再見面。

就在我讀訊息的時候，又來了兩條大同小異的；等我讀完新來的兩條訊息的功夫，就又來了三條……

讀著讀著，我的頭皮一陣發麻，脊背一陣發涼。我突然被十幾個人同時求愛，我感到……非常可怕……

楊照問我：「吳映真，妳怎麼了？」

我緩緩地抬起頭，看著他，說：「我……我也不知道我是怎麼了……」

20 今天，我被一百個人求愛了（下）

楊照說：「給我看看。」

此刻的我是無助的，但是我不能給他看，不然，我就又一次成為愛看熱鬧的楊老師眼中的那個「熱鬧」。

訊息還在一個一個往外蹦，電話也進來了。當著楊照的面，我怎麼也得接通一個「熱線電話」，才能讓他放棄看我手機的想法。

「不好意思，我接個電話……」

我和楊照說完，楊照一動不動，連看我的眼神都沒發生變化。

我只好慢慢轉過身去，接通電話。「喂……」

對方說：「美女妳好，我介紹一下我自己啊，我呢，三十二歲，身高一七五，體重也就八十多吧。我在津南商廈有一家店，賣床上用品的，一年下來淨利能有個五、六十萬吧。有間房，三房一廳，去年買的；有輛別克，開三年了，美女妳看我這個條件行不行？」

我轉過頭看了一眼楊照，祈禱他聽不見對方在說什麼，但他帶著內容的表情告訴我，他全聽清了。

「喂，在嗎？」對方問。

「在……」我說得毫無底氣。

「妳看我這條件行不行啊？」對方又問了一遍。

「挺……挺好的……」我說。

「那妳看咱們啥時候見見面？」對方倒是非常主動。

我實話跟他實說：「這位……老闆，你可能打錯了……」

對方立刻問：「我這麼好的條件妳還不滿意？」

我說：「不不不，你條件很好，但是你真的打錯了……」

對方說：「那妳這不還是不滿意嘛！」對方笑了，聲音裡透著一絲不甘心，問我：「那妳想找什麼樣的啊？」

我問：「不是，我想問一下，你是怎麼知道我電話的呀？」

對方說：「行了行了，我知道了，我配不上妳，那就不浪費妳時間了，我也挺忙的。」

電話被對方掛斷了，我就這樣稀裡糊塗地拒絕了一個年薪幾十萬的追求者。我嘆了口氣，想起了我大學時的校花。她就住在我隔壁的寢室，晚上經常穿著那件白色蕾絲的公主睡衣在走廊裡拒絕打電話來求愛的人。每次我拿著臉盆從她的身邊走過，都能聞到一陣迷人的香氣，那是被人當成「香餑餑」的香，我就沒有。

可是今天，握著我發燙的電話，我覺得自身也開始散發著那種奇妙的味道。

我低下頭聞了聞自己的袖子，又轉過頭看了看楊照。楊照問：「怎麼了？」

我問他：「你覺得我身上有味道嗎？」

楊照湊過來聞了聞，說：「妳今天是不是沒洗頭？」

我真是多嘴問他。我說：「我來你這兒幹家務活洗什麼頭？而且我昨天洗了！」

這時候許諾也走了過來，問了一聲：「你們怎麼了？」

楊照說：「沒事，我們走吧。」

我轉過身繼續弄葡萄汁。

大概一個多小時，楊照和許諾完成了所有的安裝工作，而我也漸漸意識到這件事情的嚴重性。因為我的手機就快被從未間斷的訊息和電話閃得沒電了，我不得不去拿行動電源。

楊照和許諾坐在沙發上休息，見我在給手機充電，許諾問：「我看妳的電話一直在響，妳怎麼不接電話？」

我說：「他們都打錯了。」

楊照問：「妳為什麼不直接關機？」

我沒搭理他，放下電話，我開始擦地板。

我擦地板時，電話響個不停，擦衣櫃時電話響個不停，整理垃圾時，電話響得更凶了。

我今天，至少被一百個人求愛了。

我又想到了上大學時隔壁的校花，在人氣這方面，她的用戶總量肯定比我多，但我的日均用戶增量一定遙遙領先。真是世事難預料，我萬萬沒想到。

我想到了我媽、我姨和馬琳，可是她們再瘋狂，也不會不通知我就直接公布我的資訊。那麼，他們是怎麼知道我號碼的？是誰公布了這些資訊？但這些都不是最關鍵的，最關鍵的是我怎麼這麼不相信自己能吸引這麼多人？

越想越煩躁。

我走過去看了看手機上顯示的消息和時間，已經過去兩個小時了，我想這不是我不理不睬就能解決的事情了，必須要弄明白。

正好事情也幹得差不多了，我脫了橡膠手套，拿起手機和楊照說：「我做完了，我還有事先回去了。」

楊照正在和許諾聊天。聽了我的話，他站了起來，說：「妳還沒刷馬桶呢。」

我說：「我不願意刷馬桶。」我才不要給男生刷馬桶呢。

楊照說：「刷馬桶也是清潔的一部分。」

我說：「不，馬桶剛才已經被你尿過了，已經不能算是新屋的一部分了，我只負責還沒被使用過的東西。」

楊照說：「剛才是許諾尿的，我沒尿。」

許諾瞬間臉紅了。

我說：「那……那你昨天肯定睡在這兒了，你肯定也尿過！」

楊照說：「我昨天一直在學校，沒睡覺。」

楊照說完，我發現許諾擔心地看了他一眼，張了張嘴，但什麼都沒說。

我說：「瞎扯！我早上明明看到你的被子沒有疊，你還一副沒睡醒的樣子，楊教授，你能不能有點道德底線啊楊教授！」

不知道為什麼，楊照也有點激動了，說：「妳糾結這個問題有意義嗎？妳工作沒做完就想走嗎？」

我說：「我，這個今天被眾多男士求愛的女神在這裡給你做清潔，這都可以，但是，你竟然還想讓我給你刷馬桶?!」

許諾說：「算了算了，你倆都別吵了，要不我去刷吧，反正剛才是我尿的。」

我捏著電話走進廁所，然後重重地將廁所門關上。

有一個只顯示「本地號碼」四個字的電話非常執著，從開始到現在，一共給我打了五個電話，現在又打進來了。我想，既然他這麼執著，那就問他好了。

我勇敢地再次接起電話。

對方操著濃重的東北口音。「美女，妳終於給我機會了，我好好介紹一下自己哈——」

我說：「大哥，你先等一下！你先聽我說。」

他說：「好，妳先說，妳想要什麼條件的？」

我說：「大哥，你能不能先告訴我你是在哪裡看到我電話號碼的？」

大哥「啊」了一聲，顯然是被我問愣了。

然後他問我：「美女，妳不找對象嗎？」

我說：「我找不找對象這些都不重要，關鍵是大哥，你怎麼知道我找對象呢？」

大哥說：「在天下良緣網啊！不是妳發的訊息嗎？」

我說：「不是我啊！真不是我啊！我壓根就不知道這件事啊！」

我完全懵了，天下良緣是個什麼網？

大哥還是挺實在的。他說：「老妹，妳是不是讓人給整了？妳趕緊去看看吧，妳的頭像是短頭髮，穿件紅衣服，挺好看的，是今天剛發到網上去的。」

我說：「謝謝大哥！」

大哥說：「謝啥，聽妳這動靜，是給妳嚇壞了。」

掛斷電話，我從廁所走出來。

楊照說：「妳刷完了？」

我說：「刷馬桶這件事暫且放一放，你能不能借我一下電腦，救急。」

楊照雙手抱胸，生出一種了然一切的面相，說：「到底怎麼了？現在妳可以說了吧！」

我說：「我要上天下良緣網。」

楊照問：「那是什麼網？」

我說：「徵婚網站。」

楊照問：「妳要徵婚？」

我說：「不，我可能被徵婚了。」

楊照家有一個桌上型電腦，一個筆記型電腦，還有一個 iPad，我們三人一人一台設備，尋找天下良緣裡的紅衣女人。

是許諾先找到的。許諾說：「吳映真妳看，短髮紅衣，是不是這個人？」

我和楊照湊了過去。女孩穿著紅色的低胸針織衫，照片的角度是從上至下，顯得這位漂亮女子臉小小的，眼睛大大的，事業線長長的。

事業線長長的……哦……

「我說怎麼那麼多人給我打電話……」我的內心一片清明。「可是，這女的為什麼要留我的電話呢？」

楊照指了指螢幕上的電話說：「不，這不是妳的電話，妳手機號碼的尾號是 7987，這女的的尾號是 7978。我發現妳和那一百個打錯電話發錯訊息的傻子一樣，是真的傻。」

我發現，楊照竟然記得我的電話號碼。

「所以呀吳映真，妳幫這位美女過濾到了一百多個大傻子。」楊照說。

我暗暗心驚，連打錯電話的都有一百個。

楊照在我身後嗤嗤地笑，笑起來也挺像個傻子的，不僅我在看著他，許諾也在看著他，用一種看陌生人的表情。

我說：「楊教授，你要不要打一個試試？」

楊照拍了拍我的椅背說：「好了，妳該去刷馬桶了。」

我起身離開，楊照又叫我。我說：「什麼事啊，楊老闆？」

楊照說：「既然事情解決了，妳就別著急了，一起吃個飯。」

我說：「我要去西馬。」

楊照說：「好，聽妳的。」

刷馬桶的時候，我怕他反悔，特意給西馬打電話訂了位子，然後又特意告訴楊照。

許諾問我：「很好吃嗎？那家店。」

我說：「許總還沒吃過吧，誰吃誰知道。」

預訂就是好，不僅立刻有座位，連座位的風水也很好，離空調近，離廁所遠，坐北朝南，隱蔽通風。

等待上菜的時候，我忍不住說：「我有個問題想問你們。」

許諾問：「什麼事？」

楊照說：「說。」

我說：「你們覺得今天那位美女為什麼那麼受歡迎？」
許諾說：「這個……」
楊照說：「我以為妳已經懂了。」
我說：「所以，對你們男人來說，那個……那條線……就那麼重要嗎？」
許諾說：「這個……」
楊照說：「事實上……」
許諾說：「怎麼講呢……」
楊照說：「一般情況的話……」
許諾說：「第一眼的話……」
楊照說：「是的。」
許諾說：「嗯。」
我垂頭喪氣，什麼高深莫測的男女關係，複雜多變的兩性情感，其實核心都是很簡單的。我這一垂頭，就看到了我自己的前胸，然後我就更喪氣了。
我說：「沒想到，像你們這種高知、高智、高顏值的三高男青年難道也這麼庸俗嗎？」
許諾低下頭，好像在笑，又好像在害羞，但楊照沒有。楊照用一雙疑惑的眼睛望著我，彷彿要望進我的靈魂深處。
隔了一會兒，他突然指了指許諾，開口問我：「他，也算高顏值嗎？」

場面一度非常尷尬。為了打破尷尬局面，我問許諾：「許總，你愛吃魚嗎？」

許諾說：「我挺喜歡的。」

我說：「他家的烤吳郭魚特別好吃，你一會兒一定要嘗嘗。」

正說著，一位三分頭、衣著嘻哈的青年走過來問：「請問你們誰的尾號是 7987？」

我舉了手。

青年笑了起來，操著一口東北話說：「唉呀媽呀，就是妳啊！這麼巧！」

我愣在座位上。

青年接著說：「妳沒聽出來嗎？我今天給妳打過電話，咱倆還聊了會兒呢！天下良緣，想起來沒？」

我說：「啊！我想起來了！你是那位大哥！」

青年趕緊說：「姊，妳別這麼叫，我就聲音老了點，但肯定比妳小。」

我想說點什麼，但不知道說什麼好，只能回以尷尬而不失禮貌的微笑。

青年接著說：「那什麼，姊，咱們這都是緣分，你們這頓飯免單了，以後來和我說一聲，給妳打折。」

我說：「你是……」

青年說：「我叫吳西，西馬是我的店。」

21 你是不是喜歡我？（上）

我連忙站了起來。此刻我對吳西充滿了敬意，想起那些因為吃到了美味的食物而去後廚感謝廚師的故事，我說：「吳老闆，除了讓我的購物方式和支付方式發生變化的那兩個馬姓爸爸，我最佩服的企業家就是您了。」

我說完，楊照和許諾都很驚訝。他們兩個瘦瘦的，連個小肚子都沒有，當然不會明白一個吃貨的價值觀。但其實我也有點誇張了，我本來想要為美食適當屈膝，但我一個不小心啊，跪出了兩個大坑。

我有點尷尬，拿起杯子想喝一大口水，但是發現我杯子裡一滴水都沒有了。不過還好這不是玻璃杯，我就順勢裝出還剩一點的樣子，咬住杯子邊，並九十度角仰望天花板，為大家表演一飲而盡。

吳西笑了，笑容裡的尷尬也挺明顯的。他說：「可別逗了，姊！我還企業家，我爸一天到晚說我沒出息。」

我說：「咱叔叔要求太高。」

吳西很認真地說：「他不是要求高，他說的是真的。」

我心想，這是個實在孩子。

「你們先吃著，我去讓後廚給你們快點做。」

吳西轉身要走，我叫住了他。

我說：「吳西，你確實打錯電話了，她的電話尾號是7978，我的是7987，你可以再試一下。」

吳西說：「沒事，不打了。我跟她沒有緣分，跟妳還挺有緣分的。我這人平生就信兩樣東西，信緣，信命。」

吳西一邊說一邊把左右兩個衣袖依次擼到手肘，小臂同等位置的「緣」和「命」就顯露了出來。我發現這兩個字都連著一條黑線往上蔓延，被衣袖擋著，看不出個所以然來。

「你這黑線是……」我很好奇。

吳西說：「我不跟妳說了嘛，信緣，信命，這兩個字都連著『信』字呢。」

說著，吳西轉過身，把他背部的衣服儘量往下拉，後脖子上的「信」字就顯了出來。果然，在「信」的下面分出了兩條和剛才一樣粗細的黑線，延伸進衣服裡。

我都想鼓掌了。

我問：「紋了這麼長的兩條線挺疼的吧？」

吳西說：「線雖然長了點，但是細，還好。」

我點了點頭，更加佩服這位餐飲企業家了。

「哦，對了，妳來的時候，如果我沒在，妳就向櫃檯報我的私人電話號碼。」他說。

我說：「好呀，但是我電話顯示不出來你的號碼。」

他說：「對，妳記一下，儘量不要告訴別人。」

我說：「好的，我知道了。」

我趕緊回到座位上拿手機，發現手機又被沒完沒了的熱線電話晃沒電了。

我和吳西說：「手機沒電了，但我有電源，要不你等會兒再告訴我？」

吳西說：「沒事，我先給妳寫上。」

他向來上菜的服務生要了一枝筆，握在左手上，然後問我：「寫在哪兒妳比較方便？面紙上？」

我想了想說：「就寫我手上吧，等看不清的時候我也記住了。」

吳西點點頭，問：「寫哪隻手？」

我說：「寫右手吧，我拿筷子用左手。」

吳西說：「妳也是左撇子啊。」

我說：「也不全是，除了吃飯，我都用右手。」

吳西看了看我沒說話。他把號碼寫完，我吹了吹，儘量加速它的風乾。

等吳西走了，我轉身一看，楊照和許諾都吃上了。我邊吹手心邊坐下。

楊照拿起一根羊肉串，不鹹不淡地說：「見識到了吧？」

許諾趕緊挾了一塊魚放進嘴裡，說：「嗯，這吳郭魚是挺好吃的。」

楊照白了許諾一眼，我白了楊照一眼。

我才不管楊照什麼意思，我有了長期折扣卡，自然要在沒背全之前把它高高舉起來，這對我來說可是必需品。

吃完飯，許諾走了，我說我也要走了，楊照說要送我。

我就上了他的副駕駛座，剛想用右手去搆安全帶，楊照突然說：「妳別動。」

我說：「幹嘛？我要繫安全帶。」

他說：「我知道，但妳手上有字，墨水會蹭到安全帶上。」

我說：「沒事，我背得差不多了。」

他說：「那樣會弄髒我的安全帶。」

楊照有的時候，說話具有點穴的功能。

我靜靜地看著他，沒想到楊照竟然靠了過來，伸手拉過安全帶，幫我繫上。哪些電視劇裡有這個橋段來著？我想了想，好像有好多，具體想不起來了。電視劇裡每次出現這個橋段，都具有什麼暗示來著？一般都是要表白、要接吻、要相愛。

我猛地轉頭看楊照的表情，他倒是面無表情，認真開車。

我被自己的想法嚇得一哆嗦。

楊照問：「妳冷嗎？」然後伸手去調整空調的開關。

我說：「我不冷，你能不能給我充點電？」

楊照說：「妳還充電幹什麼？準備接聽下一位熱心觀眾的來電嗎？」

我說：「萬一要是有人找我呢？」

楊照看了我一眼，問：「還有誰找妳？」

我不明白他什麼意思。

我說：「當然還是會有人找我的，比如我媽，她自己在家，有事當然要找我。」

正好這時前方的紅燈亮了，從九十開始倒數。楊照又看了我一眼，我發現他看我時的眼光比剛才柔和了一些，好像一隻正在被人抓癢的貓。

他乖乖地把我的手機插在他車裡的電源處。

到家時，吳西的電話我已經背熟了，手機也充了百分之二十的電量。我用楊照車裡的面紙擦手，低著頭考慮要不要把電話號碼存在手機裡備份時，楊照突然說：「我的電話號碼是多少？」

我說：「你號碼沒換多久吧？我剛換電話的時候也是這樣，記不住自己的號碼。」

他看著我說：「我問妳我的電話號碼是多少？妳能記住嗎？」

我抬起頭看著他，輕聲說：「我當然不能啊……」

楊照說：「那妳能記住誰的電話？除了串店老闆還有誰？甜品店老闆和火鍋店老闆？」

我說：「你什麼意思？現在都有手機通訊錄了，我記不住別人電話很正常啊。」

「那妳為什麼要記住串店老闆的電話？妳還告訴他妳要記住，妳——」楊照說到一半不說了，有人敲了敲他的車窗，楊照把車窗打開。

那人說：「哥兒們，你擋我路了，我要開出去。」

楊照點了點頭，說：「不好意思。」

然後給對方的車子讓出一條路，正好空出一個車位來，楊照試圖停進去。

我上次在做「我以為」的假設時是去見山羊先生，那次鬧了一個大笑話。我也承認我是一個非常自以為是的人，活了這麼久沒什麼感情經歷，但我畢竟是個成年人，沒有什麼感情經歷並不代表沒有資格去揣測別人對我的感情，我今天就大膽揣測了！

我說：「楊照，我們雖然沒認識多久，但也算是熟悉的朋友了，是吧？」

楊照正在認真倒車，車位有點小，他比平時要更仔細。聽我這樣說，他看了我一眼，說：「對，怎麼了？」

我接著說：「有一句話，我不知道當講不當講。」

楊照打了方向盤，慢慢放開煞車，車子在一點一點向右後方移動。

一點一點，一點一點。

我也一點一點地，一點一點地在等待他的回覆。

他終於發現不行，車身眼看就要和隔壁的車子擦到一起，他踩了煞車，又換檔，然後把方向盤轉了回去，試圖再往前上一點。

這時候他似乎才想起來我還有句不知當講不當講的話沒有講。

於是他說：「妳講啊。」

他往前又開了更大的距離，然後又開始往右後方一點一點地倒車。

我得到了他的允許，又和他確認了一遍。「是你讓我講的啊。」

楊照說：「對，沒錯，是我。」

我說：「你……是不是喜歡我？」

我聽到「噹」的一聲，隔壁車發出刺耳的警笛，警告我這下完了。

我說：「你快下去看看。」

楊照說：「妳說什麼？」

我說：「我說你快下去看看！」

楊照說：「不是這句，是上一句。」

我說：「那我下去看看。」

我說著就要下車，楊照也跟著下去了。還行，不是很嚴重的撞擊，車體沒有變形，就是掉點漆。還好隔壁車的擋風玻璃上擺著電話號碼。楊照給對方打電話，打了三次才接通。楊照說明了情況，對方說要將近一個小時才能過來。

22 你是不是喜歡我？（下）

其實把那個問題問出來我就已經後悔了，但是後來他又撞車，我來不及思考那麼多。不過在他打電話的時候我冷靜了下來，盤算著怎麼能當作剛才那一切都沒有發生。可是我還是算錯了一步，我趕在他電話還沒打完的時候溜掉就好了，因為我說：「那什麼，我今天幹活太累了，又受了驚嚇，我就不陪你等了，先上樓休息了。」

我說完轉身就想走，楊照說：「妳別走。」

我說：「這也不是什麼大事，一會兒就能處理完。如果這期間出了什麼大事，你可以給我打電話。」

然後我轉身，楊照兩步就走到我面前了，他說：「妳把我車子撞了就想走？」

我很驚訝，腦子裡第一個反應出來的詞語竟然是「碰瓷」。

我說：「楊老師，是你撞了別人的車，不是我撞了你的車。剛才是你在開車，我沒車，我怎麼撞你？要不你撞一個我看看？」

楊照看著我，很認真地說：「是妳讓我撞給妳看的。」

我心想「哎呦喂」，我還真是拭目以待呢。

「嘿嘿，來來來，你快給我演示一下，讓我開開眼。」

楊照說：「好。」

然後他走過來，抱住了我，在我耳邊輕輕說：「妳看，撞上了吧。」

我說不出話來。他突然抱我，我真的沒有想到，這一刻我經歷了人生中非常複雜的思考過程：第一秒的時候，我很驚訝，這種驚訝的感覺就好像在電梯裡遇見了吳彥祖，一時半會兒反應不過來。第二秒，我有點排斥。楊照的身體對我來說是陌生的，而且我對擁抱這件事本身都非常陌生。我家人從來不用肢體語言來表達什麼，他們基本上都不表達，所以這種排斥不是針對楊照；就算是吳彥祖來抱我，我也會有點排斥。第三秒，我生出了一種說不太清楚的感覺。這種感覺我也不太熟悉，不過第一次在電影裡看見吳彥祖的時候曾經出現過，但是當時沒有現在來得這麼洶湧。第四秒，我有點納悶，為什麼楊照抱我的時候，我滿腦子都是吳彥祖呢？第五秒，那個被撞的車主來了，是個大哥。

楊照放開我，說：「您來得挺快嘛。」

車主「嘿嘿」一笑說：「我可以等一會兒。」

楊照說：「您之前和我說要一個小時才能來。」

「我本來是要和我老婆做一件重要的事，然後你就打電話來了。掛了電話，我想繼續，但我老婆說，做這種事情最好不要心存雜念，這樣成功率不高，還是讓我先過來看看。」

楊照笑了笑，說：「那還真是不好意思了，耽誤您這麼大的事。」

車主擺擺手，三個人在和諧友好的氛圍下解決了這次擦撞。

車主大哥走的時候，我向他擺擺手說：「大哥，加油啊！」

大哥沒理我，他反而向楊照擺擺手說：「老弟，加油啊！」

楊照點點頭。

送走了那位車主，楊照又轉過來看我，好像醞釀著有話要對我講。

其實我也有話對他說。

我們就這樣看著對方，用眼神來徵求誰先說話的意見。然而眼神還是不好用的，不然誰還發明語言。

我說，他也說，我們的話碰撞到了一起。

我說：「要不你先吧。」

他說：「那還是妳說吧。」

我正等著他這句話呢，我說：「太好了，我著急，你能把車門打開嗎？」

楊照問：「幹嘛？」

我說：「我想把手機拿出來看看。」

楊照的表情有了細微的變化。他又問：「幹嘛？」

我說：「我想看看我媽有沒有找過我。」

楊照可能不會理解，像我這種家庭結構的人，手機不能離開身邊太長時間，因為我總怕我媽有要緊事給我打電話卻沒接著。

不過這次我媽沒找我，馬琳倒是給我打了好幾個電話。

馬琳說：「妳終於接電話了妳！妳幹嘛呢？」

她這一問，我不知道為什麼突然有點心虛，支支吾吾地說：「在……在回家的路上。」

馬琳說：「小學同學會地方定了，明天下午四點，在好便宜大飯店富貴花開房。」

我問：「為什麼要去好便宜大飯店？離我家很遠的。」

馬琳說：「他們之前還說要去大盤子酒樓呢，那地方離妳家更遠。」

我說：「行行行，好便宜，大盤子，看來我們小學同學混得也不怎樣嘛。」

馬琳說：「這都是咱班班長定的，他妳還不知道嘛，從小就特別勤儉持家，連搓下來的泥巴球都要帶回去交給他媽。」

我說：「這也算勤儉持家?!」

馬琳說：「他媽說這是童子泥，可以給盆栽施肥。」

我說：「這種說法我還是第一次聽說。」

馬琳說：「時間地點妳聽說了吧？」

我說：「是，剛聽妳說的。」

馬琳說：「嗯，妳別忘了就行。」

我說：「我明天不一定能去，最近公司也挺忙的，上課也挺忙的。」
馬琳說：「不行！再忙也得來，為了這個活動，我們幾個企劃小組的成員都忙瘋了。」
我說：「哦，原來你們這幾個骨幹成員都已經聚過好幾次了。」
馬琳說：「妳少廢話，妳得來，如果我喝多了出糗，妳得負責阻止別人拍照，懂嗎？」
我說：「我覺得沒有如果，這顯然是我明晚必做的工作。」
馬琳說：「妳明白就好。」
我說：「妳還有什麼事嗎？」
馬琳說：「沒事了，明天見。」
就在我快掛斷電話的時候，馬琳突然大喊道：「吳映真！妳到底幹嘛呢?!」
「啊？」我一時沒反應過來。
「反正妳沒幹好事。」馬琳很肯定地說。
我說：「我真的在回家的路上啊！」
為了讓自己不再處於因為撒謊而慌張的狀態中，我拿著電話真的往家的方向走，剛走兩步就被楊照給拽住了。我看看他，他看看我。
還好，馬琳說了聲做作的「再見」就掛斷了電話。
楊照說：「現在沒什麼事了對吧，要不我們還是先回車裡去？」
我說：「要不我……還是先回家吧。」

楊照皺起眉頭走近我，問：「妳到底什麼意思？」

我沒吱聲。

楊照又走近我，問：「那妳明不明白我的意思？」

我還是沒吱聲。

我聽見楊照呼了一口氣，我看見他抿了抿嘴唇，好像又在醞釀著什麼要跟我講。

我說：「楊照，其實我沒遇見過這種事，真的。」

這回換楊照不說話。他看著我，我知道他在等著我繼續說下去。

「但是說實話，我一般遇見沒遇見過的事，如果不著急，我基本上都選擇逃避。」

楊照笑了。他輕聲說：「這件事還是挺著急的。」

我嘆了口氣，說：「著急也沒用，我現在……我現在……」

還沒說完，楊照的手機響了，他掏出來看了一眼，沒接。

「我現在」後面那句說不出來了，我也不打算說了，讓楊照的鈴聲先說一會兒吧。

鈴聲響了幾秒，就不響了，然後又響。

伴著鈴聲，我說：「楊照，我發現你不怎麼喜歡在我面前接電話……要不我迴避一下？」

楊照當著我的面，把電話接起來，面無表情地說「嗯嗯嗯」，那樣子好像是在清地雷，又或者是在接聽綁匪打來的電話，告訴他交付贖金的時間和地點。

23 吳映真的同學會（上）

楊照打電話的時候，我特意躲遠了一點，當他掛斷電話以後，剛才發生的事情好像都被打斷了。這時候，突然颳起了一陣邪風。

大夏天的這陣風涼而不爽，這種感覺就好像有人和你說「我說個祕密給你聽啊」，然後這個人就死了。我閉上眼睛用裸露的皮膚感受著風的方向。

我轉來轉去，覺得風就來自於正前方。

我確定好方位，睜開眼睛，發現楊照正直勾勾地站在我的面前，像一個巨大的電風扇。於是我問楊照：「你感受到有風了嗎？」

楊照好像又在想事情，回答得很機械，說：「沒有。」

我說：「那真是邪門了，感覺有一陣風，明明就是從你這邊吹過來的……你就像個發風體一樣。」

楊照馬上說：「我沒瘋！」

我說：「那你還有什麼事嗎？沒事我就先回去了，我怕被風吹著。」

楊照現在根本就不在狀態，他想他自己的事，沒回答我。

我說：「欸，我走了？」

我又碰了碰他的手臂，他反應過來，說：「那，我送妳進去吧。」

分開的時候，楊照有點奇怪。

雖然他一整晚都很奇怪，但是最奇怪的事情就是，在我馬上就要走進樓門的時候，他突然叫我：「吳映真。」

我說：「幹嘛？」

他站在路燈下面，我站在台階上面，他高高瘦瘦，雙手無意識地插在口袋裡，稍稍有些駝背。他看著我，看了一會兒，才說：「妳得多吃點飯啊。」

我停在樓梯口久久動彈不得。不是我不想動，而是被什麼東西凍住了。我的大腦好像穿過了這個炎熱的夏天，開始冷卻，像冰箱裡的一塊五花肉，在這句莫名其妙的話裡失去了所有的水分，開始縮小，縮得像一塊瘦肉那樣緊實。

這種凝聚感讓我想起了一個小男孩，他叫楊朝夕，他那時候缺了門牙，吃飯費勁，所以他吃得很少，我就陪著他吃得很少。我為什麼要陪著他？我明明很餓的，那種飢餓感現在還記得，可是我已經記不清更多關於那個小孩的事了，連他的樣子我都想不起來了。

他就像一個皺皺巴巴的氣球，乾癟地躺在我的記憶裡，等待著有一口氣能讓他重新復活。可是我的那段記憶完全被飢餓感充斥著，吹不出這口氣來，它太餓。

所以我說：「我當然要多吃，餓肚子可不好受。」

楊照伸手，小心翼翼地指了指我，說：「別說我沒提醒妳。」

提醒我什麼？提醒我多吃點？難道我在他面前吃得還不夠多？

回到家，我和馬琳說了兩件事，一是我遇到了西馬串店的老闆，二是楊照抱了我，後來又很莫名其妙的事。

馬琳說：「吳映真，我們認識多久了？」

我說：「從小學到現在，二十九減六等於二十三，二十多年了。」

她說：「這麼多年，我從來沒有求過妳什麼吧？」

我說：「跪下來求我的時候確實沒有。」

馬琳嘆了口氣，說：「好吧，那我這是第一次跪下來求妳。」

我說：「妳怎麼證明？」

馬琳不一會兒就發來了一張端端正正跪在床上的照片。

我說：「保持這個姿勢，說出妳的欲望。」

她說：「雖然我覺得楊照更棒，但是吳映真，妳就不能和西馬串店的老闆在一起嗎？」

我說：「馬琳，我真沒想到，我們二十三年的友情，竟抵不過一口羊肉串。」

馬琳說：「如果單純說羊肉串，那肯定是能抵得過的，但是如果算上烤胸肉、烤生蠔、烤吳郭魚、烤雞翅——」

我說：「行了！不要再說了！」

馬琳說：「我知道，妳聽了會很難過，但我也沒辦法。」

我說：「難過倒是算不上，畢竟我們之間的關係也就那樣，我就是又餓了。」

馬琳說：「妳留著肚子吧，咱們明天就可以去好便宜大飯店大吃一頓了。」

我說：「妳說完這句話有沒有嘲笑妳自己，上檔次的瑪德琳小姐？」

馬琳說：「有啊，那我先不和妳說了，我去嘲笑我自己去了。妳哪天帶我去看看楊照和吳西。但是有一點，妳一定要記住。」

我說：「什麼點？」

馬琳說：「如果要見楊照，妳至少要提前兩個小時通知我；要見吳西，妳至少要提前兩天通知我。」

我說：「人和人的差距為什麼這麼大？」

馬琳說：「見楊照，我化個妝就行了，因為他以後不管是不是妳的都不是我的。但見吳西，嘿嘿，我要買條裙子，因為這是我的必需品，這種時間投資是值得的。」

我說：「馬琳，是什麼時候開始，我們之間的對話只有這些庸俗的東西，我們的夢想呢，我們的追求呢？」

馬琳說：「夢想和追求都不是能說出來的，說出來就都變成鬼扯了。庸俗的東西說出來，在地上砸出一個不深不淺的坑，妳躲在坑裡，不至於被那些虛無縹緲、捉摸不透的風吹得感冒。」

我想起了剛才那陣邪風，又想起楊照，想起我和他的關係，突然不知道要說什麼好。

我說：「對，我睏了，先不說了。」

第二天中午，我就和主管請假說下午想早點走，要去參加小學同學會。主管答應得很爽快。沒想到下午三點半，許諾突然給我打電話，說是要帶我去參加一個設計師晚宴。

我知道這個晚宴門檻很高，如果不是許諾，我肯定進不去，但是我沒想明白許諾為什麼會帶我去。

我問他。「你確定是帶我去？」

許諾說：「對。」

我在小學同學會和設計師晚宴之間猶豫再三。

許諾問我：「妳去不去？」

我想了想，說：「去……」

他說：「好，我半個小時之後過來接妳。」

我看了看手機上顯示的時間，給馬琳打電話。

馬琳那邊很吵，隔著電話我都能知道她又把她結婚時在飯店門口接待親朋好友那項八面玲瓏的絕活展現了出來。

她聽我說完就回了兩個字。「滾開。」

然後電話就忙碌中了。我知道她是真的很忙。

許諾接上我，說：「咱們得先去換件合適的衣服。」

當他帶我走進一間那種高級的私人服裝店，我樂了。

我說：「許總，咱們在這兒拍電視劇呢？」

許諾有點不好意思，說：「沒辦法，沒辦法。」

他和來接待的美女小聲說了一句什麼，美女點點頭，說了句「放心吧，許總」就友好地示意我進試衣間。

我笑著說：「很熟嘛，看來總帶美女過來。」

說完，許諾看起來倒是還好，我反而有點尷尬，我才意識到剛才好像不小心誇了自己。

一件很低調的黑色長裙，不顯胸，不顯屁股，不顯腿，總之就是女人引以為傲而對我來說毫無驕傲可言的部位全都被包裝得好好的，再加上相配的鞋子和首飾，整體看起來很舒服，非常適合我。

我想，能給我挑這件衣服的人，要不就是品味卓越，要不就是睡過我。

我對禮貌微笑的美女由衷地誇讚。「小姐妳真會挑衣服！」

美女依然對我禮貌微笑，看不出任何情緒。

我走出來，許諾直接把頭轉到門口，說：「走吧。」

我說：「按照電視劇裡的套路，我是不是應該再試幾件，然後在你面前轉兩圈，你再露出一個看傻眼的表情？」

許諾笑了，說：「咱們可不是拍電視劇。」

我們剛走到門口，就碰見一個胖老太太走進來。

胖老太太很驚訝，許諾也很驚訝。

我看著他倆驚訝時一模一樣的嘴型，心裡有了幾分了然。

胖老太太說：「你不說你去波波家陪她爸打麻將了嗎？」

許諾面露難色，小聲說：「媽，我臨時有點事。」

胖老太太說：「你有什麼事啊？她是誰？」

許諾說：「她是我新招的女祕書。」

我說：「阿姨您好，我叫女祕書。」

胖老太太把他兒子拽到一邊，問：「兒子，你跟媽說實話，你是不是出軌了？」

許諾連忙說：「我沒有啊媽。」

胖老太太說：「我跟你講，你可千萬不能做對不起人家的事！媽可不是這麼教育你的！」

許諾說：「妳放心，我和波波好著呢，但是今天的事，妳可千萬別和波波說啊！」

胖老太太眼睛一橫，說：「你這不還是出軌了嘛！」

許諾說：「媽，咱們靠邊點，妳擋著人家做生意了。」

兩個人就往旁邊靠了靠。

這家店安靜得很，他們倆說啥我全聽見了，我相信剛才那位幫我穿禮服的美女也能聽見。我看看她，她看看我，她依舊保持著禮貌而迷人的微笑，我想，她的素質可真好。

胖老太太說：「你不是出軌你還來這裡給她買衣服？」

許諾說：「這都不是我花的錢，媽！」

胖老太太說：「你當你媽傻啊！你泡妞還有人替你花錢？」

許諾說：「這不是我的妞，媽媽！」

胖老太太說：「那你倆要幹啥去？我告訴你，你敢撒謊，你向我公司所有的借款都得給我還回來，還有，最近那筆一千兩百萬的款項也沒了。」

許諾垂頭喪氣。「好吧，我要帶她去參加那個設計師晚宴……」

胖老太太說：「好，那筆一千兩百萬的款項沒了。」

許諾急了，說：「憑什麼啊！我沒撒謊啊！」

胖老太太說：「我讓你陪我去赴宴，你騙我說你在波波家打麻將。而你竟然陪她去赴宴，你媽我比不過波波，還比不過你的女祕書？我養你這麼大，你就這樣傷我的心？讓我一個人來這裡試衣服、試首飾、試皮鞋？你還是媽媽的小諾諾嗎你?!」

許諾低頭嘆了口氣，說：「媽，妳現在去試吧，我陪著妳。妳試衣服的時候最喜歡聽

〈玫瑰人生〉對不對？我現在就讓 Lily 給妳播。」
胖老太太說：「不行！晚了！除非你只陪我去！」
「媽妳什麼意思啊，我真的有事！」
胖老太太說：「我給你養這麼帥，平時看不到你，現在拉你出去撐撐場面還不行？你那一千兩百萬還要不要了？」
許諾雙手扠腰，大聲說：「媽，妳是認真的嗎?!」
胖老太太用她那女強人的堅定雙眸直視著兒子。
母子倆就這麼盯了三秒鐘，然後，許諾突然轉過來對我說：「不好意思吳映真，我公司現在確實是需要一筆錢。我雖然是個富二代，但是富二代也有苦，富二代也有債——」
我說：「不不不，許總，真的不好意思，你為了我向你的金主媽媽撒謊，真不應該。那種宴會，我本來就沒有資格去，以後自己爭取去，你快去給阿姨播〈玫瑰人生〉吧。」
許諾仰天長嘆。
我說：「這衣服給你脫下來吧。」
許諾說：「不用，妳穿回去吧。」
我說：「那我給你錢。」
許諾說：「真的不用，真的。衣服……上身了，不能退，送妳了。」
我說：「那我還是得給你錢，我本來想一會兒和你說的。」

我想，我穿著它去小學同學會也挺好。

許諾想了想，說：「那就……以後讓楊照轉給我吧，妳現在直接給我錢也不太好……」

我轉頭看了看那個一直禮貌微笑著的店員，又看了看許諾他媽媽。

我說：「也是，有點奇怪，那我就把錢給楊照，讓楊照給你。」

許諾點點頭。

出了門，我便搭車直奔好便宜大飯店。中途，我給馬琳打電話，告訴她我實在是不能為了夢想而拋棄她，我做不到。馬琳那邊更吵了，她顯然有點喝多了，興奮地大聲對我喊：

「吳映真，妳都想不到誰來了！」

24 吳映真的同學會（下）

我推開包廂的大門，就看見兩張碩大的圓桌，裡面的那一張最為醒目，因為桌子正後方靠牆，牆上有一張豔麗的牡丹圖，圖上的每一朵大牡丹都開得特別使勁。圓桌左右兩邊醉態各異的人們依次排開，而坐在圓桌正中央的，正是楊照先生。

他就在盛放的牡丹花下看著我，表情有些驚訝，然後突然低頭去看自己的手機。我心想，我是蠢到家了，我怎麼走著走著，還走到楊照的飯局來了？

我忙說：「不好意思，我走錯房間了。」

伸手就要把門帶上。

這時候有個女的從桌子底下爬了起來，向我大吼道：「妳走錯個屁啊！快給我進來，吳映真！」

我定睛一看，這女的不正是喝多了的馬琳嗎？再看看她身邊仍然坐在牡丹花下的楊照，我的腦子發出了「嗡」的一聲。

這一聲「嗡」並沒有持續太久，因為我被全場爆發出的、叫我名字的聲音給包圍了。大家都不約而同地反應了過來，原來這女的是吳映真啊。我與所有喊我名字的人互動，有人說好久不見，有人誇我變漂亮，有人說還認不認識我啊，我是誰誰誰。雖然他們的樣子都發生了巨大的變化，但大家借著酒勁，好像都把封存在本性裡的那個孩子放了出來，和留存在別人記憶中的那個小學同學互相吻合。他們都是我的小學同學，關於這一點我現在非常肯定，但我不確定的是，那個坐在牡丹花下的男人，到底是他媽的誰啊？

馬琳把我從人群中拉了過來，對我說：「帶妳見見帥哥。」

我小聲說：「這麼多年不見，同學們還都挺真誠的。」

馬琳說：「拉倒吧，比房子比工作比孩子比老公的那一段在喝多之前都已經上演好幾輪了，比現在這一個個的醉樣精彩多了，妳沒趕上。」

我由馬琳拉著我走到楊照旁邊，楊照旁邊還有同學在和他聊天，女生多，男生少。班長劉鵬本來也在聊，抬頭看見我，說：「妳來了，吳映真，妳知道我是誰吧？」

我說：「當然知道啦班長，恭喜你還俗了。」

劉鵬說：「嗨，我今天都解釋八百多遍了，我沒出家，我只是參加了一個修行班，三個月就畢業了。」

我還想和劉鵬繼續聊，馬琳迫不及待地插嘴。「那妳認識他是誰嗎？」

她指了指楊照。這時候，楊照身邊所有人都不說話了，大家都看著我，好像在等我的回答會不會變成一場好戲。

我看著楊照，一刻都沒有躲閃，我想我知道他是誰了。我把我的知道用一種凶光透露給他。楊照也看著我，眼睛裡流動著情緒。他今天特別帥，帥到我很想伸手在他的臉上留下我和他觸碰過的痕跡，五個指頭的花樣，一定還特別緻的。或者用鞋，我今天穿的鞋跟很尖很尖，砸到臉上都容易拔不下來。再或者，用牙齒，狠狠地咬一口他的嘴唇，讓它破口，出一點血。我喜歡他的嘴唇，但我一直不敢承認，我有過這樣的念想。

我的身體裡生出了無處發洩的蠻力，可面對楊照，我只能微笑著說：「不認識。」

楊照眼裡的光暗了下來。

馬琳說：「他就是楊朝夕啊！現在可不得了，是麥素的創始人之一，那個 James 楊就是他。妳知道麥素嗎？就是做醫療機器人的，行業裡特別厲害，他在我們班的時候好像還和妳坐過同桌吧？」

我心中的冷笑都要可以冰封火焰山了。馬琳什麼時候對這種科技公司這麼感興趣了。

「是嗎？可我呀……」我身體前傾，離楊照又近了一些。「我一點都不記得了。」

最怕空氣突然安靜，在這種安靜的氛圍下，誰都別想走。

馬琳有點尷尬，笑著說：「楊朝夕，吳映真就這樣，豬腦子，什麼都記不得了。」

楊照說：「記不得也很正常，我也記不得太多了，都是回來以後，見了大家，才一點一點想起來的。」

馬琳說：「是是是，都是這樣的，時隔二十多年的事，誰還能記得住，我們還沒有老到要靠懷舊來證明自己沒有老年痴呆。」

我說：「對，我蠢是真的。」

馬琳舉起酒杯，說：「來來來，老同學走一個，為了我們的友誼和童年時光！」

坐在這一圈的同學們都拿起了酒杯，楊照猶豫了一下，也把酒杯端了起來，看著我。

我說：「好好好，我這就走。」

然後我就站起來走了。

我聽見馬琳在我身後大喊：「我說走是喝酒不是讓妳真的走！」

我說：「我去洗手間！」

洗手間是個好地方，一個不吵不鬧的封閉空間，讓人心曠神怡，讓人冷靜思考。

我本來想要洗個臉，想想還是算了。我今天的妝不是自己化的，比我自己化的好看多了，用了不到三個小時，洗掉太可惜。

我看著鏡子。一想起楊照我就生氣，也不知道氣什麼。氣他沒和我坦白他小學同學的身分？其實這事也怪不得他，說不說那是他的自由，我有什麼可生氣的；不說就不說唄，有什麼好生氣的？而且我沒看出來他也是我的問題，畢竟他看出了我是誰，要氣也只能氣我的記憶力太差……

我突然想起了一件事，於是我連忙撥通了我老姨的電話。

我老姨正在家裡醬牛肚，聽到我的電話還挺驚訝。

我說：「老姨，妳還記得楊照嗎？」

我老姨說：「當然記得啊，聽妳媽說你倆現在相處得不錯。」

我說：「老姨，那妳還記不記得，當時妳向他介紹我的時候，他有沒有問妳什麼奇怪的問題？」

我老姨說：「妳放心，楊照那孩子人品很好的，妳三圍啥的人家一句都沒問。」

我說：「不是這種問題，呃……妳確定他沒問過這種問題？」

我老姨說：「對呀，楊照可是個好孩子，妳跟人家好好相處。」

我恨我自己，為什麼這個時候我還在關心這個，我應該迫不及待地問我老姨，他有沒有問過我是哪個小學的才是呀！

我老姨說：「哦，這個問題，他倒是問了，還問我妳是幾班的，還讓我找了一張妳小學三年級拍的照片給他看。」

我說：「老姨，妳不覺得他的行為很奇怪嗎？」

老姨說：「我不覺得啊，他說在美國相親都是要交換小時候的照片的，這樣可以對未來孩子的長相有個預測。而且他也給了我一張他小時候的照片。」

我說：「那妳為什麼沒給我看？」

我老姨說：「他那張照片連門牙都沒有，太醜了，根本沒有他現在的模樣好看，看那個幹啥。」

我知道我為什麼生氣了。

就是那種感覺，那種不在一個起跑點上的感覺，那種說好一起跳河，但我跳了他沒跳的感覺；說好一起吞鴉片，但我吞了他沒吞的感覺；說好一起脫衣服，但我脫了他沒脫的感覺，而且還被看光光！總結來說，就是敵在暗我在明的感覺。

這種感覺真是——太不爽了。

我說：「我知道了老姨，妳忙妳的吧，我先掛了。」

掛斷電話，我想我真是該洗個臉了，妝美不美、洗掉可不可惜真的已經不再重要了。

我彎腰洗臉。

身後響起了馬琳的聲音。「妳妝是不是太濃了，洗個臉洗了這麼長時間！」

我說：「馬大姊，妳別惹我。」

馬琳接著說：「就妳這麼個洗法，腦袋能不進水嗎？快跟我回去吧，廁所味道重。」

我抬起頭，用面紙邊擦臉邊說：「味道再重也重不過妳身上的香水味。我回不去了，我素顏了，沒法再面對江東父老了。」

馬琳說：「沒事啊，妳平時也不怎麼化妝啊，走吧走吧！」

我說：「我不回去。」

馬琳說：「妳趕緊跟我回去，剛才妳的小同桌還問妳來著，還不快乖乖敘舊去。」

我說：「我沒什麼舊可敘的，該忘的都忘了。」

馬琳說：「快點回去，怎麼這麼多廢話。」

說著還動手了，企圖強行把我拉回去。

我連忙說：「妳讓我回去也行！」

馬琳把手鬆開，看著我。

我接著說：「如果妳現在也把妝卸了，我就跟妳回去。」

馬琳突然嚴肅起來，醉態全無，她說：「那我就不送妳了，妳回去注意安全。」

我說：「好的，再見。」

馬琳說：「再見。」

我剛走到門口，有人一把拉住了我。我回頭一看，是楊照。

楊照說：「妳要去哪兒？」

我甩開他，他又拉住我，我又甩開，他又拉住。

我心想，楊照，不，楊朝夕，這可是你自找的。

我想起了剛才一直想對他做的事——用手那個，用鞋子那個，還有用牙那個，我要怎麼選呢？

可是我為什麼要費心思考這個問題，他想怎麼死，自然要他自己來選。

於是我問他：「A、B、C三個選項，你選吧。」

楊照皺眉。「什麼A、B、C三個選項？」

我說：「就A、B、C三個選項，你選一個。」

楊照問：「都是什麼選項？」

我說：「就這三個選項！A還是B還是C?!」

楊照問：「我知道是三個，我問妳都是什麼內容？」

我說：「你選不選？」

楊照說：「妳是不是在和我無理取鬧？」

我說：「你他媽到底選不選？」

楊照不說話。

我說：「你不選你就放開我！」

楊照說：「好吧，我選C。」

他選C，我瞬間就蔫了。

正當我不知所措的時候，我意外地發現，幾乎是全班的同學都站在門口圍觀我們。其中目光最驚悚，嘴巴張得最大的，就要數馬琳了。

25 一吻定情

現在不跑，還等什麼呢？

我的念頭剛剛出生，楊照已經拉著我開始跑了。

我聽見後面不知道誰喊了一聲：「給我追！」

我邊跑邊想，這真的是我的小學同學嗎？這不是黑社會嗎？我的同學進黑社會了？

楊照帶我七拐八拐地拐到他的車邊，轉頭看了看，確認沒有人跟上來，才開了副駕駛座的門，把我塞進去，然後把門鎖上，繞過車頭到駕駛座，再按開車鑰匙，開門上車，再把車門鎖上。

他為什麼要開門、鎖門、再開門、再鎖門呢？是怕我在他從副駕駛座繞到駕駛座這期間跑掉嗎？

他可真是高估了我。

我跑這麼兩下，就已經喘成夏日裡的鬆獅犬了。

他就這樣聽我喘了一會兒，手放在方向盤上打著拍子。不知道是不是我多想了，我總覺得他手指在方向盤上的律動和我的喘息聲是同步的。

為了驗證這一點，我突然憋住不喘，楊照的手指果然停住了，慢慢地握緊方向盤。

我問楊照：「你改名字了？」

「對，楊朝夕是我爺爺給我取的名字，但我媽一直覺得叫朝夕不好，朝能照著太陽，夕就照不著了，不如直接改成照，一直曬著太陽多好。辦移民手續的時候，我媽就自作主張，把我名字改了。」

我說：「那你怎麼不叫楊曬？」

楊照沒說話，手指又開始輕輕地敲打方向盤。然後他慢慢地說：「妳把我忘記了，是因為對妳來說我已經不重要了，沒有任何價值和意義了，在妳的世界裡徹徹底底地消失了，所以妳才根本想不起來我是誰。妳都不會往那個正確的方向去想，因為沒有正確的方向，那個方向盡頭的我的樣子，已經不存在了。」

我說：「楊朝夕，你知道我叫吳映真，我沒有改過名字，你騙我老姨，問過我在哪兒上小學，你還看了我小時候的照片。即使我的樣子改變了，這對你來說也不是什麼難事；你有一個正確的方向，而我沒有，這跟重要不重要有什麼關係？就像我們一起參加考試，我沒複習你作弊，你能說我倆對待這門考試的態度哪個更端正哪個更惡劣？」

楊照說：「妳這分明就是在暗示我更惡劣。」

我點點頭，說：「嗯，事實就是這樣。」

楊照又不說話了，手指又開始輕輕地敲打方向盤，我想他可能是已經默認了自己在這件事情上的不厚道。既然他默認了，那我是不是也沒必要再裝出一副有情緒的樣子，畢竟現在和剛才在廁所時的情況不同了。現在我有點累，腳有點疼，肚子有點餓……然後我的腦子裡就被肚子有點餓這句話無限迴旋了，我的注意力也就從楊照那邊分散了開來。

楊照突然轉過身，看著我說：「吳映真，現在的情況妳可能還不是很清楚。」

我問：「現在什麼情況？」

他說：「不管之前是什麼樣子，我們再次相遇時打開的方式不對，所以……」

「嗯？」

「所以，我們沒法只做小學同學了。妳到底明白不明白，吳映真，到底明不明白？」

他看我的眼神裡彷彿分布著一條銀河系，在這黑暗的夜色中，讓我從中找到世界的另一個我。一個他輕輕地一眨眼，我的臉就好像能燒起來的我。

我想我是真的明白了。我連忙轉過身去，不看他。

我知道他也轉過身去，我還知道他微微地笑了。

我不看他我都知道，他現在笑得異常迷人。

車廂狹小的空間裡瀰漫著一種無法言說的氣氛，這種氣氛讓我們和整個世界越來越疏遠，遠到我開始覺得陌生，開始覺得危險。

為了打破沉寂，我開口問楊照：「你……你是小時候就喜歡我了嗎？」

楊照的反應挺激烈，他說：「當然不是，我又不是變態大叔！」

然後他又溫柔起來，笑著說：「咱們不是相親認識的嘛，既然我去相親，那當然是要往那個方面考慮的。」

我說：「你就騙我吧，你相親的時候根本就不是抱著相親的態度來的。我都想起來了，你第一句話就說我胖。」

楊照說：「妳是抱著相親的態度來見面就行，我現在很感謝妳成了我的相親對象。」

我明白，如果我們是在這次小學同學會上相遇的，那我們可能就只是小學同學了。相遇的方式不同，真的會決定人與人之間的未來走向。

然後我們就又不說話了。之前我和楊照之間從來都沒有過這樣的冷場。我發現，不管兩個人之前多麼熟悉，由一種關係轉變成另一種關係的時候，都是需要有一段適應過程的。

楊照問：「對了，剛才那個ＡＢＣ是什麼意思？」

我說：「哦，我剛才是想報復你來著，ＡＢＣ是三個選項，讓你選擇的。」

楊照好奇地問：「都是什麼選項？」

我說：「Ａ就是打你耳光，Ｂ是用高跟鞋跟爆你的頭。」

楊照笑了，說：「夠狠的妳。可是我選了Ｃ，Ｃ是什麼？」

「Ｃ就是……」

我看著他。我想既然他已經選了，那我總得做點什麼。

我做了個準備，湊近他一些。楊照不明所以地看著我，我發現我這個姿勢還是搆不著，於是用左手的手肘支撐著椅背，讓身體向他傾得更厲害，然後盯住他的嘴唇，湊過去，輕輕地，咬了一口。

就一小口，就像在吃起司蛋糕，其實口感也挺像。

我說：「其實我原本就是要使點勁咬的，讓你出點血……」

我很想把這句話說完，這樣他就會知道我的凶狠和於心不忍，可是楊照沒給我這個機會。他用右手箍住我的頭，然後湊過來親了我。

親了我一下又拉開了一小段距離，微笑地看著我，好像是在觀察我的表情。我當時完全震驚了，我震驚他是怎麼做到不用右手手肘支撐椅背就可以完全搆得到我。他看了兩秒終於又吻了過來，這次就不一樣了。

這一次，他讓我知道什麼才是真正的親吻，看一千部偶像劇、聽一萬首愛情歌曲都抵不過這短短的幾十秒鐘。

他放開我的時候，我發現他的嘴唇濕漉漉的，比從前更好看，更讓我抑制不住想要咬上一口的春心。

楊照說：「妳剛才那個，叫甜蜜輕咬，現在這個才是接吻。」

我什麼時候讓他教我這個了？

這時候，車外面突然有人大喊一聲：「都快點過來！他倆在這裡呢！」

我下意識地藏起來，猛地壓低上身，很怕別人看到我。

上方傳來楊照的聲音，他說：「映真，映真，妳快起來。」

我小聲說：「你要麼也快藏起來，要麼就趕緊開走，想想辦法，別讓他們找到我啊！」

楊照嗤嗤的笑聲從上方傳了下來。他揉了揉我的後腦勺，說：「映真，妳還是快起來吧，妳這樣，讓他們看到更不好。」

直到這一刻，我才發現我的臉正緊緊地貼在楊照的兩腿之間。

我想，能不能只有身體起來，讓燒焦的臉繼續留在他的大腿上。我真是沒臉見人了我。

我起來的時候發現同學們把楊照的車子圍成了一個圈，每一個人都長著同一副臉孔。這副臉孔我也熟悉，就是「八卦臉」。

事到如今，我嘆了口氣。

轉頭看看楊照，他不知道在和誰發微信，樣子倒很輕鬆。男人，到了關鍵的時刻，果然是靠不住的……

不知發生了什麼，有一個同學轉頭了，然後他走了。緊接著同學們也都陸續朝著同一個方向看去，然後又轉過來依依不捨地看了看我倆，也都走了。

大家離開之前都會拍拍車身，表達一下自己對這件事意猶未盡的情緒。

楊照和他們一一招手，直到最後一名同學離開，我接到了馬琳的電話。

馬琳一開口就說：「不用謝我。」

「啊？」

「這件事情，我怎麼能夠允許別人比我先知道內幕？」

「啊？」

「所以妳，吳映真，我限妳在三天之內當面給我彙報清楚！」

然後電話就掛斷了。

我問楊照：「那你還回飯店嗎？」

楊照說：「他們都去洗溫泉了，飯店沒人了。」

我問：「你怎麼知道？」

楊照說：「我如果不請大家玩點更有趣的，他們怎麼會撤退得那麼快。」

我心想，馬琳還是那個馬琳，不收點好處是不會辦事的。

我說：「那我們也過去吧。」

楊照把眉毛一抬，問：「妳想過去？」

我說：「錢都花了為什麼不去享受一下。」

楊照說：「我花錢不是為了讓妳回去，是為了讓妳不用再回去。」

他向我展示了他的白眼，隨之又溫柔地問：「去我那兒？」

我有點怯怯的，這個時候，我應該把握好自己。我說：「我餓了，還是先吃飯吧。」

楊照說：「好，那就先吃飯。」

他啟動車子，打了方向盤。我抓過安全帶，然後聽見他說：「再去我那兒。」

我趕緊打岔。「你知道我想吃什麼嗎？你就開車？」

楊照說：「知道呀，西馬串店嘛。」

我很欣慰。

不過一提到西馬我就想起許諾來了。我說：「許諾那事是你安排的吧？」

楊照說：「許諾一直很靠譜，只是一遇到親媽就不靈了。」

我說：「許諾說了，富二代也有苦，富二代也有債。」

26 那隻叫Eve的狗頭又出現了

我們來西馬串店的時候正是高峰期，不過沒關係，我有吳西。

但是我忘記了吳西的電話號碼，都怪上次楊照打岔，我沒完全背下來。所以我讓楊照先去外面領號排隊，我對著櫃檯的服務生背了三遍，每一次都是號碼錯誤，服務生向我禮貌地笑了笑，說：「不好意思，請妳過半個小時以後再試，因為我現在真的很忙。」

我說：「那可不可以圖像解鎖？」

櫃檯女生問：「什麼意思？」

「我可以畫出你們老闆身上的紋身，行嗎？」我問。

櫃檯女生換成一種古怪的眼神繼續看我，說：「不好意思，老闆說我們店還沒有開通這項功能，而且……能畫出我們老闆紋身的女孩還真不少……」

我瞬間就明白了她的意思。不知道她是不是屬於能畫出來的那一個，但我能看出來，她好像挺想成為那個人的。

我說：「他今天真的不會過來了嗎？」

她說：「這個我真的不知道，不好意思。」

我點點頭，表示理解，一個信緣信命的小哥，自然是如風一般來去無蹤影的男子。

我出去找楊照，他正乖乖地站著，看見我出來的時候眼睛一亮，好像是在內衣店門口等待主人購物歸來的狗。我走過去和他肩並肩站著，面朝著熙熙攘攘的大街，背靠著熱熱鬧鬧的串店。

「怎麼樣？」他問我。

我說：「還不是都因為你上次打岔，我號碼沒背下來，排著吧！」

楊照皺起眉頭問我：「一定要吃這個？吃別的不行嗎？妳不是餓了？」

我說：「你不懂，今天是我的大日子，我怎麼也要來這裡紀念一下。」

楊照不說話了，一心一意陪我等。

等了一會兒，楊照把插在褲袋裡的雙手拿了出來，我斜眼向下看了看他的手，繼續將我的手抱在胸前站著。

楊照終於忍不住，用下巴指了指同樣在排隊的年輕情侶，說：「妳看他們。」

我說：「我看著呢。」

楊照說：「妳看他們，連排隊都在牽著手。」

我說：「是啊，一看就是剛開始談戀愛，連排隊都要牽手。」

楊照說：「我們、我們難道不是？」

我說：「我們哪是啊，我們都認識好幾十年了，哪還有什麼新鮮感，是不是？小學同學！」我用我的手肘碰了碰他的。

楊照說：「妳還在怪我？」

我說：「沒有啊，不過自從我知道你是楊朝夕以後，好多小時候的回憶就都被放出來。」我指了指自己的腦袋。「它們現在正光著屁股在我腦子裡面瘋跑呢。」

楊照突然很緊張，說：「我小時候可沒在妳面前光過屁股！」

我說：「我知道，這只是個比喻。但是你小時候缺牙那件事我想起來了。你缺牙吃不了飯，我當時為了陪你，也不吃飯了。你看，我從小就這麼善良，還曾為你做過這麼大的犧牲，你為我做過什麼？你那個時候腦袋大得往下墜，成天仰著頭看人，從小就不把別人放在眼裡，這些我都想起來了。」

在我們前面還有十二個人，長夜漫漫，不和楊照吵架消磨時間，難道還和他接吻嗎？

楊照說：「是，我小時候是沒為妳做過什麼，但是妳也沒為我做過什麼。妳想想清楚，妳當時不吃飯不是為了陪著我，而是因為妳那時候也缺牙了，妳吃飯也費勁！」

我說：「唉呀！你是在質疑我的記憶？」

楊照說：「妳本來就沒什麼記憶，不然妳怎麼會不記得我。」

我說：「這個問題之前不是說過了嘛！是你作弊，你作弊了！」

我的聲音有點大，前面的那一對小情侶回過頭來。

兩個人看到我們然後面面相覷，在確認過眼神後，男生喊了一句：「楊老師。」

楊照看過去，男生領著女生走了過來。

楊照微笑了起來，眼中一閃而過的「不認識」被我抓了個正著，我眼中瞬間即逝的嘲笑也被他剛好捉住。

楊照說：「你們好，來吃飯？」

男生說：「對呀，楊老師也喜歡這家店？」

楊照笑著說：「我還好吧，主要是我女朋友喜歡。」

他說完很自然地拉起我的手，那兩雙眼睛瞬間劃過我害羞害臊的皮囊。青春又躍動的目光啊，真是亮晃晃得讓人無處躲閃。

女生這時候終於說話了。「楊老師，你女朋友真漂亮。」

我心想，這女生太會說話了，那我怎麼也不能給楊照丟臉，也要趕緊誇回去，於是連忙說：「不不不！我可沒有妳漂亮！」

我說完，楊照和那個男生一起看向我。我發現我最近誇人頻頻失誤，嗆人卻一日千里。

女孩笑咪咪地對我說：「師母這件裙子特別好看。」

我說：「謝謝。」我還是安安靜靜地接受別人誇我，別再誇回去了。

又叫號了，這次輪到了面前的這對小情侶。

男生說：「楊老師，要不你們先進去吧，我們拿你們的號碼。」

楊照忙說：「不用，你們去吃吧，我們也快到了。」

女生說：「要不咱們拚一張桌子吃吧。」

男生立馬否決了這個提議，他對女生小聲說：「人家楊老師陪女朋友呢，咱們就別當電燈泡了。」

門口的服務生示意他們趕快進去，男生想了想，突然抬起頭說：「楊老師，我其實特別喜歡您上的課，真的，可惜這學期結束您就走了。」

女生說：「楊老師，我特別喜歡你……的課。」

女孩笑咪咪地在男朋友的揑耳垂警告下續上了毫無生命力的兩個字。

告別之後，兩個孩子進去吃喝了。

我問楊照：「你下學期要去哪兒？」

楊照的眼神變得嚴肅起來。他說：「妳不知道嗎？我是交流過來的，只能在這兒待三個月，三個月後我就得回去了。」

我想起來了，我老姨在給我介紹楊照的時候曾經說過這件事。

我問：「那你還剩多長時間？」

楊照說：「還有一個月吧。」

我沒說話，他接著說：「所以我想……我想儘快去看看阿姨。」

「我媽？」

「對。」

我點點頭，沉默不說話，突然覺得我的頭腦還是過熱了，很多事情都沒有想清楚。某些可能會到來的未知變化讓我覺得非常沒有安全感，那可憐的安全感就像是我的機會和運氣一樣，可遇不可求。

楊照手機的螢幕亮了起來，我又一次不故意地看見了這顆叫 Eve 的柯基狗頭照。楊照接起來的時候下意識地背向了我，然後又往前走了幾步，離我更遠了。

我之前就對這個 Eve 好奇，現在可以問他是誰打來的電話嗎？

我現在的身分，可以這樣理直氣壯地問他了嗎？

我看著他的背影，我知道我不是怕他不回答，或者會和我生氣彆扭，而是想到了剛才那種恐懼。我想，如果我現在這樣問了，不管楊照是如實回答還是生氣彆扭，今天的對話會不會成為我們以後相處的既定模式？那麼我們的關係是不是會更進一步？因為這是只有男女朋友才會出現的情景對話。那麼，我離那個可能會發生的未知變化是不是也更進了一步？然而我很害怕它離我更近，我是一個遇到事情就會下意識選擇暫停思考的人。

我沒有談過戀愛，沒有遇到過這樣的事情，沒有人教過我。

楊照回來了，若無其事地問我：「到幾號了？」

我想了想，笑著說：「已經過去了，我們去吃別的吧。」

他什麼都沒說，我也什麼都沒有問。

27 雙豐收這種好事還有我的分？（上）

那晚我沒去楊照家。我說太晚了，我媽肯定在家等我呢，楊照點點頭就送我回家了。在家門口，我說：「我反應過來了，這條裙子是你買的。」

楊照點點頭，說：「妳反應真快。」

我也學他的樣子點點頭，說：「是啊，這裙子多少錢我給你吧。」

楊照皺起眉頭，說：「幹嘛這樣？」

我說：「不是的，我不太喜歡虧欠別人的，我家的家教就這樣。」

楊照笑咪咪地說：「我不是別人。」

我媽告訴我，不能隨意收別人的禮物，即使很想收，也不能理所當然地隨意收別人的禮物。理所當然這種事情總是有價碼的，妳又不是個大美女。那我就問我媽，什麼才是大美女？我媽想了想說，大美女就是為了她的美，所有人跨越了一切負面的心理障礙和虛偽的奉承，客觀地評價這個人的美，才是真的美。所以大美女的美就是真善美的美，是讓世界充滿愛的那種美。

當時我聽完我媽說的話，心裡明白了兩件事。第一，我媽不愧是個老師，什麼事都能往正能量的方向引導；第二，我終於知道我說話隨誰了。

我看了看我的鞋尖沒接他的話，一想到他一個月以後就要走了，我心裡就有點亂套。

我說：「那我上樓了，真的太晚了。」

楊照點點頭說：「我送妳。」

我一進屋，我媽就從臥室裡出來了。

她說：「回來了？」

我說：「是，還沒睡？」

她說：「被妳吵醒了呀，妳喝酒沒？」

我說：「沒。」

她說：「妳同學聚會不喝酒？」

我邊脫鞋子邊說：「喝了點，沒喝那麼多。」

我媽沒再說話，她去廚房端了一杯蜂蜜水給我。

我把裙子脫下來，隨手甩在沙發上，我媽把水遞給我，然後拿起沙發上的裙子嘮叨。

「妳怎麼又亂扔東西，告訴過妳多少次，回來就要把衣服整理好，妳這樣邋遢怎麼嫁人？到時候妳丈夫家不說妳會說我沒有教好女兒。」

我喝完水說：「媽，我今天太累了。」

其實我不累的時候也懶得整理，因為每次我媽說完這一番話都會幫我整理好，而且比我整理得還要好，我已經養成習慣了，像今天這條裙子，就一定要她去整理我才放心。

我媽說：「再累也要整理好，這是規矩。妳這條裙子不錯啊，新買的？」

我說對呀。

我媽說：「好裙子就更要整理好才行，不然下次還怎麼穿？這條不錯啊，很漂亮，很貴的吧？」

果然，我媽整理得異常精心，並把它掛在了我家衣櫃的C位上。

我說：「貴是貴了點，但是好看嘛。」

「我也是建議妳買兩套好衣服，妳都快三十歲了，總要有兩件拿得出去的衣服呀。」

我說：「唉呀媽媽，妳能不能不要總說我快三十歲了！我現在是二字頭好嗎？請叫我二十多歲的女孩好嗎？沒剩兩年了妳還不趕緊珍惜！」

我媽給了我一個白眼，說：「我看妳也是夠二的。」

我說：「媽，妳介不介意我遠嫁？」

我媽說：「不介意啊。」

我說：「如果我真的遠嫁了，妳怎麼辦？」

我媽說：「那就再也沒有人半夜吵我睡覺了。」

我媽說完轉身回屋了，我心裡有點酸酸的，因為我知道，我從來都沒有吵醒她睡覺，都是她一直在等我回家。

第二天，我早起去上課的時候有點沒精神，昨晚睡得太晚。課間我本來想趴在桌子上瞇一會兒，駱老師叫我出去一下，還把我拉到一個角落裡和我說：「不介意我抽菸吧？」

我連忙說：「不介意不介意，您抽您的！」

駱老師笑著點燃一支菸，吸了一口，問我：「小吳，妳覺得妳這一段時間學得怎麼樣？」

我趕緊表態。「我覺得駱老師您教得特別好！我收穫非常大！」

駱黎點點頭，說：「我也覺得妳學得挺好，所以，我想推薦妳參加這一屆的金唐獎設計大賽。」

我說：「我？駱老師，這個獎門檻挺高，還得初審才能確定有沒有比賽資格，我就學了這麼兩天，我怕我連初審都過不了……」

我當然要瞞住曾經參加過兩次金唐獎比賽，兩次都沒過初審的尷尬。但我說完就知道我可能瞞不住了，因為駱黎問：「妳以前參加過吧？」

我聽見自己發出了一聲：「啊……」

駱黎笑著點點頭，說：「沒事，我說了我推薦妳。」

這回我基本明白了，我肯定能有比賽資格了。

我懷著無比激動的心情說：「謝謝駱老師！」
駱黎掃了一眼教室的方向，說：「但是我推薦妳這件事，就先別和同學們說了，妳本來就不是我們班的，讓他們知道了，不好。」
我說：「我明白！」
駱老師說：「還有不到半個月的時間，好好準備設計圖，爭取拿到名次，如果能拿到名次……那下一步就更方便了。總之，好好準備，有什麼問題問我，我會幫妳。」
我感動得簡直都想給駱黎磕個響頭。
駱黎看了看錶說：「好了，回去上課吧。」
接下來的課上得我簡直像充了電一樣，但是因為電力太強大了，我基本沒聽駱黎在講什麼。我做夢也沒想到，我可以靠走後門去參加金唐獎。這是一個非常非常好的機會，感覺就像是上帝給我發錯了牌，把應該發給別人的王牌不小心送我這兒來了，等祂發現的時候我已經看見是什麼牌了。不好意思了上帝先生，這張牌我就先留手裡了。
課後，楊照來接我，我把這件事給楊照講了。
我問楊照：「你驚訝不？」
楊照帶著一臉的不驚訝給我來了一句：「我驚訝啊。」
我說：「你怎麼好像已經知道了呢，駱黎告訴你了？」
楊照說：「他沒說啊，他只和我說過妳學習很好，上課很認真。」

我說：「駱老師真的對我很好，這就是我的貴人啊，我真想給他送點禮！」

楊照笑了笑，沒說話。

我說：「楊照，你不明白，這次機會對我很重要。人這一生能遇到多少次這種重大機會呢？我之前一直不順的時候，其實我並不是很怨念，因為我覺得人這一輩子的運氣是守恆的。就像你吃水果，不可能個個都是好水果。有人先吃爛一點的，留下的就都是完美的；有人喜歡先享受那些完美的，然後再吃爛一點的。我就是第一種人，我先用我的壞運氣，使勁用使勁用，然後好運氣就回來了。」

楊照說：「那妳有沒有想過，妳先吃爛一點的，等妳吃完了爛水果，好水果就放爛了，所以妳一直吃不到好水果；然後，妳就習慣吃爛水果了。」

我瞪大了眼睛，覺得他說得又有道理又可氣。

我說：「那我這樣比喻吧，上帝給我發錯了牌，本來想發給我一個沒用的五，不小心把王牌帶上了。」

楊照想了想，說：「妳覺得參加比賽這件事對妳來說是最高等級了嗎？」

我說：「是啊。」

楊照說：「可是一副牌裡只有一張王牌。」

我說：「是啊，怎麼了？」

他說：「那和我在一起是什麼牌？」

我想了想說：「這個算……三個二吧。」

楊照有點驚訝，說：「我不要做二。」

我說：「你不是二，你是三個二，是二的三倍，也就是三倍的二。」

楊照看著我，一時半會兒沒吭聲，臉有點微微泛紅。

過了一會兒，他問：「妳打算拿什麼參加比賽？」

我說：「我想過了，我打算用我家，我準備用我家的室內設計圖去參加比賽。這樣一來，即使比賽沒有拿到名次，還可以用來裝修房子嘛。反正我一直想裝修一下，給我媽換個更好的環境。」

買不起新房子，裝修一下是我一直想做的事。

楊照卻認真起來。他把雙手搭在我的肩膀上，說：「吳映真，妳聽我說，這次比賽妳一定要認真起來。」

28 雙豐收這種好事還有我的分？（下）

我看了一會兒楊照，發現楊照就像一個因為下雨偶遇趕考書生並留他下來喝水、吃飯、暖床的大小姐；第二天早上，書生要去趕考了，大小姐這一夜不能白白付出，是時候讓書生承諾點什麼了。

我看了看我身上的飾品，什麼項鍊、手鍊、耳環和戒指，什麼都沒有，就一個手機，我總不能把手機給他作為定情信物。

手機不行，但手機殼可以呀，我就開始摳我的手機殼。

楊照問：「妳幹嘛呢？」

我邊摳殼邊說：「你放心，等我高中了狀元一定回來娶你。」

楊照剛才還被認真嚴肅包裹著的臉一下子就樂開了。我把手機殼摳下來給他。「這是我給你的承諾書。」

楊照接過來看了看，又和自己的手機比了比。「都髒了，而且和我的手機不合。」

我說：「楊照，定情信物這種東西，不是看你要什麼，而是看我現在有什麼！」

楊照說：「妳這就是個普通的塑膠殼嘛，而且上面這隻黑貓看起來一臉不屑的樣子，讓人看了一點安全感也沒有，根本沒有保證的效果，到時候妳不認帳怎麼辦？」

我從書包裡把筆翻了出來，然後把書包遞給楊照，又把手機殼拿了回來，在裡面寫上：

待吳映真高中狀元後，一定會娶楊朝夕回家過日子！

又簽上了我的名字，遞給楊照，拿回書包。

我說：「你小心點，字要乾一會兒，你弄糊了我可不負責重寫。」

楊照咯咯地笑出聲來。他看著我的字說：「那這件事就說定了。」

他眼睛裡也有笑，說明他的心也是笑著的。我此刻有說不出的感覺，覺得人生巔峰不過如此，愛人在眼前微微笑，事業在前方招招手。

可我當然要故作鎮定，邊把書包揹上邊說：「嗯，說定了。」

我發現，楊照跟我在一起才多久，智商竟和我一樣低了。

既然和人家楊小姐保證了，那我就一定要好好奮鬥考取功名才行。

之前所有的毫無頭緒都在有了明確目標以後不見了蹤影，所有實際或不實際的點子，會在夜深人靜的時候源源不斷地湧進我的腦子裡，再也沒有人比我更知道要如何使這間老屋變得更好。

我一晚上畫了五張草圖，然後再用一週的時間把它們一張一張地精修出來，再互相整合，最後剩下兩張設計圖。我拿給駱黎看，他很專業，說：「參賽作品和一般的設計圖還是有區別的。我知道妳很崇尚實用主義，這很好，也是妳的亮點，但是我希望妳在實用主義的基礎上，可以加兩個夢寐以求、不計成本的花樣。妳明白我的意思嗎？」

我點點頭。

我說：「我小的時候希望我家窗外常年停著一架大飛船，想去哪兒開飛船就行了。」

駱黎看了看我說：「妳和我兒子挺像。」

我想我不能再這樣浪費駱老師的時間了，他私下給我改設計已經非常不容易了。所以我趕緊說：「我明白您的意思了，回去一定好好想想。」

駱老師點點頭。

我想到了我媽，我媽和這個房子相處的時間更久，她一定對這個房子有比我更多的期望。我突然覺得能夠滿足媽媽的想法是一件挺甜的事，哪怕只是在設計稿上。

到了家，我媽正在包餃子，酸菜餡，我媽最拿手的。曾經有著名餃子店的大廚向她請教過做酸菜餃子的祕訣，我媽都告訴他了，做出來的味道還是差了點。其實我不是很喜歡吃酸菜，更不怎麼喜歡酸菜餡的餃子，但我媽做的這個我還是很喜歡吃的，因為實在是好吃。

我趕緊洗了手，托起一片擀好的餃子皮裝了餡，問我媽：「媽，假如不考慮錢的話，妳最希望咱們家變成什麼樣子？」

我媽反問我：「變成什麼樣？」

我說：「對呀，不考慮錢，隨便說，把妳心底最真實的想法說出來！」
我媽捏好了一個餃子，把它甩在籠屜上，說：「如果不考慮錢，我倒希望換個房子。」
我說：「好吧，前提有兩個，一個是不考慮錢，一個是不換房子。」
我媽說：「那這樣的話……最好是多一個房間，給妳住。還有就是……有一個能讓我在家裡種菜種花的地方，以後妳不用我養了，我得找點別的東西養一養。」
我說：「我給妳養個小動物？」
我媽說：「也行，這樣牠就可以住妳的房間。」
我媽說完就笑了，然後繼續捏餃子，可是她笑裡的期待都被我看到了。我想我媽真是個少女，我想保護她，想給她實現願望，想像對待女兒那樣對待她。
我說：「我記得了。」
吃完餃子，我修改設計，馬琳給我打電話，問我什麼時候去給她彙報情況。
我說：「馬琳，我要參加一個比賽，特別忙，最近都過不去。」
馬琳嘆了口氣說：「妳變了，妳不愛我了，我就知道會有這麼一天，但我沒想到會那麼快。你們睡過了嗎？」
我說：「行，我過去。」
馬琳說：「這麼晚了，妳不會是在楊照家吧？」
我說：「行行行，我現在就過去。」

到了馬琳的店，他們已經快關門了，我看見門口放著一個暗黃色的精緻籠子，籠裡有一個毛色和籠子一模一樣的柯基犬，馬琳和剩下的兩名店員都在圍著一位顧客服務。

這位顧客我也熟悉，這麼漂亮的大長腿我真是想忘都忘不掉。

看著她們在認真地挑鞋子，那我就和這隻狗狗一起蹲在門口等一會兒吧。

楊照微信問我在幹嘛？

他這些天也特別忙，也許是因為就要回去了，學校的事情很多，我們最近也沒怎麼見面，都是我去上課的時候他過來找我。想想我們最近基本上都是在學校見的面，不過這樣也挺好，像兩個學生，也彌補了我上學沒戀愛過的遺憾。所以我會在人少的地方和楊照牽手，有時候楊照想要吻，說實話我也想，但是我總覺得我的年紀已經不適合在校園裡親吻了，我太老了。

我回覆楊照：和一隻小可愛一樣，都在等自己的妞兒挑鞋子。

楊照回覆我：什麼意思？

我把自己放得更低，和那隻柯基犬一起合了照發給楊照。

楊照很久沒有回覆我。

我伸出一隻手指進牠的籠子裡，牠就舔。我看著牠的臉，突然想起了一件事，於是對著那隻柯基犬喊了聲：「Eve？」

柯基犬沒有搭理我，然後，我像著了魔一樣，對著那隻狗用不同的語音和語調叫了三十多聲 Eve，沒有一聲牠搭理我的。

看來狗頭長得都差不多，臉盲的領域不僅跨種族，還跨物種。

等那位漂亮女子走出來，馬琳把她送到電梯口的同時也看到了我。她吩咐一個店員把客人送到地下車庫。漂亮女子走到門口時拎起了狗籠子，還衝我禮貌地笑了笑。

等馬琳回來，她讓另外一位店員回去整理一下就可以下班了，然後轉過頭問我：「一會兒還訂壽司行嗎？」

我說：「妳還不能走？」

馬琳說：「晚上還有個客人要過來。」

我說：「這個喜歡大半夜來買鞋的漂亮女子不是剛走嗎？難道她在十二點鐘的時候還會再來一回？她夢遊買鞋？」

馬琳整理了一下頭髮，表情有點奇怪，說：「這回我要等的，不是她。」

我從馬琳的表情中看到了一絲絲的暗湧。以前她一說到客人，眼睛裡釋放的全是錢的光芒，這次的光芒中不只有錢，還有別的東西。

我從來沒見過，認識她幾十年了，我竟然從來沒見過。

我的天，我覺得有點可怕。

29 情感世界中的小小險情

壽司來了只有我吃，馬琳連上面的生魚都不吃了。

我問：「妳為什麼連生魚片都不吃了？」

馬琳說：「會腥。」

「妳沾芥末和醬油啊！」我很驚訝，她會嫌魚腥？

馬琳撫了撫自己的裙裝，又理了理頭髮，換了一條腿蹺起來，說：「別岔開話題，接著彙報你倆的事。」

我這才意識到，她說的「會腥」，不是魚會腥，而是她自己身上會腥，所以她不吃魚。

我快說完了，走進來一個人。馬琳馬上站了起來，她沒展現出接待顧客時那種招牌式的笑容，她是真的在笑。

我也站起來，退到角落裡不打擾他們。

雖然不打擾，但是我可以觀察，這個男人不年輕，但是個如果我在別處與他打照面，會多看上一眼的中年男人。人到中年還能讓陌生人情不自禁，難得。男人說話的聲音很小，馬琳也跟著他變得很小聲，不知道是因為說話聲小還是因為他們正有此意，兩個人挨得很近。

有一雙新款非常漂亮，馬琳聽令穿上，展示鞋子，更像是展示自己。

最後買了兩雙，馬琳給他送到電梯口，兩個人並著肩。我看著他們的背影，覺得最可怕的事情是，這個中年男人手裡提著的這兩雙鞋，肯定不是給他媽的。至於是給誰的，馬琳肯定比我更清楚。

楊照給我發微信，問我：妳在哪兒，我去接妳。

我回覆他：不用了，我還在馬琳的店裡，我們叫車回家就行了。

楊照回覆：十分鐘以後到，等我。

正好馬琳回來，我說：「楊照說要來接我們，十分鐘就到，等一等他吧。」

馬琳點點頭。

我們倆在約好的路口等他。最近的夏天有點餘熱不足了，晚上會微微發涼，馬琳將兩隻手臂抱在胸前，顯得她的胸更大了。我也抱了一下，沒有任何變化，我就放下了，不然對比太明顯。其實我沒想到談戀愛以後會變得有點不自信，不自信自己的長相和身材，這種令我深感厭惡的不自信，是不是能夠說明我對楊照是真愛了？我突然想到今天在路上聽到一個老太太和另一個老太太說的話：越有錢的人，越有錢。

我在心裡套用一下：越有料的人，越有料。

我想奶奶不愧活了這麼大的歲數，活得挺明白。

馬琳突然說：「我一般不會這樣說。人家說寧拆一座廟，不毀一樁婚，但妳是我馬琳的吳映真，有些話我必須得提醒妳一下。」

我說：「什麼？」

馬琳說：「楊朝夕，哦不，現在得叫楊照，我覺得他性格有些……陰鬱的東西，人又過於聰明沉穩，只要他不說，妳一輩子都別想知道。妳和他根本不是一個等級的，以後如果相處得好，他免不了要帶妳去一個陌生的地方，所以妳要儘量變得聰明一點。當然，只要他愛妳，我認為什麼都不是問題，但也只是我認為。兩個人相處從來都只是冷暖自知。」

我沒說話。不用說，馬琳也知道我已經聽進去了。

我說：「今天這個客人……我覺得妳對他不一般……」

馬琳馬上說：「妳放心，我和程淺分不開，誰都換不走程淺，就跟親兒子一樣。」

我說：「換是換不走，但是友好共存還是可以考慮的，是嗎？」

馬琳抬起頭看著我，我也抬頭看她。她有件事，是上大學的時候發生的，只有我知道。

馬琳過了一會兒才說：「不會了。」

我笑了，說：「會不會也只有妳知道，不過不排除會的可能，是嗎？不然妳今晚幹嘛要叫我來？」

馬琳還要再說些什麼，楊照已經到了。

先送馬琳。車裡的氛圍有些奇怪，我們都表現得很有禮貌，連坐姿和細小的動作都不是最真實的樣子。車裡的每個人好像都在與自己心裡裝著的故事獨處，不知是誰起的頭，定下了沉默的基調，然後就這麼沉默下去，直到馬琳下了車。

楊照這才說：「不是讓妳對比賽要認真一點嗎？」

我轉過頭看他，發現他的眉毛有些皺。

我說：「我很認真啊。」

楊照說：「那妳這麼晚還跑到馬琳這裡來，妳不是後天上午十點之前就要交作品了？」

我說：「你怎麼知道是十點之前？」

楊照轉過頭看了看我，才說：「妳告訴我的。」

我記得我告訴過他是後天交作品，但是不記得有沒有告訴他是上午十點之前。

我說：「好吧，我知道了，我直到後天上午十點之前除了駱黎，誰都不見了。」

楊照打了方向盤，把車停在路邊，然後開了雙黃燈。

「怎麼了？」

楊照說：「妳別生氣，我不是這個意思，我只是希望妳可以更好。」

我說：「我知道，我知道你……你在這方面幫了我不少忙，我反應確實有點慢，但不是反應不過來……包括這次比賽……你什麼都沒說……但是我……我……」

我突然不知道該說什麼。我不想對楊照說太多客套的話，如果我有話對他說，我希望都是親密的話。

楊照也許也不願意聽我說客套話。他打斷我的思路，說：「映真，我是真的希望妳可以獲獎。」

所以我主動伸手撫上他的手背。「你放心，楊小姐，我會努力的，我給你的定情信物還在你手上呢。」

楊照笑了起來，又重新把車開了起來。

我說：「對了，你有沒有看見我給你發的合影？」

楊照問：「什麼合影？」

我說：「就是我和那隻狗的合影啊！」

我拿起手機翻那張照片，說：「幹嘛不理我？那隻狗挺可愛的。」

我把照片放大，發現那隻狗的嘴邊有一顆黑點，像是美人痣一樣，讓這隻狗頭看起來更加可愛。我說：「你看你看，牠還有顆痣。」

楊照說：「我在開車。」

到了家門口，楊照突然說：「給我看看那張照片。」

我說：「真沒發過去？」

楊照不說話。他把我的手機拿過去，找到那張照片，然後當著我的面，刪掉了。

我說：「你幹嘛？」

楊照說：「那隻狗哪有妳可愛。」

說完開始親我，親得又認真又仔細。他這麼誘惑我，我能不好好參加比賽嗎我?!

所以第二天一早我就跑去咖啡館畫圖，還點了一杯全店最貴的咖啡。為什麼要去咖啡館？因為買咖啡的錢會給我壓力，讓我不允許自己在付費空間內浪費時間。楊照本來想要過來陪我，我忍了忍，沒讓他過來，他也忍了忍，真的就沒有過來。這樣做果然效率高，再加上駱黎經驗豐富技巧純熟的指導，交稿子後的第五天晚上，駱黎打來電話，說剛剛得到了可靠的小道消息，我的作品入圍了決賽，也就是肯定會獲獎；但至於獲得什麼獎，就不知道了。

獲獎就行，我這人一點都不貪心。

我趕緊打電話把好消息告訴了楊照。他也挺開心。我說：「我可以娶你了，楊小姐。」

楊照說：「那我要名分。」

我說：「你什麼意思？」

楊照說：「我想去見阿姨。」

我想了想，又想了想。

楊照好像沉不住氣了，他說：「怎麼了，妳那個手機殼還在我手裡呢。」

我說：「好，我和我媽去說。」

我掛斷電話，回頭看了看正在把我剛洗好的胸罩掛起來的媽媽，還是沒說剛剛答應楊照的那件事。

30 吳映真才沒那麼好命（一）

我雖然沒說，但沒有想到，我媽和楊照的緣分是我攔也攔不住的命中註定。頒獎典禮那天，楊照和我一起去。雖然我最終只是個優秀獎，但業界比較認可這個比賽出來的設計師，去不了大公司，去些小公司應該是沒什麼問題的。我看著手裡的獎盃，覺得它就像是一塊沉甸甸的磚頭，肯定能把設計師大門砸出一個大洞，我再胖都能輕鬆鑽進去的那種。

我看楊照也挺高興，獎盃還沒捂熱，他竟然拉著我去見了盧本邦的總設計師。這個人也是評委之一，我都不知道他們還互相認識。

在晚宴上，楊照先做仲介，讓我和總設計師互相認識了一下，然後吩咐我去拿酒。那我就去拿了，結果回來人不見了，找了一圈還是沒有。沒有就算了，反正酒都拿了，再放回去怕是不道德，我就一口一杯全喝了。喝完發現這個酒還挺好喝，我就又拿了兩杯。喝完又找了一圈，找了一圈還是沒發現楊照他們。我給楊照發微信，不回，打電話，不接。

不搭理我就算了，那我就繼續喝酒吧，反正今天挺高興。

又喝了兩杯，我就更高興了，打電話給馬琳，把今天的好消息告訴馬琳。

馬琳那邊倒是很冷靜，反問我：「妳給我打電話幹嘛？」

我說：「跟妳分享我的喜悅啊！」

馬琳說：「這個時候妳跟我分享什麼喜悅？妳自己喝什麼喝？妳看看別人都幹嘛呢？妳想喝酒姊給妳買去，但是姊姊我可提供不了有這麼多業界人脈的場合給妳！妳他媽還不趁現在多認識幾個知名設計師和設計公司的老闆，給妳自己的未來鋪鋪路找找工作，妳跟我在這裡得意什麼！好資源都讓妳給浪費了！」

我一下子就醒酒了，馬琳最近火氣有點大，但是她說得可真對啊！

我放下酒杯，楊照就回來了。他說：「走吧。」

我說：「你別逗了楊老師，我還沒幹正事呢！好不容易來了，我得給自己找找出路。」

楊照笑了，說：「妳看妳臉都紅了，誰會跟一個喝多了的設計師談工作，妳可真是沒來過這種場合。」

我有點急了，說：「那怎辦，我去洗個臉去！」

楊照拉住我，說：「妳洗臉就能給妳洗白了？」

不能，我無話可說。

楊照說：「妳覺得盧本邦怎麼樣？」

我說：「喝多了我也知道那是國內最好的設計公司。你問我這個幹嘛？你當我傻？還是你有毛病？」
楊照說：「妳可以去那兒工作。」
我把全世界的鄙視都吸收到體內後才說：「我去不了。」
楊照說：「明天盧本邦的人事經理會給妳打電話，具體的事還是你們談一下。」
我腦袋裡在放煙花，心裡想，在我對面這個男的是誰啊？淨和我吹牛。

楊照帶我回家，我沒想到這酒的後勁還挺大。
下車的時候不小心高跟鞋和腳分離了，我低頭去找鞋，邊找邊說：「我鞋呢？我鞋呢？」
楊照拿了我的鞋子，彎腰要給我穿上，我連忙搶過來說：「不用不用，我腳出了點汗，鞋子有點臭，我自己穿就行。」
我扶著他的車穿鞋，楊照看著我說：「妳怕我嫌妳腳臭？」
這不廢話嗎？我現在怕你發現我的一切小瑕疵，更何況是腳臭了。
我一抬頭，看到我媽從我身邊走過去，一手拎著一大袋衛生紙一手拿著一瓶醬油。這老太太還想裝作和我是路人，就這麼走過去。
沒想到給我介紹雪猴先生的趙大媽半路殺了出來，跟我媽打招呼。「買東西去啦？」
我媽說：「啊。」
趙大媽說：「欸，這不妳家吳映真嗎！妳瞅瞅，提鞋呢！」

我媽停下了腳步，趙大媽離我越來越近，走到楊照面前也停下來。

她看著楊照笑咪咪地說：「呦，這小夥子不錯啊！你倆啥關係啊？不能是交往關係吧？小夥子你要沒有對象，大媽給你介紹一個，大姨家有個女孩子特別好……」

我媽沉不住氣了，走過來把那串衛生紙往楊照面前一伸，說：「幫我拿著，我這手指頭彎不過來。」

楊照很自然地接了過去。我忙問：「媽，妳手怎麼了？」

我媽沒搭理我，對趙大媽說：「我給他倆醬牛肉呢，老趙妳一會兒也過來嘗嘗唄。」

趙大媽擺擺手說：「行啊，妳家真真可真行，這姑爺找得不錯。」

趙大媽就這麼走了，帶著一顆不甘的心。

我趕緊說：「媽，這是楊照。楊照，這是我媽！」

趙大媽果然又回過頭看向我們，我媽提高嗓門，熱情地說：「咱們快回家吧，小楊，這衛生紙拿著怪累的！」

就在她說話間，她用力剜了我一眼，造成了我今晚的第二次醒酒。

我趕緊壓低聲音說：「媽媽，對不起，我再也不這麼大聲說話了。」

我媽看趙大媽真的走遠了，才轉過頭說：「還不幫小楊把衛生紙提過來，讓人家拿東西，這麼沒有眼力！」

我心想，這不妳讓他幫妳拿的嗎?!

我管楊照要衛生紙，楊照只是笑。

我媽溫柔地說：「不好意思喔，小楊，我家真真不懂事，讓你笑話了，你要是沒什麼事就上去坐坐吧？」

楊照也溫柔地說：「阿姨，我正有此意。」

我媽和楊照在前面走，我穿著高跟鞋在後面一瘸一拐，這兩個我最親的人沒有一個要過來扶一扶我。

我聽我媽說：「小楊，家裡小，又被真真弄得有點亂，不知道你來，沒提前收拾好，你將就一下喔。」

我聽楊照說：「沒關係阿姨，我這次也很倉促，沒帶什麼見面禮，還請您多包涵。」

回了家，我媽果然在醬牛肉，牛肉的香味已經在滿屋子裡蔓延了。我媽示意楊照坐一坐，她去沏茶。楊照倒是沒有坐的意思，小聲問我一會兒能不能領他去我房間看一看，我一屁股坐下，說沒空，我要喝茶。

楊照彷彿有點不甘心，時不時地往房間的方向看，又湊過來說：「我就想看看妳小時候的照片。」

我說：「要門票，先交錢。」

楊照看著我。

我覺得他好像要對我動手，或者動口，但是我不怕，我媽在，他還能欺負我？

我媽給我倆上茶，他和我媽聊得挺好，我都沒有什麼機會插話。我坐在他倆旁邊，看著這麼和諧的畫面，有些昏昏欲睡。

我媽突然站起來說：「忘了忘了，我得把醬油倒進去，小楊，你等我一下啊！」

我媽前腳走了，楊照就湊過來咬我的嘴唇。

我說：「你幹嘛！」

楊照說：「給我看照片！」

我說：「你信不信我叫我媽過來揍你！」

楊照笑得有些無賴，湊近我說：「妳現在告我的狀，以後我會報復。」

我媽走了進來，楊照趕緊收起他邪惡的嘴臉，擺出一副好寶寶的純良面孔，道貌岸然。

楊照說：「阿姨，不早了，我也該走了。」

我媽點點頭說：「牛肉還得燉上幾個小時，明天我讓吳映真給你帶點嘗嘗。」

女兒都要讓他弄走了，我媽還給他吃醬牛肉？我都不夠吃！

楊照沒有立馬就站起來，他說：「對了阿姨，有一件事還想要拜託您。」

他從衣袋裡掏出一把鑰匙，說：「一個月以後我就要回去了，這個房子是我現在住的，密碼是一四九五〇，這是備用鑰匙。房子就在我學校附近，兩房一廳，地點和屋況都還可以，家具都是映真選的。我在這邊也沒什麼親人，回去以後怕是沒人管，希望阿姨……可以幫我照看。」

楊照的手懸在空中。我媽沒有馬上接，她看著楊照，眼裡好像都是話，最終還是笑著伸了手。

楊照這才微笑著站起來，看著我媽的眼神裡有一種奇異的喜悅。他鄭重其事地說：「謝謝阿姨！哪天您有空我帶您去看看。」

楊照走後，我突然覺得沒了力氣，之前的快樂和滿足好像也都回家睡覺去了。自己獲了獎，男朋友見了家長，我今天也算是里程碑了，可就沒有想像的那麼舒坦，那種腳踏實地的舒坦，總覺得哪裡不對勁，哪裡不安全。

我媽在廚房看著醬牛肉，見我回來，她問我：「酒醒了？」

家裡的廚房因為不停地冒蒸氣而有些悶熱潮濕，廚房的窗太小，油煙機又老舊，煮上幾個小時的牛肉，那個煮牛肉的人也許和牛肉一樣煎熬吧。

31 吳映真才沒那麼好命（二）

我說：「媽……今天真的是太突然了……他之前跟我說過要來的，我最近忙忘了……今天就是碰巧了，要不是趙姨神助攻……」

我媽把火關小，轉過頭來看著我。

我的聲音也變小了。「我……反正我覺得今天這事不是我想要的樣子……」

我媽說：「小楊不錯，我挺滿意。」

我吁了一口氣，其實我就等我媽這句話呢。

但是她又說：「妳最該擔心的不是他來見妳的家長，而是妳去見他的家長。」

我聽完我媽的話，把剛才吁出來的那口氣又吸進去了。我覺得累，真累，怎麼會有這麼多事擺在我面前，今天的事不是我想要的樣子，未來的事？未來的事我今天想都不願意想。

我說：「媽，我睏了，睡覺去了。」

第二天一早去上班，很多人都向我祝賀，祝賀的都是很真誠的，不真誠的都沒過來祝賀我。我覺得不管來不來祝賀我，大家以誠相待是最重要的，這個公司的氛圍挺好，同事們都是那種想得比較開，做事又踏實的人。上班賺錢最重要，太耗費內力的事不划算，不做豬隊友就已經是在對別人好了。我很感激大家，我也努力希望大家因此而感激我。

誰知我沉浸在這個美好的集體氛圍不到兩個小時，盧本邦人事部的電話就打過來了，讓我明天過去報到，如果可以就今天下午，總之越快越好。

我打斷了他，用實在是不好意思以及不知好歹的心，問他：「您能告訴我一下，你們為什麼要雇用我嗎？」

對方停頓了一下，好像也沒想過他們家大業大的盧本邦為什麼要來雇用我這個只得了小小的優秀獎、毫無設計經驗、能不能稱得上是設計師都成問題的小透明。

對方說：「不好意思吳小姐，請您先等一下。」

我說：「沒事沒事，我小學三年級撿了五百塊錢的鉅款都忍痛還給失主了。」

我想他們可能是搞錯了。不是我的，我肯定不能要。

等了一會兒，那個人事部的小夥子又來了。「吳小姐還在嗎？」

我說：「在在在。」

然後他又有底氣和我說話了，像是剛剛請示過主管之後的官方說辭，大體的意思就是我是一個剛剛獲獎的新秀，很有潛力，老闆很欣賞我的作品，覺得我是一顆冉冉上升的新星，希望我可以和他們合作共創輝煌。他說得更好聽，更洋氣，反正我就是這麼理解的。

有一個無法得知來源的聲音在我腦子裡問：什麼是人生巔峰？

我的意識先於一切的身體器官回答道：這，就是人生巔峰了。

但我回答：「我……能不能再考慮一下？」

我說完很驚訝。這可是盧本邦，我也太不要臉了。

對方好像沒想到我能猶豫，但還是很體面地回答我，好的。

掛斷電話，我發現我一直在憋尿。此刻，我已經不是一個普通的憋尿人了，而是一個剛剛被盧本邦邀請的設計師在憋尿。我甩了甩頭髮，決定要像走去人生巔峰那樣走去洗手間。

剛進廁所，裙子還沒來得及提到腰，楊照就給我打來電話。

他說：「剛才怎麼沒答應？」

我說：「你什麼意思？」

他說：「盧本邦。怎麼還要考慮，妳難道不想去嗎？」

我說：「他們不可能只因為我獲了個小小的優秀獎就讓我去。」

楊照說：「是不可能，不過如果妳連獎都沒拿一個，那就徹底沒戲了。所以，妳還挺爭氣的。」

我沒說話。我不知道要說什麼，尿急限制了我的思想。

楊照又問：「難道妳不想去見識一下嗎？」

我說：「先等會兒吧。」

楊照問：「還要等什麼？」

我說：「我現在有一件很急的事要去做，如果不做，它的威力對於我來說相當於宇宙大爆炸！」

我掛斷電話，舒舒服服地解決了人生的這次危機，並做了決定。我想我這輩子都不會忘記這間廁所，它將在我的人生占有不可磨滅的地位。

我要辭職，我的老闆倒是沒怎麼驚訝，讓我交代好手裡的事情就可以走了。我的同事都站起來和我道別了，包括剛才沒有過來道喜的。我心裡不太好受，畢竟就在不久的剛才，我還一心想在這裡發光發熱；我的同事們看起來也不好受，我覺得應該不是因為捨不得我，而是因為害怕接下來的那個人還不如我。

送我到大門口的是瑩瑩，她拉著我的手，欲言又止，終於忍不住和我說：「妳不會把周書養刪除吧？」

我說：「妳放心，我不會刪了一個藝術家的，我的良心會痛。」

我沒告訴瑩瑩，雖然沒刪，但我已經給他封鎖了。

第二天上午去盧本邦報到，我穿著新衣服、新鞋子，頂著新髮型，心裡想著，這樣的大恩，我是不是要和楊照睡一覺來感謝他？

可我萬萬沒想到，三天過去了，我在盧本邦的工作除了倒咖啡，還是倒咖啡。我真的是他們看中的設計師？他們當初是怎麼跟我說的？是我理解有誤？明明他們就有倒咖啡的小妹妹啊！比我年輕比我漂亮，難道他們老闆慧眼識丁看出了我倒得一手好咖啡的潛力？

不過我的咖啡確實比從前倒得好了，這倒是個該死的進步。

盧本邦的人不是對我愛搭不理，就是對我客客氣氣，該倒咖啡就去倒咖啡，不倒咖啡的時候就坐在角落裡默默地看資料書，幾乎沒有人和我說話。所有關於設計的大小會議都不讓我參加，雖然我可以在會議中途給他們倒咖啡的時候進去聽上那麼一、兩句。

這三天讓我感到很沮喪，楊照手裡的工作也在收尾的階段，他似乎比我還要忙。對呀，他當然比我忙，倒咖啡是多麼清閒的工作啊。

倒咖啡倒了五天，楊照來接我下班。在車上，我一不小心沒忍住和楊照抱怨了一下，他笑著伸手過來摸摸我的頭，說：「委屈妳了，再堅持一下。」

我這才發現，他從來沒有問過我在盧本邦工作得怎麼樣，好像這一切他早就已經預料到了。或者說，他並不喜歡我和他抱怨在盧本邦的工作。不過無論是因為什麼，我很後悔和他抱怨，因為這是他給我介紹的頂級資源，我不想讓他對我失望，真的不想。

那晚我們分手的時候，他抱我，又說了一遍：「委屈妳了，再堅持一下。」

我說：「沒事啊，楊同學，我這人的性格你也知道，我挺好的，你不要擔心。」

我本來想從他懷裡掙脫出來看著他的眼睛說這句話，這樣我就可以向他傳遞出積極樂觀的狀態。但他抱得有點緊，我沒掙脫出來。

我聽見他在我頭頂上發聲：「其實妳……可以不用這麼地……用心，我是說……妳可以放鬆一些，別想那麼多，沒有多久就會好的，妳明白嗎？」

我其實不太明白。

但我還是點點頭，向著我所理解的那個方向認定他這句話的含義。

我抬頭看他，看到的是他用小鹿一般濕漉漉的眼神看著我，溫柔如水。我有點感激他送給我這樣的眼神，讓我明確了一件事：他是真的在愛我。

第二天，我想通了一件事，我畢竟還是可以在他們開會的時候進去倒咖啡的，為什麼不好好利用一下？

所以，下午他們在開一個美術館設計方案討論會時，我故意給他們每個人都少倒了一點點，留存了一點在壺裡，然後裝作不小心的樣子，把咖啡灑在了會議桌後面一個比較隱蔽的地方。這個地方是我今天上午物色好的位置，這裡離門比較近，離總設計師的位置遠，又正好是他視線的盲區，在他全神貫注討論方案的時候，應該不會注意到我的存在，我又不會打擾到同事們的工作。而且這一塊是西南方位，今天是農曆七月初十，招白虎，利西南。

作為一個設計師，為自己選一塊風水寶地，還是很基本的。

我連忙跪下來用事先準備好的紙巾擦地上的咖啡，我發現總設計師看了我一眼就繼續討論去了。我就在這裡一直擦一直擦一直擦，直到會快開完，我才貓著腰退下。

受益匪淺。

第二天，我還在擔心他們會嫌我笨手笨腳剝奪我倒咖啡的權利時，我就又被叫去倒咖啡了。這次我膽子大了，身上揣了錄音筆進去的，全程都在出汗，出汗出到差點把錄音筆弄短路了，不過還好一切順利。

後來我又換了一個地方灑咖啡，總不能同一個地方灑，這樣太假。這次總設計師看了我好幾眼，看得我心裡直發毛，但我還是硬著頭皮跪在地上邊機械式地擦地邊聽完整個過程。地板快被我擦破皮了，這個美術館的方案也差不多定下來了。

回到家，我把錄音內容連夜整理好，然後趕緊刪掉，毀屍滅跡。

我知道總這樣灑咖啡肯定是行不通的，我必須要抓住一個機會。

32 吳映真才沒那麼好命（三）

我本來想要找到機會後主動去找總設計師，結果他老人家先找到我了，問我：「小吳啊，倒咖啡很累吧。」

我心想，他應該是有點不滿我連續三次在他的會議上灑咖啡，但是這點小事他也要親自過問嗎？

我說：「最近我在倒咖啡的能力上遇到了瓶頸，確實存在了難以突破的技術關卡。不過請您放心，我目前一直在練習和改進我的技能，我一定會掌控好手腕的力度，配合好咖啡壺與咖啡杯之間的角度，爭取早日做到一滴不漏。」

「但是！」我覺得今天正是上天賜給我的一個好機會，不說白不說。「我設計方面的能力正值上升期，應該會比倒咖啡要強一些，我希望您可以考慮考慮。」

總設計師看著我，看著我，又看著我，然後他就不看我了。他先看了看他那只漂亮的手錶，然後就看著門，眼裡有渴望，好像希望此刻有兩個外星人破門而入把我抓走，或是他媽媽進來把他從這裡接走。我不知道為什麼我會在這個時候開放這樣的腦洞，但是我看著現在的老闆，腦子裡就是這些奇奇怪怪的東西。

氣氛有點奇怪。

終於有人來了，不是外星人，也不是他媽，而是他的小祕書。總設計師露出了笑容相接。他笑起來有點像五十六歲以後的梁家輝，只是五十六歲以後的，五十五歲半的時候都一點不像。

他笑著簽署了小祕書拿給他的文件，兩人又來往了幾句，然後小祕書就離開了，多麼自然而常規的雇傭關係，為什麼我的老闆就不能和我發生這樣的關係？

見我還不走，總設計師終於轉過頭和我說：「我一會兒還要去開會，妳……既然在能力的瓶頸期就先不用去倒咖啡了，在這裡妳可以輕鬆一點，別想太多。」

這話這麼熟悉，像我男朋友之前說過的那句。

我遇到了一個職場怪象，以前從來都沒遇到過，我看的書、電影以及電視劇裡也沒有這樣的情況。我知道我經驗不足又讀書少，但是現在怎麼辦，我想在盧本邦當設計師這事可怎麼辦？

他站了起來要往外走，我心裡很急，眼看他就要走出辦公室了，我此刻真想把他壁咚在牆角，然後用炙熱的眼神和冷酷的口吻說：「為什麼？為什麼要這樣對我！要麼給我答案，要麼給我工作，否則我是不會放過你的！」

正在千鈞一髮的時候，我聽見我的身體先於思維叫住了他。

總設計師回過頭，看著我的眼神裡向我傳達著他根本就不想回頭看我的情緒。他又看了看錶，我覺得再不說他就真的走了。

於是我鼓起勇氣說：「請您再給我一次機會！」

我的老闆沒有回答，他依舊像剛才那樣看著我。

我使出全身的力氣接著說：「我十分想把咖啡倒好！」

他點了點頭，說：「我要拿鐵，謝謝。」

他走出去的時候，我嘆了口氣，我可真慫。

我走去茶水間準備咖啡，心想這次倒咖啡一定要倒出水準，倒出風格。

剛到門口，就聽見看見小祕書和之前的那位咖啡小妹一起分享一個火龍果。

小祕書說：「欸，妳好像又要開始倒咖啡了。」

咖啡小妹問：「什麼意思？」

小祕書說：「我剛才去老闆的辦公室，聽見那個新來的在向老闆討設計師的工作。」

咖啡小妹問：「老闆同意了嗎？」

小祕書說：「不知道啊，後來我就出去了。」

咖啡小妹說：「我覺得她不可能要得到。」

「為什麼？」小祕書問，我也在心裡問。

咖啡小妹說：「她就是來鍍金的，待不了多久就得走了。老闆怎麼可能把案子交給她，萬一她走了把方案洩漏出去怎麼辦，老闆又不傻。」

小祕書問：「什麼鍍金？」

咖啡小妹說：「妳知道陽澄湖大閘蟹不？」

小祕書說：「我還吃過呢！」

咖啡小妹說：「妳吃過的陽澄湖大閘蟹都是陽澄湖大閘蟹嗎？」

「什麼意思？」

咖啡小妹說：「就是有很多都不是陽澄湖土生土長的螃蟹，只在湖裡過了一遍水，就和土生土長的螃蟹一樣貴了。」

「啊……還真沒聽老闆說過……」小祕書說。

咖啡小妹說：「老闆當然不會說，我也是無意當中聽到的，再加上我自己的分析。妳想啊，她負責倒咖啡，為什麼還要留我在，因為以後還是我來為大家倒咖啡、訂外賣的。」

我心想，我們倒咖啡的人都特別聰明。

小祕書問：「可我們公司在行業內已經很頂尖了，她鍍了這層金要閃給誰看去？」

「那我就不知道了，我也挺納悶了，不過這事好像和她男朋友有關。上次我聽到的時候就是老闆和一個男的在聊，那男的還挺帥的，好像是她男朋友。」

哦，楊照。

後面又有人走進來，都不和我打招呼。後來的聲音讓小祕書和咖啡小妹在一起回頭看的時候發現了我。她倆吃的火龍果是紅心的，嘴巴上都或多或少的染上了紫紅的顏色，像剛剛說過的悄悄話被留在了嘴唇上。

我趕緊裝作剛進來的樣子去拿咖啡壺。路過她倆時，為了打破尷尬局面，我笑著說：「唇膏挺好看的哈。」

晚上下班，楊照給我發微信，說他在門口等著我。我看到楊照的車在我公司的門口停著。他最近經常在固定車位上等我，如果他來，那麼五點半之前就會在那裡了。我躲在角落裡看著他的車，才發現那是員工專用車位。有些員工都沒地方停車，要停到對面購物廣場的地下停車位裡，他怎麼會有車位？

就在這一刻，我決定向地鐵口走去。

我坐上地鐵，楊照的電話也進來了，打了兩個，我沒接，兩分鐘後我又打回去了。

「妳在哪裡呢？」他的聲音有點急。

我笑了，問他：「你怎麼知道我下班了，我的同事們可都在加班呢。」

楊照停了兩秒，又問我：「妳到底在哪兒呢？」

我說：「我在地鐵上呢。」

楊照又停了兩秒，問我：「妳要去哪裡，我去找妳。」

我也停了兩秒，說：「我……我回家。」
楊照再一次停了兩秒，說：「我去找妳。」
掛斷電話，我有點難過，我和楊照的對話裡，什麼時候多出了兩秒鐘的空隙。
晚間高峰時期果然還是地鐵快一點。我先到家了，在門口幫楊照占了個停車位，誰知有一對夫妻從車上走下來說我占停車位是可恥的，叫囂著讓我靠邊一點，別耽誤他們停車。
我想了想，好像確實是有點可恥，就讓開了。我剛讓開，楊照的車就出現在我眼前了。
我走過，他搖下車窗對我微笑，說：「快上來。」
我走到副駕駛位置，楊照為我推開車門，我坐上去，說：「對不起，我本來想給你占個車位，可是我連個車位都占不住。」
楊照笑了，說：「幹嘛因為這種事和我說對不起。」
我說：「你為我做了這麼多，我卻連車位都不能給你占一個，我覺得自己挺沒用，配不上你。」
楊照伸出雙手扳過我的頭，看著我的眼睛，問：「妳今天到底怎麼了？」
他眼睛裡有我的樣子，因為映在他的眼中，我比真實的自己更動人。我想我如果離開他，大概是不會再有這麼動人的一面了。
我說：「先把車停好吧。」

我們在停在一個離家門口比較遠的地方。
楊照問：「現在可以說了嗎？」
我說：「楊照，我沒怎麼和你講過我現在工作的事，是因為我特別不想讓你失望，那你為什麼不告訴我呢？」
楊照有點警惕，他問：「什麼？」
我說：「為什麼要讓我去盧本邦鍍金，我鍍好了要給誰看？」
楊照馬上問：「誰告訴妳的？」
我說：「你和我老闆都說過讓我放鬆一點，不用想那麼多，你倆可真有默契。」
楊照不說話。
我覺得有點想笑，就笑了，邊笑邊說：「你說你直接告訴我比賽啊盧本邦啊都是為了鍍金多好，我也就安心倒咖啡了，何必還在會議室裡跪在地板上聽完整個設計案。努力原來都是白費，這種感覺你有過嗎？」
楊照握住我的手。我看出來他是在心疼我，他一心疼我，我就開始心疼他了，雖然是他先惹我的。我今天才學到，原來誰先讓誰疼並不重要，重要的是，有一個人疼了，另一個人也會跟著疼，這才是愛呀。
談戀愛可真長見識。
我說：「你不願意說的事情都不會告訴我，是嗎？」

「我能知道我想知道的事嗎？」

「我配知道鍍金的原因嗎？」

楊照終於艱難地開了口，說：「我是希望……妳可以得到我家人最大的認可……我不希望咱們在這件事上有什麼阻力。」

「哦，是這樣，」我說。「原來這一切都是假的，我只是需要一份漂亮的履歷來面試我未來的婆婆。我知道我配不上你——」

「吳映真，妳別這樣想。」楊照在情急之下叫了我的全名。他稍稍出了點汗，我都看在眼裡。我竟然在想，他瞞著我其實也沒什麼吧，至少他沒有騙我。

33 吳映真才沒那麼好命（四）

我說：「沒什麼，你怎麼都是為我好，我怎麼都是不夠好，所以才會這樣。這件事情也不能全怨你，不過還是謝謝你愛我，謝謝你為我操碎了心。」

我說完就去拉車門，發現拉不開，就轉過去看他，見他眼裡閃著的光看起來很像是愧疚的光。雖然我也沒怎麼從別人眼中看見過愧疚，就算是看見了，我也看不出來那是不是愧疚。我從前讀過一本書，說是一個好的演員，眼中會有四、五層的意思。一個眼神有四、五層的意思，我的天啊，我一層都看不出來，那我花錢去買電影票是不是太浪費錢了。

我問：「我想要回家了，你還有事嗎？沒事就請你把門打開一下吧。」

楊照說：「我還有事妳大概也不能讓我做了，我送妳回去。」

我說：「不用了，我想要走一走，走回家也不遠，你放我出去。」

楊照問：「那妳還生氣嗎？」

我說：「楊照，你有沒有聽說過一句話，氣來如山倒，氣去如抽絲。而且這件事是一場大氣，想消氣哪有那麼容易。」

楊照沒說話，他把頭靠在後背上，然後轉過頭看著我，無動於衷，也不知道他不給我開門的原因是因為想看著我，還是因為就想無動於衷。

我說：「楊照，快開門，我要下車。」

他把頭轉過去了，不看我了，但還是無動於衷，好像沒聽見我在說什麼。

我說：「楊照。」

他依舊不搭理我。

我放開門把手，坐正身子，問：「楊照，你這車不錯，多少錢？」

楊照看起來很意外我突然這麼問他，他轉過頭問我：「幹嘛？」

我說：「不幹嘛，看你這車挺高級，應該不便宜，我從來都沒有過自己的車呢。」

楊照馬上直起後背說：「給妳開。」

我搖搖頭，說：「我不開，我不會。你這車太高級了，按鈕太多了，我都不知道怎麼開車門。」

我看著楊照在我面前慢慢綻放出一個笑容。他笑得頗有深意，我想我這招大概是被他識破了。

但是我不能就這樣暴露自己，我依然擺出一副為此很煩惱的狀態，等著他戳穿我再說。

沒想到楊照指了指方向盤下面的一個按鈕說：「這個是開車門的。」

我說：「哦……」

然後看準了立刻按上去，右手趕緊去拉車門，拉不開。

我很憤怒，說：「你看你！又在騙我！」

楊照笑出聲來，然後他趴在方向盤上笑，這樣沒聲音了，但是身體是抖動的，抖得可厲害了。

我明明都要被氣死了。

我無話可說，無事可做，坐在座位上看不遠處的第七中學放學，孩子們穿著校服陸陸續續走出來，看著都還挺高興。多好的年紀啊，還不知道人世的險惡，也不用經歷男朋友在身邊嘲笑自己的漫長過程。究竟是誰犯了錯，誰被當成了大傻子。我想我明天就不去上班了吧，反正我這種倒咖啡的一天不倒也不會怎樣，我得想想我明天去哪裡。

「映真。」

楊照叫我的名字，聲音非常溫柔。我轉過頭，發現他白皙的臉上有點微微泛紅，可能是剛才笑的。

我問：「你笑夠了？」

楊照說：「我想讓妳稍微消消氣再走。」

我看著他，無動於衷。

楊照嘆了口氣，說：「好吧，其實我是想和妳多待一會兒，哪怕妳在生我的氣也好。」

我看著他，有點抵不住誘惑地想消消氣。

楊照又離我近了一點說：「我沒騙妳，那個按鈕是開門的，但是要按兩次。」
「還按兩次？」
「對，妳要試試嗎？」他問。
我伸出手想按一下，想了想，又把伸出去的手指轉移到他的鼻尖，說：「所以呢？你是想告訴我，就算給我指了條明路，我也跑不了是嗎？」
楊照的嘴角又有微微上翹的趨勢。他看起來又要嘲笑我了，我必須要阻止他，所以我發了狠說：「你信不信，我把你這車窗給砸了，一樣出得去！」
這次，他的嘴角徹底揚上去了。
我沮喪地收起手指，說：「算了，你送我回去吧。」

第二天，我就真的沒上班。本來我想睡到自然醒，但是七點多的時候我媽叫了我一次，這導致我的計畫被破壞，我就只能改睡回籠覺了。
我自然醒一般睡到九點半，回籠覺是十一點。
我坐在床上沮喪了一會兒。本來是想要在盧本邦大展宏圖的，結果一腔熱血只能全部灑到衛生紙上然後扔進廁所的垃圾桶裡，太浪費了。
我媽給我打電話，問我：「妳還在家？」
我說：「啊。」

我媽說：「妳真不去上班了？」

我說：「啊……」

我媽說：「那妳把醬牛肉給楊照送去吧。」

我著急了，說：「我不是說不給他了嗎？」

這幾天我媽一直想讓我把醬牛肉給他送去，或者讓他上樓來取，我一直攔著，一邊攔著一邊吃。我想我吃完就好了，沒想到我媽還想著這事呢。

我媽說：「平時妳沒有時間就算了，今天妳沒事在家待著還不幫我幹點活？」

我嘿嘿一笑，說：「就算我今天沒事，楊照也不在家啊，他最近可忙了。」

我媽說：「家裡有他家的鑰匙，妳給他送到家去。」

我無話可說。

我媽都要掛電話了，我這才想起來馬琳。

我說：「馬琳讓我趕緊過去一趟，說有要緊事找我，拿著醬牛肉不好，她們店裡是食物和寵物不得入內的。」

我媽無話可說。

我用自己的機智護住了食。

因為發生的昨天的事，不如就趁這個機會過去看看她，順便體驗一下工作日去逛精品店的闊太太生活。

我走進她店裡的時候，馬琳非常驚訝，問我：「妳怎麼來了？」

我說：「妳這是什麼態度？我來買鞋！」

馬琳用她又細又勻稱的眼線對我進行了鄙視，說：「妳怎麼不去上班？還是盧本邦把妳開除了？」

我說：「唉，一言難盡。」

馬琳說：「那妳就長話短說。」

我就簡短地說了一下，說完馬琳突然換了一副嘴臉，那是一副招待VIP客人的時候才有的招牌笑容。

我心想，可不好了，我的閨密被「錢妖」附身了。

「吳小姐您好，我們店裡的最新款您要試一下嗎？」

我說：「馬琳，我還沒吃飯呢？」

她說：「沒問題，我這就給您拿過來。您穿三十七號半對吧，這樣吧，我把三十七半和三十八一起給您拿過來，您看看哪個更合腳。」

她轉身那一刻就直接沒影了，我本想去拽住她的手，可哪裡還有手可拽？我撲了個空，轉身看了一眼價錢，頓時汗都下來了。我覺得此地不宜久留，其實給楊照送醬牛肉也是個不錯的選擇。

雖然回家去取醬牛肉有些麻煩，但是我還是回去了。為了某個人心甘情願地麻煩自己，這大概就是愛吧？我想楊照安排我去盧本邦大概也是因為愛，雖然他把我蒙在鼓裡這件事還是很欠揍，但是我們的愛情，是值得我把醬牛肉拿來與他一起分享的吧！

拿上鑰匙去楊照家，我突然發現我已經很久沒去楊照家了，他最近也沒讓我過去，那麼我這麼突然地去給他當田螺姑娘真的好嗎？也不知道他愛不愛吃田螺啊。

我拎著醬牛肉，走到他家社區門口，猶豫著要不要給他打個電話。

猶豫了一下，還是要吧，我後退了幾步，退到不擋路的位置撥電話。

我電話還沒撥通，楊照就抱著一隻柯基犬走了出來，身邊跟著一個拎著狗籠子的漂亮女人。女人腳上的鞋子我認識，就是剛才我在馬琳店裡看到的、把我嚇跑了的新款。

楊照看起來有點嚴肅，他抱著狗往外走，沒看到我，反倒是他懷裡的那隻柯基犬彷彿認識我，衝我「汪」了一聲，像是在打招呼。

楊照這才隨著狗狗的叫聲向我看過來。他愣住了，表情看起來更加嚴肅。

我徹底傻在那裡，心想我是不是也要回人家一句：「汪。」

他抱著狗向我走來。就在這兩步路的過程中，我覺得對面的楊先生似乎把整個宇宙中的難題都思考了一遍。

他輕聲問我：「妳怎麼在這兒？」

我說：「我媽讓我來給你送醬牛肉。」

他想了想，又走了回去，把狗小心翼翼地放到那個漂亮女人的懷裡，然後輕聲對她說：

「寵物醫院一轉彎第一家就是，我一會兒就過去。」

我在心裡度量楊照和我說話時與和那個女人說話時哪一個聲音更輕，後來又想，是輕好還是重好，哪一種才是更親密？

漂亮女人帶了點內容地看了看我，又看了看楊照，才點點頭離開了。

楊照走過來，我說：「怎麼不介紹介紹？」

楊照沒說話，好像在組織自己的答案，與我的問題無關。

我說：「不介紹女的，介紹狗也行啊，剛才都和我打招呼了。」

34 我想我們不太合適（一）

楊照想了想，說：「妳先回去。」

我問：「回去你就會和我說了嗎？」

楊照看著我，張了張嘴，沒有說話，彷彿有人給他下了一個咒，讓他開不了口。

我說：「過去看看吧，人家都病了。」

我往前走，回頭問楊照：「右轉第一家對吧？」

楊照看我問他，才開始邁步，邁出的步子也是有心事的模樣。我看他邁步，就轉過頭繼續往右轉第一家走去。

進了寵物醫院，我看見狗狗乖乖躺在床上，主人正在填單子。我走向狗狗，把楊照推向主人。楊照突然握住了我那隻推他的手，用力捏了一下，我趕忙掙開了。楊照的手心裡微微有點出汗，蹭到我的手心上，我摸狗的時候，又蹭到狗毛上。

我挨近那隻狗，叫了一聲：「Eve。」

狗還是沒什麼反應。我突然間想起來我見過這條狗。我為什麼會記得牠的狗臉？因為我不止一次見過牠，在馬琳的店門口，還有楊照的手機上。

這時候我聽到獸醫問：「這是什麼霓啊？」

我轉過頭看見獸醫大姊正在拿著那張單子看了又看，女主人突然接到一個電話往外走，她遞了一個眼色給楊照。她的腿很漂亮，很適合穿高跟鞋，她擁有我羨慕卻一輩子都得不到的資本。

楊照馬上說：「我再給您寫一份清楚的。」

獸醫大姊說：「不用不用！你告訴我這寫的是楊什麼霓？」

楊照小聲說：「敏。」

獸醫大姊說：「楊敏霓啊?!」

這時候，我身邊的這隻狗突然微弱地「汪」了一聲，像是在喊「到」。

楊照沒回答，而是看向我這邊，但我竟然看不出來他是在看我還是在看狗。大姊沒有得到回應，又問：「楊敏霓對不對？」

狗狗又回答：「汪汪。」

我實在是忍不住了，指著狗說：「大姊，牠不是都說對了嗎！」

獸醫大姊看了看我，又看了看狗，用圓珠筆在單子上寫著什麼。

我覺得不對勁了，即使我的心是冰箱的恆溫層，也還是有不可逆轉的東西在裡面慢慢腐壞。原來這隻狗不叫 Eve 而是姓楊，那 Eve 就是牠媽媽了。我腦袋裡突然響起了〈吉祥三寶〉的旋律：「我們三個就是吉祥如意的一家……」

多麼歡快而悠揚的旋律，多麼真摯而和諧的情感，我都快被感動哭了。

我說：「楊照，狗真是好狗，好好照顧牠，牠更需要你，我就先走了。」

說完轉身出門，出門的時候有水滴落在我臉上，明明是大太陽，怎麼會下雨？落在我嘴邊的時候我還特意舔了一下，鹹的，那不應該是酸雨；酸雨都是酸的，鹹的應該是鹼性的，那就是鹹雨。現在環境太差了，下酸雨還不行，都開始下鹹雨了。

楊照追上我的時候，我才發現我又走到他家的社區門口來了。我有點恨自己不爭氣，難道我的潛意識裡還要給他送醬牛肉不成？

我把醬牛肉舉起來，說：「這是我媽讓我送的，給你了。」

我給他醬牛肉的時候，順便把鑰匙也一起給了，鑰匙被醬牛肉壓在我的手心裡，冰冰涼涼又硬邦邦，硌得我有點難受。

楊照把醬牛肉拿走，就看見鑰匙了。

他的臉色看起來和鑰匙一樣，散發著金屬一般的冷光。

他說：「映真，不是妳想的那樣。」

我說：「楊照，我想什麼了？」

他看著我沒說話，眉頭緊緊鎖在一起，嘴巴嚴嚴實實地抿著，讓我生出一種發狠的欲望，想要把他的唇咬出血，再花光所有力氣用舌頭撬開他的嘴，品嘗他不願說出口的祕密。

我忍了又忍，心想應該也不是沒有一點機會，應該也不是沒有一點改變。我湊近他問：「你說說看呀，我想什麼了？」

我緊緊地盯著他的眼睛。

他開口說：「反正不是妳想的那樣，妳相信我好嗎？」

他的氣息並不平穩，說的每一句話都好像是在溺水狀態下的掙扎。

我又上前一步，說：「我想的是〈吉祥三寶〉。」

他看著我，謹慎地表露疑惑。

我說：「你沒聽過吧，你也有我知道而你不知道的事。」

楊照的頭不自覺地歪了歪，若不是因為我們在吵架，我差點以為他要來吻我。

我退後一步，問他：「所以我不配知道是嗎？」

楊照來握我的手。我覺得他馬上就要告訴我了，馬上就要說了。我想，只要他說了我就原諒他，我就抱他、親吻他，給他切醬牛肉吃，吃飽了再算帳。

可是他一開口是這樣的話。他說：「吳映真，我求妳別問了，真的什麼事也沒有，妳相信我好不好？」

我笑了。我說：「楊照，你不願意說的東西還是不肯告訴我是嗎？你的身分，我的工作，還有這隻狗，每一件你都不告訴我，你都不說，你太能沉得住氣了。我就不行，我太沉不住氣，而且我不僅不行，我還很討厭你這樣的人，我們根本不合適。」

我說：「我們還是分開吧。」

我依然微笑，並斟字酌句，覺得「分手」被濫用了，還是「分開」更好聽。

直到我聲音輕飄飄地說出這句話來，我才發現，這兩個詞都是一樣的可恥，一樣具有殃及自己的殺傷力。

他是不是說了「不要」？我沒注意聽，我用從他手中掙脫出來的手招來一輛計程車，坐進後座。

我報了地點，車子掉頭，開不到五公尺便遇到了紅燈。

我轉頭看見楊照站在馬路對面。我從來都沒見過他那樣的狀態，彷彿下一刻就會死去，這一刻還在硬硬撐住這一口氣看著我，看著我是不是還安全，是不是哭了。我也看著他，把後背挺直。我平時放鬆的時候會有點駝背，我在他面前駝得越來越厲害，這些我都知道，他從來沒有嫌棄，這個我也知道，那我此刻挺直後背的力量，大概是來自以後有可能再也見不到他的巨大悲傷。

我想在這個紅燈轉成綠色之前打開車門跑過去擁抱他。如果我此刻下車，一定會抱住他。我是個挺斯文的人，可是我早就忍不住了想要靠近他。多好的楊朝夕，多漂亮的臉，多誘人的身體，可是這些大概都和我沒有關係了，因為我生出的倔強把我自己都嚇壞了。直到紅燈真的跳成綠色，直到我的身體完全垮塌下來，直到我哭。

哭是個力氣活，我發現自己此刻竟有使不完的力氣。我想自己並沒有一絲一毫和男朋友吵架的天賦，怎麼一吵就吵成了這樣。

擦眼淚的時候，我才發現他的鑰匙還在我手裡。我握得太緊，握出了印記，像紋身，也像疤痕。

35 我想我們不太合適（二）

我看著這個印記，哭得更厲害了。因為我的血肉早晚會反彈回來，填平印記，它們不會再記得這把鑰匙。我突然就理解了那些用紋身記錄一些事情的人，他們的血肉不會記得，甚至連心也有忘了的那一天，只能透過往皮膚裡注入針劑才暫時留得住那些想要留住的樣子。

想到這裡我哭得更凶了。我不會經由紋身來留住這把鑰匙，或者留住我對楊照的記憶，因為，我怕疼。

那麼我就什麼都留不下了，真的太悲傷了。

悲傷是個很奇妙的東西，它讓我越想越多，越想越長遠，越想越離譜，越想越科幻，我甚至都想到了如果我老了，再遇到楊照會是怎樣的情景。然而這還沒完，我還想到了下輩子我遇到他的情景。我知道我想得太多了，但我根本停不下來。

想得多就哭得多，我發現這件事本身並沒有帶來那麼多的悲傷，更多的悲傷都來源於我對這件事情後續的想像。所以我在計程車後座上讓自己越哭越慘，司機都看不下去了，他忍不住說：「妹妹，妳這是怎麼了？有啥事過不去？」

他問我，我一抬頭，才發現一件眼前更讓我過不去的事——車費已經超過四十塊錢了。我趕緊帶著哭腔說：「大哥，在前面地鐵站給我停一下吧，太貴了，我有點搭不起了，嗚嗚嗚……」

大哥說：「沒問題，妹妹，只是妳看妳一會兒下車的時候，能不能把用過的面紙都給大哥帶走？」

我哭著說：「行！」

上了地鐵我還是哭，我知道這裡人多，我哭起來特別不體面，可是眼淚根本止不住，它們不聽我的，迫不及待地流出來。面紙已經被我用光了，眼淚就糊在我臉上，乾了，只剩下鹽，螫得臉頰有微微的刺痛感。

地鐵還沒來，我坐在候車椅子上等。椅子是三個座位連在一起，鐵製的，時間長了還會有些涼。我坐在中間的位置，地鐵裡的人不少，可我旁邊的兩個位子都沒有人坐，不知道是因為大家怕被淋到淚水還是怕被涼出痔瘡。大家不坐我坐，我就這樣一邊哭一邊坐。

這時候，有個滿身大汗的胖哥哥一屁股坐了過來，他坐過來不要緊，但是椅子塌了，我眼前是正在減速進站的地鐵，一聲巨響過後，突然就變成天花板了！

我的腦袋被重重地摔了一下，可是不知道為什麼我並沒有感覺到疼，反而感覺很舒服，好像終於可以躺在家裡的床上。地鐵站裡還有空調，這比家裡的床上舒服。我可能是哭累了，眼皮有點下垂。我聽見有人在叫我，大概是在關心我。

我說：「沒事，讓我躺一會兒，求你了。」

我聽見人聲嘈雜，有人叫嚷著什麼快快快的，難道是讓我快點起來嗎？可我真的不想起來啊，我就這樣躺一會兒不行嗎？這個世界，還能不能讓我躺一會兒了。

我快睡著的時候，有人在近距離叫我。她叫我「女士」。我不是很喜歡有人用我不喜歡的稱呼來叫我起床。我很不情願地睜開依然在不斷流淚的雙眼，看見一只話筒在我面前，我心想：完了，我要上電視了，這樣楊照就會看到我了，憑什麼在我沒想讓他看到我的時候他還是能看到我！

這樣的賭氣讓我拚盡全力掙扎著站起來。我看到人們圍成了一個圈，看到攝影機，看到許多手機，還看到兩名醫護人員抬著擔架向我跑過來。

我對著那個一直頂著我下巴的話筒說：「求你……能不能打個馬賽克……」

然後，我就什麼都不知道了。

再清醒的時候是第二天中午。我醒了，我媽叫來醫生，醫生看看我，翻了翻我的眼睛，又比了比兩根手指問我是幾。我說完，醫生和我媽說：「沒事，之前做的各項檢查也都正常，她就是太累了，缺覺。」

我媽問我：「妳噁心嗎？」

我說：「不噁心，餓。」

我媽說：「妳想吃啥？」

我說：「我想吃串兒。」

我媽對大夫說：「她是真沒事了，咱們能出院了吧。」

我媽起身去給我辦出院手續，我從包裡把手機拿了出來，百分之五的電量，全是楊照打來的電話和發來的微信。我還沒有來得及一一看清楚，就沒電了。很好，一想到楊照，我又有點想哭了。但是我這人有一個特點，就是不會為一件事哭兩次，所以再想哭我也不會哭了，更何況我已經為這件事哭進急救中心和電視節目裡去了。

我出院後就直接去了盧本邦。

雖然我只是一員咖啡小妹，但是無故曠工是絕對不可以的。

我敲門進總設計師辦公室，他一看見我就問：「妳怎麼今天就來了？身體沒事了嗎？」

我很驚訝，問：「您怎麼知道？」

他說：「網上都是妳的影片。」

我問：「都打馬賽克了嗎？」

他沉默了，看著我，轉移了話題。他說：「沒關係，妳可以再休息兩天，等妳回來，有一個案子要妳參與。」

這轉變真是突如其來，發生了什麼事嗎？還是我真的把腦子摔壞了，從醫生和我媽說沒事那一刻起就一直是幻覺。

我緩了緩，才說：「老闆……我可能……真的需要休息兩天，因為很多事情……我還不確定……」

從總設計師的辦公室出來，我想找一找自己的影片，想看看我當時躺在地上的姿勢有沒有美感，可是要輸入什麼關鍵字呢？女子坐塌地鐵站候車椅嗎？

正在琢磨，電話響了，是馬琳。

馬琳問我：「妳腦子沒事吧？」

我說：「我影片打馬賽克了嗎？」

馬琳說：「打了又怎樣，打了老娘照樣能認出妳來！」

我沒說話，我想楊照是不是也能認出來。

馬琳說：「妳怎麼能哭那麼慘？」

我嘆了口氣，說：「看來還是沒給我打馬賽克啊……」

馬琳說：「打了！打了我也能看出來妳哭得像個孫子一樣！妳到底怎麼回事？」

我說：「馬琳，我想吃串兒。」

我倆到西馬串店的時候，吳西剛好在，所以沒排隊。

我說：「吳總，我忘了你給我的號碼，你能再和我說一遍嗎？」

吳西說：「沒事，我已經和我的員工說了，妳下次來直接刷臉就行了。」

我說：「謝謝吳總，你放心，我以後做完丟臉的事一定不過來。」

馬琳在一旁說：「可是妳剛做完丟臉的事啊。」

我說：「欸，這次不算，從下次開始。」

吳西笑呵呵地出門了，上次那個小服務生看了我好幾眼。

我邊吃邊把這兩天發生的事原原本本地和馬琳講了一遍，儘量不落下任何細節。馬琳的臉看起來有點沉重，她說：「我早就和妳說過，你們其實並不合適。」

我問：「妳知道那個女的是誰嗎？」

馬琳說：「我不知道，她不是那種喜歡和我們閒聊的客人。其實我們很多的客人都不願意透露自己的個人資訊，還有人戴墨鏡來試鞋呢！有錢人嘛，他們表面客氣，其實並不一定看得起我們，不想和我們扯上一點關係。但是我倒是可以試著幫妳打聽打聽，不過我真沒想到她能和楊照有關係……」

我問：「妳說他們是什麼關係？」

馬琳說：「其實是什麼關係都沒關係，這件事，關鍵要看楊照怎麼處理。」

我說：「那我現在要怎麼辦？」

馬琳想了想，說：「妳有給他回電話或微信嗎？」

我說：「沒有。」

馬琳問：「他有來醫院看過妳嗎？」

我說：「他不知道我在哪家醫院。」
馬琳說：「連妳的老闆都知道他能不知道？」
我說：「我進醫院的時候就在睡覺，睡醒了我就出院了，我也不知道他來過沒有。」
馬琳說：「阿姨和妳說過嗎？」
我說：「沒有。」
馬琳沒吱聲，她想了想又問我：「我們吃了這麼久的飯，他有找過妳嗎？」
我看了看手機確認了一遍，然後回答：「沒有。」
馬琳放下手裡的腰子，暗暗說了一聲：「不好……」

36 我想我們不太合適（三）

我問：「什麼不好？」

她垂下頭，彷彿在切換看我的眼神模式，就像手機切換鈴聲一樣，這個過程讓我產生莫名的心煩。

她終於抬眼說：「吳映真，妳要做個準備。」

我說：「什麼準備？」

馬琳說：「親愛的。」

我的心被猛擊了一下，因為她第一次這樣稱呼我的時候，我趕公車摔斷了腿，第二次SARS爆發了，第三次考研究所失敗了，這是第四次。

我深呼吸，再呼吸，再呼吸，可我發現怎麼呼吸，都有一種窒息的感覺。

馬琳說：「我想知道，妳還……愛楊照嗎？」

楊照都沒有這麼問過我，妳愛我嗎？我也沒有這麼問過他，你愛我嗎？愛這個字，怎麼能像流氓說「操」字一樣脫口而出。

我呼氣，我吸氣，我呼氣，我吸氣……像一個就快分娩的產婦，一個字也說不出來。我點點頭。

馬琳說：「如果是這樣，不管妳現在是怎麼想的，不管妳是不是還生他的氣，只要妳還想要繼續和他在一起，就得控制住妳的情緒，然後，去找他。」

馬琳直直地看著我，彷彿我身後是萬丈懸崖。

我問：「會怎麼樣？那女的。」

馬琳說：「怎樣都有可能，但妳別怕，吳映真，她是誰，會怎麼樣，妳都別害怕。」

我說：「馬琳，我現在腦子有點亂，我從來都沒有這麼亂過。」

馬琳點點頭，說：「是，我理解，畢竟妳和我差距太大了。」

我抬頭看著她，不知道怎麼接。

她說：「沒事，我可以陪妳去。」

我說：「馬琳，我不想去。」

馬琳有點急，她說：「妳不去，楊照就沒了。」

我想了想，說：「如果那樣，那沒就沒了吧，沒了就說明他真的不是我的。」

馬琳看著我。她以前總是用看弱智的眼神來我看，但今天不同，她今天用了看廢物的眼神來看我。

我說：「馬琳，我知道妳覺得我不爭氣，可是我不爭氣這件事妳是第一天知道嗎？」

這回換馬琳接不下去了。

我接著說：「總之，都不一樣。」

馬琳和程淺是在高中認識的，同級不同班，但還是不耽誤他倆早戀。後來上大學，異地，程淺出軌一次，馬琳邊哭邊連夜跑到程淺學校把他從教室裡拎了出來，程淺當場就跪下了，嚇得只知道說再也不敢了。

馬琳呢，出軌三次，只有第一次被發現了，那是因為她讓我幫忙撒謊，我撒得不好，露餡了。馬琳當時埋怨我，說我太笨了，我說妳看看你們，小小年紀根本就不能長久。我以為他們分手了，結果又好了，結果馬琳又出了兩次軌，但是後兩次因為我沒有參與，程淺全然不知。

大馬琳，高手。

不過他倆結婚以後穩了許多，踏踏實實過日子到現在，這一點我還是很欣慰的。

馬琳說：「不管一樣不一樣，吳映真，每段感情都不是那麼容易的，這個，妳總是贊同的吧？」

這個，我贊同。

「所以，」她接著說：「明天妳得去找楊照。」

我說：「我不去。」

她說：「妳得去！」

我急了，說：「憑什麼？我不去！」

馬琳也急了，說：「愛去不去！」

然而第二天，我還是去找楊照了。

楊照的辦公室鎖門，我在門口站了一會兒，腦袋裡全是對那個女人和那隻狗的瘋狂猜想：前女友？現女友？前妻？現妻？他爸的前妻？他爸的現妻？姊姊？妹妹？表姊？表妹？變了性的表哥或表弟？還是他的第十三的姨？我站累了又蹲了一會兒，發現最讓人崩潰的不是知道她是誰，而是不知道她是誰，是沒人給個正確答案，是對未來該死的未知，這真讓人感到無能為力。

腿蹲麻了，我坐在地上緩。坐在地上，靠著牆，雙腿放鬆，感覺時間也不動了，我把雙腿一盤，就此出家；到時候再與楊照相遇，他就是男施主，我就是女師父。

我被自己逗笑了，從地上爬起來，拍拍屁股，想了想，這事還是得辦，該知道的還是要去努力尋找答案，不然，太煎熬。我給他發了條微信。

我問他：你在哪兒？

有電話打過來，是他。我數了十以後才接聽，結果對方掛斷了，是因為我等了太長時間了嗎？十秒鐘的時間，很長嗎？

正在猶豫要不要打過去，電話又響了，這次我沒有猶豫，接了起來說「喂」。

那邊很亂，聲音嘈雜。

他沒說話，我也沒說。但是很奇怪，我能聽到他呼吸，就像在我耳邊一樣。

楊照終於說：「吳映真，我在機場，我要回去了。」

學校下課了，學生們從不同教室先後湧出，我這邊的聲音也開始變得嘈雜，不知道他聽沒聽到。

我說：「哦，你要回去了呀？這件事，謝謝你主動告訴我。」

他說：「對不起，映真，我還是不適合妳。」

那好吧，這件事就這麼定了。

我說：「我明白，其他都是表象，這個才是癥結。」

楊照沒說話，但也沒掛斷電話。他是在難過嗎？是在哭嗎？像我一樣，如果真是這樣，那麼還好是在電話裡告別，不然，我看著他得多心疼啊？

所有的話，之前想的腦袋快爆炸，可現在手裡握著電話，心裡只想著，還是不說了吧，說了也沒有什麼意義。

可我還是忍不住說：「楊照，我有個特別想知道的事……」

既然分開了，別的事情我可以不追究，但背叛這件事，我還是得尋個真相。

我組織了半天言語，在想怎麼問出口才能讓我的前男友加小學同學聽起來更高級、更體面。我突然想到楊照那天跟我說「不是我想的那樣」，他的眼神和語氣我都想起來了，他說不是我想的那樣，那，我就相信他吧。

我說：「我相信你，楊照，沒什麼可問的了，我相信你。」

我不知道這樣沒頭沒尾的一句他能不能明白，不明白也沒關係，我明白就行了。從現在起，與楊照無關，我拿走我的那一份感情，明白自己想明白的，相信自己想相信的，那我也沒白愛了。

我想如果是馬琳在身邊，她絕對不會允許我這樣處理，但這已經是我自己的事了，我想用我自己的方式處理。哪怕是慫的、衰的、幼稚的、上不了檯面的、被人嘲笑的，那都是我自己的方式。

我說：「楊朝夕同學，祝你，一路順風。」

楊照那邊還是沒說話。

我突然想到，又改了口，說：「對不起，你坐飛機不能一路順風，那我就祝你……逆風飛翔，越飛越強吧。」

我說完，楊照那邊沒笑，我還有點失落。最後的時候了，我抖了個包袱，沒聽到迴響，真可惜啊。

我說：「你快趕不上飛機了吧，在飛機上得關機吧，不關機也不能打電話了吧，那我就不耽誤你了。」

是我先掛斷電話的。第一次處理一場分手，我覺得我一點都不慫、不衰、很成人、上得了檯面，以及，好吧，被人嘲笑就被人嘲笑吧。

掛斷電話，我看見了模模糊糊的駱黎。

我說：「駱老師，你怎麼這麼模糊？」

他說：「吳映真，妳把眼淚流出來就好了。」

我說：「對不起，我得去趟洗手間。」

我在洗手間裡哭了一會兒，才洗好臉出去。一出去，發現駱黎還在呢。

我說：「駱老師，你怎麼還在這裡，不去吃飯嗎？」

他說：「我等妳呢，一起去吧。」

吃飯的時候，駱黎和我說：「楊照回去了……」

我說：「我知道。」

他點點頭，說：「也不知道他怎麼了，他本來還在申請再留一個月的，申請都快下來了，他突然就走了，走之前狀態特別不好。」

我說：「駱老師，走之前狀態特別不好，那就不叫走得很突然，他還是被病魔糾纏了兩天才走的。」

駱黎笑了，說：「我不是這個意思，我想強調的是他狀態特別不好。他是怎麼了？」

我說：「有多不好？」

駱黎被我反問得措手不及，說：「妳沒看到嗎？」

我說：「沒有。」

駱黎好像意識到了什麼，沒再追問下去，低頭吃飯。

我把情況簡單地和馬琳說了一下，馬琳說：「我覺得妳這事還有搶救一下的機會。」

我說：「不救了，拔管了，器官都捐贈完了。」

馬琳說：「好，吳映真，還是妳最狠。」

我說：「謝謝妳誇我，妳好久沒誇我了。」

馬琳嘆了口氣，說：「這兩天程淺出差，妳來我家住吧，別吵到阿姨。」

到了她家，馬琳帶著我一部一部地看愛情電影，還都是悲傷的結局，她在我旁邊哭得稀里嘩啦。我說：「馬琳，我太睏了，妳別哭了，咱們睡覺吧。」

馬琳抽抽搭搭地說：「妳怎麼不哭？」她指了指正在因為痛苦而翻著白眼的男主角。「他都那麼慘了。」

我說：「因為我現在是個不幸的人，所以我看什麼都覺得沒我慘，我覺得他們都應該同情我才對，所以我哭不出來。但妳是個幸福的人，妳看什麼都會產生他太慘了、幸好我是幸福的想法，所以妳才會同情，才會哭。」

馬琳聽完，翻了一個比男主角好看一百倍的白眼，說：「把這個看完就睡覺。」

我說：「馬琳，妳別忙了，妳沒失過戀，妳根本就不知道失戀是什麼感覺。妳給我安排的這個節目毫無作用。」
馬琳說：「那我不應該看著電影哭，我應該看著妳哭。」
我給了她一個比電影裡的男主角醜一百倍的白眼。
電影裡，男女主角要發生第一次了，馬琳突然問我：「妳那個什麼……還在嗎？」
我問：「什麼？」
馬琳指了指電影裡已經差不多脫光了的兩個人。
我趕緊說：「在。」
馬琳皺了一下眉頭，說：「啊，還在啊。」
她語氣裡滿是嫌棄。
我說：「如果我說不在了，妳會讓我講細節嗎？」
馬琳毫不猶豫地說：「那當然，我就是想讓妳講才問的。」
我說：「那妳先給我講講妳和程淺第一次的細節吧，妳還從來沒說過呢。」
馬琳向外側挪了挪屁股，認真盯住螢幕，說：「別說話，到關鍵時刻了。」
等我倆看完關鍵時刻，我才小聲說了句：「慫……」
馬琳突然哈哈哈大笑，說：「妳還說我？妳更慫好嗎！」

37 東北挽馬先生

馬琳站起來，仰天大笑地出了屋。我喘了兩口氣，衝著屋外喊：「我告訴妳，妳別刺激我，我現在是很脆弱的我！」

馬琳沒搭理我，回來的時候自己的臉上糊了一片面膜，又把手裡那片沒拆封的扔到我身上。「哼哼哼哼……」

我說：「一個字都沒聽懂。」

馬琳指了指我身上的面膜，又發出了同樣的聲音。

我說：「我還是沒懂，馬琳，我讀不懂妳的內心。」

馬琳氣勢洶洶地把面膜紙摺疊成一半，露出嘴，說：「我的天，妳還要讀懂內心，妳能不能先把表面那一套弄明白，膚淺一點好嗎？我問妳，妳晚上難道都不敷面膜的嗎？我好像真的沒見過妳敷面膜呢。」

我說：「我敷啊！」

她問：「什麼時候敷？」

我說：「偶爾敷。」

她問：「上一次是什麼時候？」

我說：「大約在冬季。」

她說：「下一個冬季都快來了。」

她說完又把面膜紙拉下來，隔了兩秒鐘，好像突然想到了什麼，她把整個面膜紙都拽了下來，甩出去，然後向我撲了過來。

我說：「馬琳，妳要幹什麼?!」

她沒有說話，抿著嘴唇，眼神中充滿了無比堅定的欲望，試圖把我壓在身下。她手上全都是精華液，握不住我手腕的時候就把精華液往我臉上蹭。我說：「妳這是要幹啥?!」

她說：「不能浪費。」

我邊掙扎邊呼救。「馬琳，妳別這樣！我雖然失戀了，但是我對自己還是有要求的！」

馬琳雖然瘦，但是力氣挺大，而且我覺得她對於「壓人」這件事頗有一套。已婚婦女和我這種未婚婦女果然不一樣，掌握的技能都比我豐富，我根本不是她的對手。

兩個回合下來，我就被她徹底壓在地板上了。這還不算完，她還企圖用一隻手抓住我的手腕，然後拉到我的頭頂。

那我能讓她得逞嗎？

然而才一個回合她就得逞了，力氣不是一般地大。

然後她用騰出來的那隻手把我的衣服釦子解開了，我的天呀！我沒想到會這樣啊！她以前從來沒有這樣過啊！

我大喊道：「馬琳！妳不是這樣的人！妳忍一忍好不！我去把程淺給妳找回來，馬上找回來，機票錢我出！」

馬琳說：「咦？怎麼是空的？」

我說：「什麼是空的？」

我這才發現馬琳正目不轉睛地盯著我的內衣看，然後她伸出一根手指，伸到我的內衣裡，後來又是兩根手指，再後來，整個拳頭。

她的小拳頭還在裡面輕輕鬆鬆地逛了一逛，像是個巨大的探測器，尋找深藏在海綿墊底下的那個啥。

我說：「妳要幹嘛？」

馬琳看著我說：「吳映真，俗話說，有多大的胸脯就穿多大的罩杯，妳穿這麼大的號碼，不難受嗎？」

我說：「穿著舒服，不勒。」

她說：「還有這款式，這是阿姨的嗎？」

我說：「我媽有同款，兩件含運。」

馬琳在上面向我近距離地翻了個白眼才放開我，我趕緊整理衣服。

馬琳說：「我就說嘛，怪不得楊照不碰妳。」

我連忙說：「他不碰我可不是因為我內衣太大！」

馬琳看了看我，然後轉身把面膜紙撿起來，說：「好吧，我改口，幸虧楊照沒碰妳。」

這件事我還是挺受刺激的，隔天我就給自己買了一套超級貴又超級合身的絲綢內衣，花了我八百多塊錢。

當天下午我就穿著這套內衣去盧本邦辭職去了。

總設計師很驚訝，他說：「我都已經給妳列到新專案小組裡了，妳怎麼突然要走？」

我說：「謝謝您，但我是個錢包裡只要有一張假鈔，那麼整個錢包都會扔掉的人。」

總設計師看了我一會兒，好像沒明白我的意思。他的理解能力太差了。

我發現我今天穿的雪紡裙子總是貼在內褲上，而且是前後都貼，我拽了兩下發現沒什麼用，靜電太強大了，而且動作實在不雅，我索性一屁股坐在他對面的椅子上。

我說：「我知道我是怎麼來這裡的，我都知道了。」

總設計師還是沒有說話。我突然覺得男人沉默寡言一點也沒什麼不好，而我已經打定主意要走了，所以我想說啥說啥。

我接著說：「當初楊先生要帶我走，你讓我倒咖啡我特別理解。現在我走不了了，你讓我跟新案子，我就想知道，這是您的主意還是他的主意？」

他看著我，眉頭皺了起來，問：「這很重要嗎？」

當別人不正面回答你的問題的時候，那他說的十有八九都不是你想要的答案。

我說：「明白了，是假鈔無疑了。」

我站起來準備離開，總設計師又叫住了我。

他說：「吳映真，這真的是一個很好的機會。」

我說：「我知道，謝謝您。」

然後我走出他的辦公室，挺著胸，抬起頭。向盧本邦辭職，是我目前為止做過的最悲壯的事了，這個決定，也許是我的缺點所致，但是我現在必須這樣做，必須這樣放棄，放棄所有與楊照有關的事情，我的日子才能稍微好過一點。

走出大樓的大門，我對著之前楊照一直停車的位置看了好久。那裡又停了一輛漂亮的車，車裡的男生也夠英俊清爽，不知道哪個女孩那麼好命，反正我吳映真是沒那麼好命。才多久的時間，我就從事業愛情雙豐收變成失戀又失業，快得連眼睛都來不及眨一下。

想到這兒，我笑了，發現自己在笑的時候突然就哭了出來。哭了一會兒才發現，我怎麼又哭了，我難道不是那種不會為一件事哭兩次的女孩嗎？難道我現在連這個優點也失去了？那我就真的得去西馬串店來緩解一下我的悲傷了。

我發微信給馬琳，馬琳說今天晚上程淺要回來，不想過來了。我跟她說，我已經失戀、失業、失去優點了，難道我連好朋友也要失去了嗎？

馬琳回了兩個字：我去。

我往前走。我發現我的裙子不僅貼著內褲區域，還貼著大腿；我給它拽開，走兩步又貼過來，再拽開，走兩步又貼過來。兩步一拽，兩步一拽，就這樣終於走到路口招手叫車。

我邊招手邊拽裙子，這樣頗像是在秀春樓或是麗春苑攬客的特殊職業者，也不知道是因為這個原因還是因為現在是高峰，沒有計程車停下來。

終於停了一輛車，司機探過身子問我去哪裡，我說去中山路的西馬串店。司機說，上來吧，正好順路。

我打開後座的車門，發現後面還有一個乘客。我本來想要去開副駕駛的門，結果我聽見了一聲：「姊，妳要去我那裡啊？」

我定睛一看，哎呀，這不是西馬串店的老闆吳西嗎？

我上了車，他說：「姊，咱倆是真有緣，真的有緣，是真的很有緣啊，可惜——」

我趕緊打斷他說：「弟，別說了，姊姊我現在失戀加失業，而且還失去了一個很重要的優點，已經很慘了。」

他笑著說：「那妳比我慘。」

我說：「你怎麼了？」

他說：「我只是把車開進溝裡去了。」

我問：「為什麼往溝裡開？」

他說：「車速太快了，一眨眼的功夫就掉溝裡去了。」

一眨眼，一眨眼，一眨眼很多事情就是現在這個樣子了。

我說：「那你車呢？」

他說：「拿去修了。」

我打量了一下他，沒有發現異常，於是我說：「還好你沒啥事。」

他說：「是啊，小傷而已。」

他把左邊臉轉過來給我看，這一邊臉大部分已經青紫了。我說：「我的天啊！你有沒有去醫院？」

他說：「剛回來，醫生說我車挺好，身體素質也挺好。」

聊了兩句就到地方了，馬琳正等在門口，我拽著裙子連忙走過去。

馬琳說：「妳拽著裙子幹嘛？要邀請我跳舞啊！」

我說：「我也不知道怎麼回事，總有靜電，我一鬆手，裙子就貼屁股貼大腿。」

吳西跟過來說：「妳穿了真絲的內衣，而且裙子沒有襯裡就會這樣。」

我十分驚訝，抬頭看著他。「你怎知道？」

吳西笑著說：「我就是知道。」

馬琳感嘆。「高手啊……」

38 要不你陪我哭一會兒吧

我說：「馬琳，這就是西馬的老闆，吳西。」

馬琳立刻把我拉到一邊去，說：「見吳老闆，妳怎麼不事先通知我？」

馬琳的聲音很小，但是埋怨之氣大，我想起來她之前讓我務必介紹吳西給她認識，還說要提前兩天通知她什麼的。

我說：「馬琳，妳也是見過大世面的人，能不能別這樣，今天是我和他恰巧碰上了，我搭計程車正好拼了他的車。」

馬琳看了看我說：「妳命怎麼這麼好？」

我笑出聲來說：「是啊，我命可好了，失戀又失業的我。」

吳西衝我們問：「要進去嗎？還是再等會兒？」

我倆又湊回來，我說：「吳西，這是我朋友馬琳。」

馬琳立刻笑成了一朵花，笑得連眼角的皺紋都出來了，我之前都不知道她有皺紋。

她腆著臉說：「吳老闆，您真是太厲害了，我誰都不服就服您。」

吳西說：「別這麼客氣，妳一看就比我大，妳叫我小吳就行了。」

吳西說完，我嚇了一跳，怕馬琳翻臉。

結果我一回頭看馬琳，發現馬琳笑得更浪，說：「小吳老闆。」

吳西引著我倆坐了個好位置，安排我們點了菜，說有事要去處理一下，一會兒過來。我說你忙你的，千萬不要把我們當回事。

吳西走後，馬琳笑著說：「似曾相識啊。」

我說：「啥？」

馬琳說：「還是熟悉的地方，還是熟悉的失去。」

我說：「是啊，失戀加失業。」

馬琳說：「簡稱『雙失』，以後再出現這種狀況，就用這個簡稱。」

我說：「不對，我今天還失去了我最大的優點，我為楊照已經哭了不止一次了，所以應該稱『三失』。」

馬琳呵呵一笑，說：「三失？我看是三十了小姐！妳說妳可怎麼辦？」

我嘿嘿嘿地笑了起來。

馬琳說：「妳笑啥？」

我說：「就妳能嘲笑我，我就不能嘲笑我自己了？有料大家一起笑嘛，幹嘛那麼自私。」

馬琳說：「對了，我幫妳查了一下那個狗頭女，但查到的資訊不多，就兩點，她以前是美國的，剛嫁到中國不久。」
我說：「哦。」
馬琳說：「妳哦啥？」
我說：「就是現在我已經沒必要知道關於她的事了。」
馬琳說：「我就覺得吧，妳跟正常人不太一樣：分手，莫名其妙；辭職，沒有必要。」
我打開一瓶啤酒說：「都是我的人生，我都接得住。」
馬琳說：「對，妳這些破事跟導彈似的，妳跑都跑不了，就算拐個彎，回來還炸妳。」
然後她又感嘆了一句：「唉，人生啊……」
我說：「喝酒吧。」
我酒沒少喝，東西也沒少吃，但我今天沒吐，不知道為什麼，就是沒吐。
吳西走過來，問我們要不要加點吃的，我說吃的就不要了，喝的再來點。
馬琳說：「小吳老闆跟我們一起吃點吧。」
吳西就坐下了。
馬琳說：「小吳老闆真是年輕有為啊，能把店開得這麼好。」
吳西說：「沒啥，我屬於不學無術型的，就我爸媽有點錢，給我開了個店讓我折騰。生意好，主要還是靠命，我這人命還不錯。」
馬琳笑著說：「小吳老闆可真謙虛，不僅謙虛，還帥，身材還好，紋身特別酷，還有臉上的胎記真是帥炸了。」

吳西指著他的臉說：「這個？這個不是胎記，是我今天撞的，我把車開溝裡去了。」

馬琳趕緊笑著道歉，還以為跟《水滸傳》裡的青面獸楊志一樣呢，還說傷疤都這麼帥。

我在那裡扶著酒瓶一直沒說話，看著他倆。

說到這，我實在是聽不下去，忍不住插嘴。「傷疤有什麼帥的！傷疤就是疼而已！」

他倆愣愣地看著我，我看著吳西，突然就控制不住自己了。我說：「但是吳西，姊姊我沒有看錯，你是真的帥，身材是真的好，你長得特別像我上高中的時候粉的一個男偶像，一個組合裡面的，叫什麼來著？」

他倆還是愣愣地看著我。

我說：「馬琳，我高中的時候喜歡哪個明星來著！快幫我想想！」

馬琳說：「妳高中的時候喜歡劉德華。」

我說：「不是他，一個小鮮肉！年紀很小的！我那時候超級喜歡他，買了好多他的貼紙，我還夢見和他……和他那個什麼來著……但是他後來被爆出有女朋友了，我可傷心了，特別傷心……」

我邊傷心邊想他的名字，可我真的怎麼想都想不起來了。那麼我有一天會不會也想不起楊照的名字，甚至連楊朝夕這個名字也想不起來。

我說：「但是我現在更傷心，我曾經那麼喜歡的一個人，現在銷聲匿跡了，我想都想不起來了……」

我越說越傷心，還掉了兩滴淚，然而，對面那兩個人還是愣愣地看著我。

我又抬頭看著吳西，笑著說：「不過還好……我遇到你了……你是和我最有緣分的男性了……和我有緣分的男性不多……你是最有緣分的那一個了……我要是和你一樣大，我就……我就……我就真想和你發生點什麼我跟你講……」

吳西看了我一會兒，突然衝著我笑起來。我聽見他說：「我覺得妳不大呀。」

我笑著擺了擺手，說：「別鬧，咱倆第一次見面的時候你就看出了我比你大了！」

吳西打斷我說：「但是今天，我覺得咱們一樣大。」

我看著吳西，但我不知道我用了什麼樣的眼神，我醉了，醒著我也不知道，我又看不見我自己。後來馬琳告訴我，我當時用了一副非常耍流氓的眼神，雙眼射出的光都快要把人家的全身摸遍了。

她胡說！

馬琳看著我，突然轉過頭對吳西笑著說：「小吳老闆，你有女朋友嗎？」

吳西也笑了，但是他沒說話。他倆對視了一下，馬琳露出了一個奇怪的表情。

她接著說：「既然這樣，那能不能麻煩小吳老闆一件事？」

我心想，既然什麼樣啊？那麼，吳西到底有沒有女朋友，有沒有女朋友啊？我怎麼沒明白呢？

吳西看了看我，才笑著說：「什麼事？」

馬琳說：「她這裙子不行，總貼屁股貼大腿，你看，現在還貼呢。」

吳西低頭看了看我的腿。

馬琳接著說：「我去隔壁的服裝店給她買條新的裙子，您能不能提供一個地方，讓她換一下？」

馬琳說得有點慢，彷彿每一個字都包著兩、三層意思，但我只聽懂了字面意思。我挺高興，心想還是我閨密想著我。我連忙說：「行行行，樣子什麼的無所謂，帶個襯裡就行，到時候我去廁所換一下——」

馬琳立馬打斷我。「唉呀，那可不行，妳喝多了，再滑倒了呢，妳讓小吳老闆給妳找個地方。」

吳西也說：「我有個自己的休息室，可以用。」

我說：「行，那我先去趟廁所。」

等我從廁所出來，發現吳西正在門口等我。

他說：「走吧，休息室在那邊。」

我說：「麻煩你了。」

我跟著他去了他的休息室，發現這就是一個正常的臥室，裡面還有個淋浴間，用玻璃門隔著。

我說：「你這房間挺乾淨的嘛。你平時就住這裡嗎？」

我打量著他的房間，並沒有注意到吳西把門鎖上，然後向我走過來。

他說：「不住，偶爾會來這裡休息。」

我有點疑惑他的聲音為什麼離我那麼近。我一轉頭才發現，再轉一點都要親上他了。於是我又轉過去，往前走了兩步，才又轉過身看著他。

吳西說：「妳知道我的車為什麼喜歡往溝裡掉嗎？」

我說：「不知道。」

吳西說：「因為我的車跟我的人一樣，喜歡往下躺。」

吳西看了看自己的床，我順著他的眼神看了看他的床，突然就明白是怎麼回事了。

我馬上醒酒了，心裡咯噔一下，咯噔完了又平靜了，心想我為什麼要咯噔，都是成年人了，我比他大好幾歲，咯噔也應該是他咯噔才對。

他又湊得近了一點，小聲問我：「妳想看看我的紋身嗎？」

我的心開始怦怦跳。我知道他這個問並不是一個簡單的問，而是一個大膽的問。

我猶豫了一下，還是點了點頭。

我知道這個點頭也不是一個簡單的點頭，是我這輩子最膽大的點頭。

吳西脫掉了上衣，我終於看到了他紋身的全貌，感覺他給自己的身體輪廓鑲了個黑邊。

我其實很緊張，但是注意力全被他的紋身給吸引過去了。有點好笑，但我沒笑出聲，估計是咧嘴了，吳西的表情有點無奈。他說：「妳能不能嚴肅點？」

我說：「你這紋身，疼不疼？」

吳西說：「疼有很多種，有高興的疼，有悲傷的疼，高興的疼就好像喝烈酒，刺激又過癮；悲傷的疼就好像喝下水道裡的水，要不是迫不得已，沒人喝。」

我想起了楊照。楊照就敬了我一杯下水道裡的水，還逼著我一飲而盡，還不許吐。我看著吳西，發現我做不了這事。我不覺得這是什麼壞事，我也不是什麼貞烈女，但我就是做不了這事。到了這一步，我才知道，和我不愛的人，沒法做這件事。

我說：「吳西，我現在就有點疼。」

吳西兩隻手臂支在牆上，瞇起眼睛笑著說：「我還什麼都沒幹呢。」

我說：「我心疼，特別疼，什麼都幹不了了。」

吳西說：「不用妳幹啥，我來就好。」

我說：「聽你這樣說，我心裡還挺溫暖的，但是真的不行，算了。」

我想推開吳西的手臂走掉，吳西的手一動沒有動。

他說：「要不咱倆接個吻也行，妳試試口感。」

我說：「口感就不試了。說到口感，我還是最喜歡你家烤羊腰子的口感，特別銷魂。」

連楊照的口感都比不過西馬串店的烤羊腰子，這是實話。

想起楊照，我又疼痛了，於是彎腰從他手臂下面鑽了過去。

吳西說：「這樣就走了？」
我說：「真的不好意思，折騰你了，是我的不對。」
吳西把手放下，說：「那倒沒事，我收放自如。」
我舉起大拇指。「就佩服你這樣的，純爺兒們。」
吳西說：「謝謝。」
我說：「那我就先走了。」
吳西說：「既然這樣，那我就不留妳了，以後有需要幫忙的，就出聲。」
我有點感動，看著他說：「吳西，你身材真不錯！」
吳西說：「那還用說。」
我開了門，想了想又轉身回來，把門關上。吳西笑了，我也笑了。
我說：「吳西，要不你陪我哭會兒吧。」
吳西說：「啊？」
我說：「唉，我也沒想到我會這麼難受，老想哭，怎麼辦？」
吳西說：「那就哭唄，我這兒有面紙，夠用。」
我說：「你可真周到。」
他說：「還有洗面乳和乳液。」
我說：「那行了，我可以放心哭了。」

我走過去，坐在床沿上，吳西也坐下了。

他說：「要不要我把衣服穿上？」

我說：「不用，不影響。」

我想了想，又說：「要不你還是穿上吧，我要哭個大的，怕誤傷你。」

吳西把衣服穿上，我就開始哭，放聲大哭，就是那種歇斯底里，打算用哭這種方式自殺的那種哭。我哭我自己的，吳西就坐在我身邊，全程沒有說話，沒有碰我，但一直陪著我。

大概四十分鐘以後，我哭到了收尾的階段，吳西才遞給我一杯開水。我喝了，看了看一地的紙團，開始往垃圾桶裡扔。

吳西說：「別撿，一會兒我讓人進來收拾。」

我說：「別了，再讓人誤會了。」

吳西笑著幫我一起撿。

我問：「嚇著你沒？」

吳西說：「沒有，至少妳沒想死。哭很好，雨得下透了，天才能徹底晴，不然老陰著。」

我說：「謝謝你啊。」

吳西說：「不用謝，咱們是有緣分的人。」

我說：「其實我一直想大哭一場，一直想。我也知道我早晚得大哭一場，可是這場大哭怎麼也沒來，就好像一場該來卻遲遲不來的大姨媽，我憋得難受，但沒辦法，吃藥也不行，運動也不行，沒想到在你這兒來了，我說這個你能懂不？」

吳西說：「太懂了。」

我說：「你怎這麼懂女人？」

吳西說：「我有三個親姊姊，還交過挺多女朋友。」

我說：「所以真的謝謝你。」

吳西說：「所以又是一件有緣分的事，客氣啥。」

我在吳西這裡洗了個澡才回去。馬琳真的給我買了條裙子，放在櫃檯，我清清爽爽地出了休息室的門，親自把用過的紙巾倒掉，吳西送我回了家。

在家樓下，我趕緊給馬琳打了個電話。

馬琳問我：「怎麼樣，吃得還不錯吧，西馬串店的肉是不是又鮮又美！」

我說：「馬琳，妳就不怕他是壞人？」

馬琳說：「他可是妳介紹給我的，妳有這種暗示，我還不幫妳一把，妳說，那我還是人嗎我？」

我吼道：「我暗示了嗎?!」

馬琳也吼。「妳就只差跟人家說我想和你睡了！」

我說：「我沒有啊！我冤枉啊我！我確實是在說那個小鮮肉啊！」

馬琳說：「妳高中的時候根本就沒粉過什麼小鮮肉男偶像好嗎？妳一直在粉劉德華來

著，妳說劉德華要是妳爸就好了！」
我說：「誰說的，明明就是有！我還買過他的貼紙呢！」
馬琳說：「那妳告訴我他叫什麼名字，把貼紙拿給我看。」
我真的忘了他叫什麼名字了，貼紙也都不知道扔哪兒去了。
我轉移話題，換個說法繼續抨擊馬琳。「妳怎麼能放心?!」
馬琳說：「放心，我閱人無數，尤其是有錢人。這孩子挺好，除了花了點，沒別的毛病，我不會看錯的。」

39 熊貓先生

我說：「花不是毛病？」

馬琳說：「嗯，妳什麼意思？妳還想跟人家有後續發展？」

我說：「我什麼發展都沒有。」

馬琳說：「嗯，妳什麼意思？你們到底睡沒睡？」

我說：「沒有。」

馬琳說：「嗯，妳什麼意思？他中途反悔了?!」

我直接把電話給掛斷了！真是太生氣了！

回到家，我媽正在包酸菜餃子，我洗了手，幫她捏了兩個，然後我說，我和楊照分手了。我媽手裡的活沒停，頭沒抬，連節奏都沒有變化。

我觀察了她一會兒，又說，我把盧本邦的工作給辭了。

我媽看了看餃子餡，只夠一個餃子的量，但皮還剩兩張。她把餡都盛到一張皮上，然後用另一張嚴絲合縫地覆蓋住，再把餃子皮的邊緣捏成螺旋樣式的花紋。從小到大，每次餡少皮多，我媽都會給我包這個。她管這個叫麥穗，我很喜歡這個麥穗，總覺得麥穗是比餃子更好吃的東西。其實都是一樣的材料包出來的，只是換了個模樣，就像換了個味道似的。今天我才覺悟，一直以來，我是個多麼膚淺的人呀，可是我媽從來都沒有戳穿我。

我媽把它包完了才抬起頭看了看我，說：「妳去睡一會兒吧，餃子好了我叫妳。」

我還真是特別睏，趴在床上倒頭就睡。

我夢見了一匹黑馬，非常漂亮，我騎著牠在大草原上策馬奔騰，特別開心。騎了一會兒，那匹馬突然轉過頭來看著我。

我一看，這不是吳西嗎？我再往下看，馬變成了人馬，就是上身是人，下身是馬的那種半人半馬，手上還拿著一把精緻的弓箭，看著特別美，閃閃發光。

我說：「唉呀，怎麼是你？」

吳西說：「妳騎我可還騎得爽啊？」

我說：「再沒有比騎你更爽的事了，你可真是一匹好馬。」

吳西說：「行吧，再帶妳跑兩圈。」

他又帶著我在大草原上瞎跑，我耳邊有風，眼前有景，胸中有快樂。

我說：「你拿著箭是要射誰？」

吳西說：「老半天也看不著一個人，要不我就射妳吧。」

我說：「啥？」

他說：「我射妳。」

他仍然在奔跑，卻扭轉身體，拉滿弓，對著我。他的箭頭亮晶晶的，像顆鑽石。

我被嚇醒了，一頭汗，已經下午四點多了，外面下起了雨，我想這個夢可比我高中時夢見和那個男偶像幹的事色多了，真羞恥，我對誰都不能講。

馬琳這時候給我發了一條微信，嚇得我一哆嗦，還以為她看到了我的夢境，轉念一想，我真是被自己的羞恥給嚇瘋了。

我拿起手機看微信，看見這幾個字：程淺離家出走了，我現在找不著他。

我馬上給她打電話說：「馬琳，妳幹啥了？」

馬琳說：「我真的啥也沒幹，我就是和他吃了頓飯。」

我說：「和誰吃飯了？」

馬琳說：「就上次那個，妳也見過，在店裡。」

我想起來了，馬琳為了他，連生魚片都不吃了，怕自己會腥。

我說：「他有家吧？」

馬琳說：「不止一個。」

我說：「妳怎麼被發現了？」

馬琳說：「就剛才，我們吃完飯他送我回家，他開車猛了點，一不小心把水濺到了路邊的人。其實濺了就濺了吧，偏偏沒開出多遠就碰見紅燈了，那個被濺到的人就走過來敲車窗，一開窗，是程淺。」

我說：「這……怎麼了？妳在客戶的車上剛好碰到了程淺，這……只能說明你倆有緣。」

馬琳說：「後座上有一束 rose only 的花，挺大的，還是紅色玫瑰，特惹眼。」

我說：「那……怎麼了？那花上又沒寫妳名字。」

馬琳很認真地對我說：「吳映真，妳是傻逼嗎？」

我說：「那妳……這麼說，是承認你倆有事啦？」

馬琳哭了。她之前出軌都沒怎麼哭過，這次哭得挺傷心。

她說：「映真，不管我有沒有事，程淺這次好像真生氣了。」

我說：「馬琳，出來混，早晚是要還的。」

馬琳說：「如果我和程淺離婚了，我就去死。」

我說：「如果你們倆真離婚了，我就去報警，防止妳死。」

馬琳急了，她說：「妳幹嘛要這樣說！」

我說：「那妳想聽啥？」

馬琳更急了，她說：「妳怎麼不和我說一定會阻止我倆離婚這種話呢！」

我說：「好好好，妳別哭，妳說啥是啥。」

我本來想要去陪馬琳的，反正我現在沒工作要做，沒男友要陪。但是馬琳有工作，她和我說，越是情場失意，越要工作努力，這才是一個聰明女人的選擇。

剛才我還為她悲傷，現在我終於可以放心地幸災樂禍了。

掛斷電話，我媽叫我去吃餃子，說給我新煮了一鍋。我邊吃邊想自己基本上是告別設計圈了。這個夢想總有楊照的影子，至少現在我是一點都不想再碰了。它就像是一條沾了血的內褲，怎麼洗都有痕跡，沒法穿著它進公共澡堂裡去洗澡，再喜歡也只能扔掉。

我雖然可以不追夢，但是不能不賺錢。既然只是為了賺錢，那我就幹什麼都可以了，做清潔也可以，做銷售也可以，端盤子也可以。可人家要是不要我怎麼辦，嫌我沒有工作經驗什麼的。不過說到端盤子，我想到了一個人，我們這麼有緣，申請去他那裡端個盤子應該沒什麼問題吧？

吃到一半，我老姨的電話來了，一個字都沒提楊照，但是提了我的工作。她說：「妳現在沒工作，就更得去相親了，妳總不能啥都不行吧！」

我心裡有些感動，這個雪中送炭的老姨，從來都沒有放棄過我。

她說：「真真，我最近給妳物色了一個特別穩定的，叫陳鵬，比妳大一歲，父母都是醫師。他在腫瘤醫院當維修，哪個醫生的電腦不好用了都得找他，有編制，也不忙，人也不錯，我見過兩次。」

老姨說完，我剛張開嘴還沒發聲，她就又補充了一句。「這孩子特別踏實，我保證他哪兒也不去。」

她老人家雖然沒有提楊照的名字，但還是提了這個人。

我說：「行啊，見見唄。」

老姨挺高興，說：「那行，我一會兒把照片發給妳。人有點胖，但是看著健康。」

我問：「老姨，這次妳是怎麼介紹我的？」

她說：「我說妳是我們學校的圖書管理員。」

我苦笑，這個世界真是太虛偽了。

我說：「老姨，妳能不能不要再騙人了，騙婚也是一種犯罪啊。」

我老姨說：「那有什麼，等你們成了，妳再說辭職好了，之前不也用過這招嗎？」

我說：「老姨，我不想一直行騙了，我想要金盆洗手。」

我老姨說：「說那些有什麼用，妳嫁出去才是正經。不說了，我給妳發照片。」

我老姨掛斷電話不到一秒，我就收到了陳鵬的照片。戴著眼鏡，斯斯文文的，確實有點胖，不過特別白，白胖白胖的，在老姨那一輩的人看來，這是福相，容易被人當個寶。

我說：「媽，餃子還有嗎？」

我媽說：「妳沒吃飽？」

我說：「不是，想拿去送禮。」

我媽問：「給誰送？」

我說：「找工作用的，具體給誰您就先別管了。」
我媽說：「冰箱裡還有不少呢。」
我說：「好。」

第二天，我就去見陳鵬了。我老姨說這種事，事不宜遲。
我說：「老姨，等我結婚那天我一定給妳磕個響頭。」
我老姨說：「別廢話了，等妳真能結婚了再說。」
地方是陳鵬選的，選在相親聖地星巴克，他說他有會員卡，我懷疑他這個會員卡就是為了相親辦的。
路上，我給馬琳打電話，問她程淺有消息沒。她說沒有，問我幹啥去，我說去相親。她說：「真沒想到。」
我說：「沒想到個啥？」
她說：「沒想到妳恢復得這麼快，又去相親了。」
我說：「馬琳，我還得接著活下去啊。」
她說：「是啊，都得接著活下去。」
我問：「下一步妳有什麼打算？」
她說：「我再等他一天，再不回來，我就去辦公室找他。」

陳鵬先到的，我進去的時候一眼就認出了這個小胖子。他穿著一件黑色的T恤，上面是一隻圓滾滾的卡通熊貓，和他長得還挺像。他又粗又圓的小胖手在iPad螢幕上跳舞，跳得還挺瘋狂，都沒注意到我。

我走過去問：「是陳鵬嗎？」

他抬起頭看了我一眼，說：「是我，不、不好意思，請等一下，一、一會兒就結束了。」

我發現他有點口吃，伸頭看了看他的螢幕，是一款遊戲，他好像正在瘋狂地生產木材。

我就站在那兒等了兩分鐘，他終於鬆了口氣，鎖了iPad的螢幕，站起來說：「不好意思，我參加了市長、市長競賽在做任務，十分鐘生產五、五、五十個木材，剛才停下來的話，任務就失、失敗了。」

我說：「沒事，還是當市長要緊。」

陳鵬笑了，說：「妳想喝什麼，我、我去點。」

他拿了兩杯咖啡回來，遞給我一杯，自己也喝了一口，然後看著我說：「吳小姐，可能有些冒犯，但是我必須要問妳一些很私、私人的問題……」

我有點緊張。相親那麼多次，我也算是個老資格了，但一見面就問私人問題的，我還是第一次遇見。

我抱著試試看的態度說：「你問。」

陳鵬突然舉起他胖乎乎的四根手指，然後再中間分了個大叉。

他問我。「妳會這樣嗎？」

我也學著他舉起手，分了個叉。

他眼睛亮了亮，又問：「那妳會這樣嗎？」

他把舌頭伸出來，打了個卷，我也把舌頭伸出來，對著他打了個卷。

他笑了，好像很滿意，說：「這、這、這挺好。」

我說：「咱們這是外星人接頭嗎？」

陳鵬說：「不，咱、咱們是在確認同類身分。」

我說：「啥意思？」

陳鵬說：「你和我一樣天生都會做這兩個動作，這證明咱們的基因是相、相似的，具有情投意合的可、可、可能性。」

我說：「這、這有什麼科學依據嗎？」

我真不是故意口吃的，我是被他給拐走的。

陳鵬說：「沒、沒有，但我認為是這樣的。」

我說：「所以你每次相親都讓人家掰手指頭和捲舌頭給你看？」

陳鵬說：「不、不好意思喔，也謝謝妳配合、配合我。」

我喝了一口咖啡，笑道：「這都好說。」

桌子上的手機響了，陳鵬拿起來，說：「是、是、是、是鬧鐘，不好意思，我的飼料好了，我要餵、餵動物了。」

我說：「市長還要親自幹農活？」

他說：「不、不，這次我不是市長，這次我是、農、農場主。」

我說：「你還真是身兼多職啊……」

他說：「我同時在玩四十八款遊戲，我的生、生活非常充實。」

我雖然也不怎麼樣，和所謂的成功者和人生贏家隔著八百條大馬路，但我仍然很鄙視這樣的遊戲人生。

我說：「你可真厲害，我覺得你來相親太浪費時間了。」

他放下手裡的 iPad，把兩隻胖手放在桌子上，扣在一起，很嚴肅地看著我說：「我知道妳是怎麼想的，但是我和妳的觀點不同。我家裡條件挺好，工作也很穩定，所有的物質條件我都很充足，至少過普通人的生活，我綽綽有餘。我已經很好了，而且對更好完全沒有興趣，那需要付出相應的代價，對我來說，那樣不划算，所以我已經沒有什麼可奮鬥的意義了。我的人生只有一次，我覺得這樣沒有什麼不好。」

他倒是把自己想得挺明白，我發現他在陳述這個問題的時候居然不口吃了。

我說：「那你不空虛嗎？」

陳鵬說：「生活本來就是空虛的，即使我不玩遊戲，生活的本質也是空虛的。」

我說：「時間長了，不會膩嗎？」

陳鵬笑了，說：「膩？難道生活不膩嗎？妳每天上班下班的路線，每天的三餐，每天所做的重複事情、遇到的熟人，日復一日，年復一年，難道就不膩嗎？」

我說：「膩是膩，但是生活還有那些未知的可能呢，它們是新鮮的。」

陳鵬說：「可別提未知的可能了，它們就是新鮮的定時炸彈，是導致妳生活失控的罪魁禍首。我父母是醫師，我也在醫院工作，我覺得除了生病，剩下的定時炸彈其實都是自找的。妳仔細想想，如果妳不去探索那些未知的可能性，它們又怎麼會在妳的生命裡節外生枝，擾亂妳穩定、可控的生活呢？」

我想了想，如果我不去相親，就不會遇見楊照，那我也不會這麼受傷了。如果那天我待在家裡，哪裡也不去，那麼我的生活就不會有接下來的這麼多破事了。只是那樣的生活會不會無聊？可是按照陳鵬說的，它並不會無聊，因為有遊戲啊。

我說：「但是……遊戲裡也是有未知的情況發生啊，我看別人在遊戲裡也是會死掉的。」

陳鵬說：「即使遊戲裡有未知的情況發生，但妳知道這些都是假的，就像夢境，妳可以對夢裡的人說我不玩了，妳可以重玩，妳可以直接醒過來，那麼妳的生活就還是妳的生活，那些不可控制的只是遊戲，和妳的生活沒有關係，妳並沒有脫軌。這種喜悅就像是什麼呢？」他瞇著眼睛想了想，接著說：「就像是妳失而復得的錢包，多麼萬無一失的美好。」

我情不自禁地點了點頭說：「嗯……是……」

陳鵬說：「所以遊戲發明出來，就是為了在穩定生活的基礎上對抗這個充滿膩味的世界。遊戲是未來，我只不過是率先過著未來的生活。」

我看著他閃閃發亮的眼睛，心想，他說得、得還真、真、真是挺有道、道、道、道理。

他說話的時候，手指會時不時地摸過身邊的電子產品，好像充電一樣，不摸一下就會電量不足。我默默地拿出自己的手機，放在桌子上，又緩緩地推到他的面前。在推過去的過程中，我的背也跟著慢慢往下駝。我抬起眼睛，有點仰視他。

我說：「陳哥，你看看我適合玩什麼遊戲？」

陳鵬就像主人，拿起了我的手機。我把手收回去，卻還是駝著背、低著頭，竟然有點不敢看他。

他說：「妳放心，我給妳下載幾、幾、幾個，絕對治癒，絕對好、好玩。」

40 吳映真接受了求婚

下午，我拿著餃子去找吳西。

我說：「上次那個事我真的挺感謝你的，我知道你什麼都不缺，我直接花錢，或者花錢買什麼送給你都沒什麼意義，我……我給你帶了點我媽包的酸菜餃子，是花錢買不到的東西。我媽包的酸菜餃子可好吃了，真的，之前有專門開餃子店的人向我媽請教呢，要不你……嘗嘗……」

吳西看著我一直笑，一直笑，笑得我都發毛了，我是真沒看出來他是什麼意思。他打開我的飯盒吃了一顆，然後說：「妳這樣我真容易愛上妳。」

我一愣，說：「這是我媽包的，我不會。」

吳西笑得更深了，他看了看我，又低頭吃餃子。

我坐在他對面，看他吃得挺香，心裡生出一陣慈母看兒子吃飯的滿足感。我想起馬琳曾經說程淺像她兒子，也不知道他們母子倆現在怎麼樣了。我想我要不要在這個時候和吳西說說當服務生的事，後來又覺得還是別說了，哪有當媽的讓兒子找工作的，我這樣對吳西，自己心裡過不去。

我想我還是回老本行，去找個企劃工作，然後就這樣湊合過一輩子，也沒啥不好。

吳西還沒吃完，馬琳就給我打電話了。

馬琳去程淺的公司找他了，才知道他前幾天根本就不是出差，而是請了年假。

我說：「啥?!」

吳西抬頭看我。

馬琳說：「毫無徵兆，但是我有預感。不過他這樣，我心裡反倒舒服了一些。」

我說：「我沒結過婚，我不知道妳現在這種心態正常嗎？」

馬琳說：「我之前也沒和別人過過日子，我也不知道正常不正常，但是不管怎麼樣，我得和他見一面。」

我問：「你們聯絡上了嗎？」

馬琳說：「對。」

我說：「你們在哪兒見？我去找妳。」

馬琳說：「還沒定呢，程淺讓我定。」

我說：「馬琳，你們不會要現在就見吧？」

馬琳說：「不是，半個小時以後。」

我說：「那不就是現在見嗎?!」

馬琳說：「所以就問問妳，在哪兒見好？」

我說：「回家吧，在你倆家裡，說話也方便，砸東西也方便，幹啥都方便。」

馬琳笑了，說：「程淺說了，除了在家，哪兒都行。」

我突然有點緊張，因為我的預感也不好。

我說：「我在西馬呢，要不來這兒吧。」

馬琳又笑了，她說：「好，不用費二遍事了。」

我已經三天沒見過馬琳了，我已經很久沒見過程淺了，但他們倆都瘦了，一進門我就看出來了。

吳西說可以去他的休息室談，我說這個主意好，我領著他們進去。吳西親自送過來兩杯果汁，用塑膠杯盛的，又把房間裡的玻璃製品都撤走。

我說：「謝謝你啊，吳西。」

吳西說：「客氣什麼，都是我的客人。」

我說：「我想要瓶礦泉水。」

吳西沒說話，然後他握住我的手腕往外拽。

我說：「你幹啥？」

他說：「妳過來一下。」

我說：「啥事？」

他又不說話，直接摟住我的肩膀，把我擄走了。

我說：「你到底要幹啥？」

吳西關了門，把我帶到收銀台附近才放開。「人家兩口子談判，妳跟著摻和啥？」

我說：「吳西，你不知道，我跟他倆都特別好，這次的事情挺嚴重的，我必須管。」

吳西說：「妳是跟那女的睡過還是跟那男的睡過？」

我想了想說：「你如果說的是那個意義上的睡，那我都沒有。」

吳西說：「他們倆肯定睡過，所以他們倆更好，插不進妳。」

我說：「我真不放心。」

「妳有什麼不放心？妳在裡面，萬一他們倆聊著聊著就滾床單了，妳還在那兒看？」

我目瞪口呆，緩了緩才說：「那怎麼可能？他倆這次很嚴重的，有可能真的要離婚了。」

吳西說：「那有什麼不可能的，用說的交流不明白了，換一種交流方式也許就明白了，這很正常啊！」

我無言以對，走過去把耳朵貼門上。

吳西又笑了起來，他說：「我看妳要是在裡頭，還真能站在床邊瞅著。」

我趕緊小跑過來，說：「你小聲點！我就想知道他倆到底是怎麼回事，不然我要瘋了。」

說完我又跑過去聽。

吳西把雙手放進褲袋裡，歪著頭看我。他說：「吳映真，妳知道我這門花了多少錢嗎？」

我現在特別煩他和我說話，因為他一說我就得小跑過去回答他，不僅容易被門裡的人發現我偷聽，還耽誤我偷聽門裡的人說話。

我白了他一眼，懶得回覆他。

吳西說：「這門我花了兩萬多。」

我忍不住又小跑過來，指著他說：「你腦袋大啊。」

說完又要跑回去，吳西再次拉住我。「所以妳就別偷聽了，真的啥也聽不著。這是我的休息室，我偶爾也要用的。」

我說：「吳西，你可真行。」

我倆坐在離休息室最近的那一桌喝果汁。客人漸漸多了，沒多久外面就開始排隊了。

我說：「吳西，你去忙吧，我看著他倆。」

吳西說：「妳怎麼跟條狗似的。」

我發現他今天心情好像特別好，總笑。

「那我不坐這兒了，去門口站著，把座位讓給客人吧，你看外面都開始排隊了。」

吳西說：「沒事，不差這一桌，想吃的人多久都會等。」

我說：「那倒是。」

吳西問：「妳想吃不？」

我想了想，又搖了搖頭。我說：「我不能在好朋友水深火熱的時候享受美食，我心裡過不去。」

吳西憋著笑說：「可是妳已經在享受美男了。」

我說：「那你快去忙。」

吳西沒動，用手肘頂了頂我說：「吳映真，我現在是真沒女朋友。」

我說：「吳西，我現在是真沒心情跟你開玩笑。」

吳西笑著說：「我覺得我挺認真的呀。」

我白了他一眼，上次的那個櫃檯服務生過來和他說了兩句什麼，吳西站起來跟著走了。

我也站了起來，和服務生說把這一桌讓給客人，我去休息室的門口站著。

我站在那裡玩遊戲。這兩天熊貓先生一直在指導我，告訴我這個遊戲怎麼玩，那個遊戲怎麼玩，怎麼做任務才能獲得最大收益。

我覺得我已經漸漸被他變成了同類人。

過了一個多小時，門終於開了，馬琳和程淺都面無表情，但看起來都非常累。

吳西走過來和程淺打招呼。馬琳看見我，感嘆了一句：「唉，人生啊……」

我趕緊湊過去叫她：「馬琳……妳……」

她突然打斷我，很認真地對我說：「吳映真，妳真的別忙著結婚，尤其不要閃婚。妳一定要先想明白，如果婚後遇到了更適合自己的人要怎麼辦。這一點很重要，一定要想清楚，否則真有那麼一天，後悔都來不及。」
我眼淚都要下來了。「馬琳，妳別嚇唬我，你們真的沒可能了嗎……」
馬琳微笑著摸了摸我的頭，說：「別傻了，沒事的，我們挺好的。」
我眼淚真的下來了，因為馬琳從來沒有這樣摸過我的頭。

馬琳走的時候頭也沒回，程淺也沒回頭，但他們是一起走的。
我想追上去，又被吳西拽住，他今天就像拽他的寵物狗一樣拽了我三次。
我回頭看吳西，吳西皺了皺眉。「我剛才怎麼跟妳說的，別過去。」
我問吳西：「程淺跟你說什麼了？」
吳西說：「啥也沒說啊，就謝謝我。」
我說：「完了完了完了。」
吳西沒搭理我，他往休息室走去，我也跟著他走進去。
吳西一進去就樂了，我問他樂啥。
吳西說：「他倆八成是又好了。」
我仔細看了看這個房間，我沒看出來和之前我們進來的時候有什麼區別。
我說：「你怎知道呢？」
吳西說：「這房間裡有沒有發生那種事，我一進來就知道。」

我說：「真的嗎？」

吳西說：「真的。」

我說：「吳西，你在我心目中的形象又高大了。」

吳西說：「放心了吧。」

我說：「那他倆為啥還那樣，馬琳還跟我說了那樣的話。」

吳西說：「妳不是說他倆這次是認真的嗎？這麼認真，最後還是用身體交流好了，肯定挺不好意思的，在妳面前總是要端著點的。」

我說：「你要是這麼說，我就真的放心了。」

吳西說：「這事別和他倆說，妳就當什麼都不知道。」

我說：「我知道了。」

吳西說：「這回吃點東西不？」

我說：「不了，我也挺不好意思，得端著點。」

吳西又笑，笑著笑著菜就上來了，我吃得挺飽，又飽又踏實。

臨走的時候，吳西說：「餃子不錯，很好吃，下次等咱媽再包了，別忘了給我帶點。」

我說：「你放心，有我一口就有你一口。」

吳西又笑，又問我要不要送。我說真的不用，這個時段，你千萬別往外跑。於是他看著我搭車走的。

我手機裡已經有十款遊戲了，電腦裡更多，陳鵬已經徹底成為我生活中的一部分，每天和我一起玩遊戲，但從來不見面。我們都覺得沒有必要見面，見面也是坐在一起玩遊戲。

陳鵬說，妳看，我那個相似基因的理論是不是還是挺有道理的，咱們現在相處得多好。我雖然覺得有哪裡不對勁，但也覺得這樣沒什麼不好，不用動腦，不用動感情，每天都開開心心、快快樂樂、簡簡單單，這樣生活有什麼不好呢？

我放棄了洗臉洗頭疊被子，也基本放棄了找工作，反正我媽這次什麼都沒說，一切舉止都很平常，連一道菜都沒有做得鹹過。我雖然覺得我媽也有哪裡不對勁，但是遊戲教導我放棄思考。

有一天晚上，我和陳鵬一起在遊戲中經歷了一場酣暢淋漓的大戰，我倆都挺滿足。那種滿足感還沒有退卻的時候，陳鵬在耳機裡說：「要、要不咱們結婚吧？」

我嚇了一跳，說：「是在遊戲裡結婚還是真的結婚？」

他說：「是真、真的結婚。」

我說：「我們才認識十天啊！」

陳鵬說：「但是我們玩、玩得很好啊，我覺得這個是最重要的了，而、而且我們也到年紀了，不、不結婚家裡也要、要催的，有、有可能又要相親，妳不、不覺得太、太、太、太麻煩了嗎？」

相親那麼多次，今天終於有人和我求婚了，這算不算是突破性成果？

只是我萬萬沒想到，要和我結婚的人竟然是我的隊友。我的心情挺複雜，這其中主要是悲，也說不清在悲什麼，反正就是挺悲的。

我說：「陳鵬，我現在沒有工作，我老姨騙妳的。」

陳鵬沉默了一下，說：「沒事，我們結完婚妳、妳就備孕吧，妳、妳生孩子，沒工作我父母也、也不會說什麼。」

我說：「你想要孩子？」

陳鵬說：「要孩子這事不是和結婚一樣無法避免嗎？但都是可控制的，而且妳不用擔心，以後我媽和妳媽都能帶孩子，咱們還是玩、玩、玩咱們的。」

陳鵬為我打開了一扇家庭主婦的大門，這道門裡有婚姻、有育兒、有啃老、有衣食無憂、有不必奮鬥、有遊戲，肯定還有別的，糟心的、隱忍的、庸俗的、家長裡短的、雞毛蒜皮的、沒完沒了的、永無止境的……可是和別人在一起就不會涉及這些瑣碎了嗎？和楊照就不會了嗎？如果不會，那麼楊照為什麼要送我去盧本邦鍍金呢？不還是一樣的，這有解決的方法嗎？愛可以解決這些問題嗎？我費力地想了想，覺得愛不可以，甚至這些問題還會毀掉愛。但愛是盟友，會七十二變，只要它不死掉，就會始終站在你這一邊，幫助擁有它的人走下去；沒了它，大概不只舉步維艱吧。

我問：「陳鵬，你愛我嗎？」

我聽見陳鵬笑了。他說：「我們玩得不是挺好的嘛，幹嘛要這、這樣問？」

我也笑了。我想起了楊照，我們大概是愛過對方的，可惜他後來不要我了。他不要我了以後，我就好像被別人拔去了脊椎骨，整個靈魂堆成一堆，隨波逐流，能去哪裡就去哪裡，愛去哪裡就去哪裡吧，隨便。

我說：「我知道了，行。」

這個「行」字從我的嘴裡說出來就揹著包離家出走了，陳鵬只聽到了一個空洞的影子。

陳鵬說：「我知道了，我讓我爸我媽去安排。」

直到陳鵬掛了線，我都覺得這件事特別不真實，像遊戲一樣。

這件事我老姨是最高興的，我媽雖然什麼也沒說，什麼也沒做，但我覺得她也挺高興了，又開始做醬牛肉了。

我和馬琳說我要結婚了。

馬琳說：「啥?!」

然後馬琳說她可能要離婚了。

我說：「啥?!」

41 一只命運的玻璃杯

馬琳說：「那天我和程淺其實沒談攏，但我們確認了還是相愛的。」
我說：「相愛還要離婚？」
馬琳說：「對呀，我們用了兩種方式交流，一種有共識，一種沒共識。」
我說：「我的天……婚姻太複雜了……」
馬琳說：「是啊，連我這麼聰明的女人都搞不定了，我看妳更夠嗆。」
我說：「妳都這樣了還不忘損我，妳比我狠，但是妳能先告訴我程淺怎麼了嗎？」
馬琳說：「程淺出軌了，是他之前一個客戶的女兒，那女孩跟他說自己得了大病，想在住院前和程淺出去玩一次，程淺就答應了，請了年假，還和我撒謊說出差。」
我問：「那女孩快死了？」
馬琳說：「沒有，她騙程淺的，她就是想追他。」
我說：「這還了得！」
馬琳說：「其實也沒什麼，那女孩挺好的，各方面都比我更適合程淺。照片我也看過，我和程淺早戀到現在，我太知道什麼樣的女人最適合他了。」

我說：「可她撒謊啊！」

馬琳冷笑了一聲。「我還撒謊呢。」

我說：「妳怎麼還向著人家說話。」

馬琳說：「妳還記不記得我說程淺就像我兒子一樣，如果他有更好的選擇，我可以考慮放開他，當媽的都這樣。」

我說：「馬琳，妳是聖女嗎？」

馬琳笑著說：「吳映真，妳才是剩女。不對，妳要結婚了。不過妳說結婚的時候怎麼用了一種上刑場的語氣呢？我之前跟妳說什麼來著，讓妳別閃婚。」

我說：「馬琳，我不知道了，我以前知道自己想要什麼，現在我不知道了；也不是不知道，就是……無所謂了。」

馬琳說：「挺多女生都是這樣，和別人談戀愛，付出很多，受了傷，結果很草率地就把自己給嫁出去了，到頭來只能受到二次傷害。我告訴妳吳映真，人家說寧拆十座廟，不毀一樁婚，拆散別人會影響我的財運，這我都知道；但是妳要是也給我這麼草草地結婚，我到時候一定會找高中時那幾個追過我的混混，帶著他們去鬧妳的婚禮，打殘妳的新郎，把妳的公公推下水，把妳的婆婆甩上天，誰也別想好。」

我說：「我知道妳心裡不好受，但妳不能這樣對我。」

馬琳說：「我是為妳好。」

我鼻子一酸，又一酸。「我都知道，可是你們都確認相愛了，還有那女的什麼事？」

馬琳說：「我們卡在一個問題上過不去了。」

我說：「什麼問題？」

馬琳說：「我問程淺，你和那女孩睡了嗎？程淺說，我說沒有妳信嗎？我沒吭聲。程淺又問我，妳和那老頭子睡了嗎？我說，我說沒有你信嗎？程淺也沒吭聲。這就卡住了，不知道怎麼繼續，得好好想想了。」

兩天後，我得了扳機指，很疼。

我告訴了陳鵬，陳鵬說：「根本沒有必要去醫院，我都犯過好幾次了，用點藥就好了。」

我說：「我畢竟是初犯，還是想去看看。」

陳鵬說：「那妳去吧，我有場比賽，下午還有一場，過不去了。妳看完了，可以來我家觀戰，對妳晉級也有好處。」

我什麼都沒說，舉著兩根大拇指去醫院。醫生說千萬不要再碰遊戲了。從醫院出來，我看到了黃博宇和劉美娜。劉美娜小腹隆起，黃博宇攙著她，兩人周身縈繞著兩個大字：恩愛。看著他倆的樣子，只覺得挺好，就是挺好。不過我再往前走，他倆就能看到我了，我趕緊換了一個方向。

這個方向對面剛好是一條商店街。很久沒出來逛逛了，我走進一家賣玻璃製品的小店，本來我也喜歡這些充滿設計感的小東西，這家店的東西還挺特別的，有的物品上會標注是老闆親自設計，數量有限。

我就舉著兩個大拇指逛，好像我的前面有一個方向盤似的。有些感興趣的東西，想拿起來自己看看，有點費勁，就只能用眼睛看了，結果比平時看得更細。

我在角落發現了一個造型很特別的玻璃杯，杯子是由好幾個平面組成的，看起來就像是個奇怪的鑽石。我試著把指頭伸進杯把，結果我的五個指頭非常完美地貼合杯壁，竟然一個彎也不用；杯子挺輕，中間有隔熱層，這傢伙簡直就是為了扳機指患者而生的。

我挺開心，買下了這個杯子，結果出門的時候因為突然來了電話，手又不好用，杯子掉在地上打碎了。我心裡一陣懊悔，不顧電話，趕緊回去問還有沒有同款的，店員說沒有了，那個是老闆自己做的，只剩一個了。

我說，剛才一不小心把杯子打碎了，就在門口，要不我去掃一下吧，別讓客人踩到。

店員說沒關係，他來掃。

他說著拿了工具去掃，我就站在他旁邊看著，看著看著，我心裡就想，剛才買杯子的那種喜悅哪裡來的？現在看杯子碎片被人收走的這種悲傷哪裡來的？

這個為我而生的玻璃杯，它碎得連它媽都看不出來了，但它沒有白白犧牲，它讓我看清了自己，它救下了我。

我跟店員說：「這玻璃碴能給我打包嗎？」

店員愣住了，他說：「這都碎成這樣了……」

我說：「碎成這樣也是我的，給我包起來，謝謝！」

店員說：「如果您特別喜歡，我可以和老闆說一聲，看看能不能訂做一個，不過價錢可能會更高一些。」

我舉著大拇指說：「太好了，價錢不是問題，但還是請你幫我把玻璃碴包起來！」

店員拿著一個袋子進去包玻璃碴了，我一看電話，是陳鵬。我心想，正巧還要找你呢。

我費力給他回電話，他問我：「怎、怎麼樣了？下午那場比賽快開始了。」

我說：「陳鵬，對不起，我覺得你這樣的生活沒有什麼不好，但是我不適合。我剛才在一個杯子上得到的喜悅，在遊戲裡根本得不到，所以我也心甘情願付出相應的代價，心甘情願為它失控，為它節外生枝。不好意思，我得去冒險了。」

陳鵬沉默了一會兒說：「妳、妳不是去看板機指了嗎？怎、怎麼精神、神、神……」

我說：「對！你要說這是神給我的啟示也行，咱們以後還可以繼續當隊友，但結婚就算了吧。」

陳鵬又沉默了一會兒，說：「妳、妳、妳想好了嗎？」

我說：「雖然想的時間短了一點，但是想的品質是很高的。趁現在叔叔阿姨還沒有把聘金給我，還是趁早和他倆說一聲吧。」

陳鵬說：「好、好吧，那、那我去比賽了，又、又得去相親了。」

掛了電話，我一身輕鬆，輕鬆得都快起飛了，幸好玻璃碴包好了，店員往我手腕上一掛，又給我墜了下來。

我拎著玻璃碴去找馬琳，蹦蹦躂躂地進了她的店。我說：「馬琳，我有一樣東西想跟妳分享一下。」

馬琳看了看我，說：「啥？」

我把袋子打開給她看，一袋子的玻璃碴。

我說：「馬琳，我今天做了一個重大的決定，我退婚了，我不結了。」

馬琳看了看我，又看了看玻璃碴。

她說：「這都是什麼呀？妳是不是瘋了？」

我說：「我沒瘋！這都是我重拾的夢想！」

她說：「妳的夢想稀碎。」

我說：「它的狀態雖然是稀碎的，但是它的精神是完整又堅定的。」

馬琳說：「妳怎麼說話語無倫次的呢？妳老實告訴我，那個長得像熊貓一樣的小胖子是不是欺負妳了？妳等著，我這就叫那幫小混混去，看老娘怎麼弄死他！」

馬琳說著就拿起手機，我趕緊按住，愉快地告訴了她剛才發生的一切。

馬琳說：「嗯，妳這事做得挺好，讓我省了不少心。」

我說：「妳那事怎麼樣了，有什麼進展？」

馬琳回頭和同事說她去趟洗手間，然後把我領到一個偏僻的角落，又向四周張望了一下，才說：「我那事已經和程淺說好了，隨他便，讓他選。」

我說：「馬琳，妳是不是傻啊，妳怎麼還把自己的老公往別人懷裡推？」

馬琳說：「我沒有啊，他要是真的愛我，我怎麼可能推得動他？」

我說：「你們上次卡住的那個問題還沒解決嗎？」

馬琳說：「那個問題解決了，但是又有了新問題。」

我說：「什麼新問題？」

馬琳說：「吳映真，我給妳梳理一遍。現在的問題是，我不信程淺沒和那女的睡，但是我因為愛他，可以原諒他睡了那女的；程淺也一樣不信我沒和那個客戶睡，但是他因為愛我也可以原諒我睡了那個客戶。那麼問題來了，我不能原諒他不信任我，他也不能原諒我不信任他。妳看，又卡住了。」

我說：「我不明白，我就覺得這都是你倆之前作的孽。但凡之前少折騰一點，現在也不會落個誰也不信誰的下場。而且妳這樣晾著他們，小心這期間兩個人真的睡了。」

馬琳說：「睡就睡，反正我也不信他倆沒睡過，反正我這次肯定是清白的！」

我說：「馬琳，妳挺聰明的人，妳說你們這麼多年感情多不容易，怎麼就不知道珍惜？妳就找死吧，早晚後悔。」

馬琳說：「我不後悔啊，我讓程淺慢慢想，是我還是她。選她也沒有關係，我說過了，他有更好的選擇，我不攔著。」

我看著我的好朋友，想一眼望到她的童年，然後再在她成長的時間線上一點點往後捋，看看到底是哪裡出現了問題，才能讓她變成今天這副找打的樣子。

我說：「馬琳，妳可真是……」

我真是不知道怎麼形容她了。

馬琳突然湊近我說：「吳映真妳看，我的愛多偉大，可以和母愛相提並論了吧。」

她的臉在我眼前，我的鼻腔裡都是她臉上掉下來的粉，混合著她的香水味，刺激著我的大腦。

我說：「我明白了馬琳，我明白了。」

馬琳斜著眼睛問我：「妳明白什麼了？」

我說：「妳呀，妳就是想讓程淺承認這世界上誰都不如妳好，妳想讓他跪下來求妳，說他離開妳能死，像以前那樣，求原諒的程序、程度一分都不能減，甚至必須更多。可是妳就比人家強了？妳就有理了？我跟妳講，馬琳，妳別一副老娘屌炸天的架子，人家程淺至少假出差以後又回來了。妳，我告訴妳，妳自己幾次了？心裡就沒點數嗎！」

馬琳有點急了，就好像在公共廁所裡，褲子都脫了，有個人不敲門，突然就把門給踹開了。她急了一會兒又漸漸平靜下來，又漸漸高冷起來，最後她說：「老娘就是屌炸天了。」

我說：「妳把我這袋玻璃碴吃了吧！真的，它把我都給拯救了，它肯定也能救妳。」

馬琳說：「妳怎麼辦呢？妳親手掐斷了所有的路，然後妳現在又想做設計師了。妳還說我傻，我看就妳最傻。」

我說：「行行行，都傻都傻！」

從馬琳那兒回來，我拎著一袋玻璃碴回家。

我媽正在洗手，看見我，問我：「妳買什麼了？」

我說：「買了個自己特別喜歡的杯子。」

我媽說：「給我看看。」

我說：「碎了，我把碎片都拿回來了。」

我媽看了看我，說：「就這麼喜歡？」

我說：「嗯，很久沒有這麼喜歡過了。」

我媽把水停了，擦手，說：「剛才妳老姨給我打電話了……」

我說：「對不起了……媽……我又給妳丟人了……」

我媽低頭嘆了口氣，然後又抬頭看著我，說：「沒事。以後，妳喜歡就好。妳喜歡，我就喜歡；妳不喜歡，我也不喜歡。」

我抱著我媽就哭了。

我媽說：「妳都多大了？還這樣。」

我邊哭邊說：「媽，妳知不知道，不能隨便問女孩子年齡的！不禮貌！」

晚上陪我媽看電視，吃西瓜，電視上播放一條新聞，旅居海外的雄性熊貓寶寶鵬鵬已經一歲了，今日首次在遊客面前亮相，非常受歡迎。

我咬了一口西瓜，說：「媽，妳看熊貓生活多好，每天除了吃和睡就是玩，有那麼多專人照顧他，還住豪宅，又漂亮又大又高科技，有這個條件，誰還願意出去野生啊？」

我媽說：「這都是命。」

我樂了，說：「媽，妳這話和我最近認識的一個人說話挺像。」

我媽問：「誰啊？」

我說：「就我上次說拿妳包的餃子送禮的那個，他說特別好吃。」

我媽想了想說：「就妳上次說和找工作有關係的那個？」

一提工作，我突然想起一個人來。也許他就是我的未來之路。

第二天，我洗乾淨了自己去許諾的公司找他。他沒在，我等了老半天才回來。見著我，他還挺驚訝，問：「吳映真，妳怎麼來了？」

我嘿嘿嘿地滿臉堆笑說：「我是來找許總求工作的。」

許諾說：「工作？我們現在不缺人啊。」

他示意我坐在對面，然後又吩咐祕書給我倒飲料。

他問我：「要橙汁還是葡萄汁？」

我說：「我想摻在一起喝，這樣營養會更均衡。」

許諾點頭，祕書去照辦，我看著小祕書的背影，覺得這女生人真好。

我轉過頭說：「我記得上次來的時候許總還身兼數職呢，現在連專門端茶倒水的小祕書都有了，怎麼能不缺人才呢？」

許諾笑了，露出了他的小酒窩。他說：「妳來我們這兒做企劃可以。」

我說：「我想直接做設計師。」

許諾看了看我堅定的眼神說：「盧本邦都留不下妳，妳跑我這裡來？」

我說：「許總，我就是帶著盧本邦的先進理念來投奔您的。」

許諾哈哈大笑，他說：「所以我就一定得要妳？」

我說：「許總，請給個機會。」

許諾說：「那妳得展示一下妳的本事，咱們一碼是一碼，我這廟太小，不留閒人。這樣吧，我這裡有個新案子，妳說說妳的想法。」

等許諾講完，我想了想，然後結合了一下我在盧本邦用灑咖啡換來的設計理念再加上我的想法，給許諾當場出了一套設計草案。我看出來許諾的眼睛亮了，一閃一閃的，我挺開心。原來所有的努力都不會白費，不一定在什麼時候就會派上用場。

等我都講完，許諾說：「妳再說詳細點。」
我說：「不說了，除非你留我。」
許諾說：「留下可以，沒工資。」
我忍了忍說：「沒工資可以，但必須有分成。」
許諾說：「有分成可以，但必須三個月以後。」
我又忍了忍，說：「三個月以後可以，但必須包飯。」
許諾說：「包飯可以，只包午飯，加班不管。」
我忍了忍又忍了忍，心想，這個機會，我怎麼也得弄到手。
我說：「加班不包飯可以，你得說話算數。」
許諾又露出兩個小酒窩，說：「說話算數沒問題啊，做生意嘛，誠信經營。」
我說：「行，謝謝許總給我機會。」
許諾說：「走吧，我請妳吃午飯。」
我說：「今天就開始包飯了？」
許諾說：「以朋友的身分請妳。」
我說：「您還拿我當朋友？」
許諾說：「一碼是一碼，事還得好好做。」

雖然說好前三個月連分成都沒給我，但是許諾對我還是不錯的，大客戶讓我跟著，小客戶讓我直接上，我們員工加班的時候他也在加班，所以即使他說晚上不包飯，但他從來都沒有餓過我一頓，而且從頭到尾都沒有和我提過一句楊照，挺夠意思。

不過更夠意思的是，一個半月以後，他找我去他辦公室，和我說，不用等三個月那麼久，下一單生意就可以開始給我分成。

我挺激動也挺感激，這一個半月以來，雖然每天都很辛苦，但我又漸漸活過來了，漸漸又是吳映真了。

而且有可能會成為更好的吳映真，那麼未來又是可以期待的未來了。

許諾說：「還有個事。」

我說：「啥事？」

許諾說：「我要結婚了。」

我說：「恭喜啊許總！」

我嘴上說恭喜，心裡想的卻是：還一分錢都沒給我，就想管我要禮金，果然是奸商，激動和感激什麼的還得先放一放。

許諾說：「婚禮團隊是我老婆找的，妳得幫我和婚禮顧問對一下。」

我說：「這都沒問題，老闆的婚禮就是我的婚禮，我一定全力以赴，只要別讓我在婚禮當天看倉庫就行。之前失誤過一次，現在有陰影。」

許諾說：「妳……妳這個話聽著雖然有點奇怪，但是態度是好的。」
我說：「我想表達的就是這個態度。」

42 楊照回來了（上）

距離婚禮還有三天，在核對客人名單的時候，我發現了一個熟悉的名字。

我定睛一看，呦，這不是我前男友嗎？

他的名字下面畫了一條線，我看還有幾個人的名字下面也畫了線，我就問那個婚禮顧問，這個畫線的是什麼意思？

婚禮顧問說：「就是這幾個人要最終確認一下，因為他們不一定能來，如果不來就劃掉；如果到現在還是不一定能來，就給他們安排到靠後的位置去。」

我說：「這個誰來核對？」

婚禮顧問說：「是誰的客人誰來核對。」

我問：「那我怎麼知道這都是誰的客人？」

婚禮顧問給了我其中的三頁，說：「第一頁是新郎的，第二頁是新郎媽媽的，第三頁是新郎爸爸的。」

我拿著這三頁紙去找許諾。許諾正跪在地上拆一個大包裹，看都沒看我，邊拆邊說：

「這事妳就辦了吧，我還忙呢。」

許諾一直是個挺正經的進步青年，可惜最近因為生意特別好，不缺錢，再加上要結婚了，所以有些鬆懈了。

他終於把包裝拆開，裡面是輛巨大的電動遙控車，非常漂亮，非常精緻，我看著都想玩。許諾卻一臉失望，拿起電話開始撥號，開口就說：「不是這個！這個是四驅車嗎？這個是遙控車！我想要四驅車，就是那種帶跑道的！」

他還真挺忙的他。

我說：「許總，爸爸媽媽的客人我可以負責去核對，您自己的客人還是您自己來吧。」

許諾沒說話，拿起遙控器開始擺弄這輛遙控車，車子發動起來，看起來更迷人了。

許諾這才看上我一眼，臉色由陰轉晴，說：「這車還行是不？」

我嘆了口氣，用手裡的筆把楊照的名字圈了起來，說：「許總，別人我都負責，就這個人麻煩請您親自去核對。」

車停了下來，許諾伸脖子看了看我畫的圓圈，說：「妳就幫我問了吧，反正他也不知道妳在我這兒工作，妳不說名字，他也聽不出來妳是誰。他有時候也挺傻的。」

我沒忍住，脫口而出。「是，你有時候也挺傻的。」

許諾抬頭看我，滿臉驚訝。

我趁他沒反應過來趕緊發作，我說：「許總，你現在給我分成我很開心，可是分成有了，活沒了，我最近一直在幫你忙婚禮呢！一直在不遺餘力、事無巨細、小心翼翼地忙你的婚禮呢許總！你就不能也為我考慮考慮！」

許諾眨了眨眼說：「妳說這話什麼意思啊？我以為這算是朋友幫忙啊。」

我說：「是朋友就別讓我給楊照打電話好嗎?!」

許諾說：「吳映真，我其實一直挺好奇的，你倆到底為什麼分手啊？」

我說：「他沒和你說過？」

許諾說：「沒有啊，他這次回去就跟逃跑似的。」

我說：「那我也不知道，他也沒和我細說。」

許諾看了看我，突然換了個話題。「妳剛才說我傻來著？」

我心想完了，他反應過來了。

我趕緊說：「我錯了老闆。」

許諾此時已經站起來了。他理了理衣服，開始擺起老闆的架子來。我想起小時候聽過的一句話，困難像彈簧，你弱它就強，此刻許諾就是我的困難。

許諾說：「晚了，哪有那麼和老闆說話的。」

我說：「老闆我錯了，我這就打電話去，您千萬別和我一般見識。」

許諾走到他的辦公桌後面坐下，全程都是一副嚴肅的表情，眼睛盯著我看，就像在盯著他的敵人。

辦公室裡瀰漫著一種緊張的氣氛，我迅速回想我和許諾接觸時的過程，雖然時間不長，但我也沒發現他是個易怒又小心眼的人啊？平時和他開玩笑他都挺隨和的，和別的同事也是，和我也是。

許諾在座位上看了我半天，才說：「妳……妳真有點過分了啊。」

我說：「我真的知道錯了許總！要不分成這事還是改成三個月以後吧。」

反正第一個月相當於白幹，第二個月一直在給人家準備婚禮，沒有工作，贈送第三個月也沒什麼。

許諾說：「這倒不用，妳把你倆為什麼分手告訴我就行。」

我嘆了口氣，說：「許總，您怎麼這麼八卦！」

許諾馬上指著我的鼻子說：「妳又罵我！妳罵我八卦，妳還想不想幹了！」

我說：「我要是知道您這麼關心這事，我當初就不來找您求工作了。」

許諾說：「我是楊照的朋友，妳來找我，就應該有思想準備。」

我說：「可是您一直都表現得很專業很高級啊！」

許諾說：「那當然了，我留下妳首先是要讓妳給我創造效益的，現在妳的本職工作做得還不錯，我當然要在這個基礎上爭取利益最大化了。」

我說：「我本職工作表現好還不行？」

許諾說：「我還希望妳更多元化，比如給我講講八卦什麼的。」

我說：「您可真是個令人佩服的生意人。」

許諾說：「謝謝，我隨我媽。」

我渾身上下都是委屈，小聲嘀咕。「那我可以不幹了。」

許諾冷笑了一聲，連酒窩都看起來陰險十足。他說：「妳現在走可不明智喔。」

我想了一想，盧本邦的錯誤我不能再犯第二次了。

我終於向我的困難徹底低頭，說：「行，我說——」

我剛說完「我說」，馬琳就給我打電話，說她要離婚了，現在正往民政局去呢，問我能不能過去一下。

我腦子嗡的一聲。

掛斷電話，我說：「許總，我想請假，我朋友離婚去了，我得過去一趟。」

許諾說：「她離婚妳過去幹嘛？跟她結婚去？」

我眼圈都紅了，開了開口，又不知道要怎麼和他表達，乾脆丟給他一句「先不和你說了」，直接走掉。

搭車去民政局的路上，我覺得很生氣，那麼生氣，氣馬琳怎麼就那麼硬，怎麼就不肯服個軟，終於把自己送上了民政局這條不歸路。

到了民政局，我先看到了馬琳。我紅著眼圈指著她罵。「妳行！妳是硬漢！妳比純爺們還純！」

馬琳看著我倒是挺平靜，她說：「妳哭什麼，進去吧。」

我一進去，傻眼了，我看到程淺身邊站著個女孩。不得不說，這女孩還真和程淺挺配的。我本來還想勸勸程淺，看這架勢，也沒什麼勸的必要了，只能直接罵了。

我說：「程淺，你他媽想幹什麼?!離個婚你還把小三帶來了，你前腳離後腳就想登記是怎麼著?!」

程淺對那女孩說：「要不妳先回去吧，妳在這裡真的不好。」

女孩說：「我在後面等你。」

女孩走到最後一排的座位上，我和馬琳、程淺坐在第一排等著叫號。

我一邊哭一邊等，一邊哭一邊等。他倆沒話也沒哭，也沒勸我別哭。我看馬琳今天特別冷靜，程淺的表情倒是像個要離婚的樣子，特別難看。

倒是旁邊一個大媽勸我說：「小姐，妳別哭了，妳還年輕，離了就離了唄，還能再找個更好的。」

我哭著對大媽說：「阿姨，不是我離婚，我還沒結婚呢！」

大媽說：「喲，還沒結婚就哭成這樣，妳是不是有人強迫的，不行阿姨帶妳找婦聯會去，那邊阿姨熟。」

我說：「謝謝阿姨，但我還沒男朋友呢，嗚嗚嗚……」

大媽說：「喲，那妳來幹什麼？」

我還沒接話，這邊已經叫號了。

我哭得更嚴重，和大媽告別的時候，大媽的表情非常複雜，好像這麼大年紀覺得自己活明白了，但今天遇見了我，她才發現並沒有。辦業務的是個中年大叔，看大叔的樣子才是真正地活明白了。他看到我們的狀態，臉上一點波瀾都沒有。

大叔問：「你們倆想好沒有啊？」

程淺說：「馬琳，妳可想好。」

馬琳說：「沒事，程淺，我們倆這麼多年，一直在打打鬧鬧，從來沒停過，這其實就是不合適的表現。你有更合適的，我祝福你。」

程淺聽了馬琳的話，彷彿一直在忍著，很努力忍地著，是忍著哭還是忍著打她，我也沒看明白。終於，他說：「行，反正妳肯定能找到比我更合適的。」

聽見他倆這麼說，大叔開始辦手續。簽字之前，大叔又多了一句嘴，說：「你們倆可想好了？」

程淺看著挺沉重，握著筆的手指都發白。

馬琳倒還輕鬆，握著筆，想了想，轉過頭笑著問程淺。「以後咱們還能聯絡嗎？」

程淺還沒說話，後面那女生倒開口了。「不能。」

哎？她什麼時候跑前面來的？

馬琳看了看她，笑了笑，又點了點頭，轉過頭想接著簽字。她落了筆，卻沒寫出一畫來，彷彿她的靈魂已經駕鶴西去了，就剩個空殼在這兒，下一秒就會倒。

結果她沒倒，筆先倒了。

馬琳說：「不對。」

包括民政局的大叔在內，我們都愣住了。

馬琳說：「不對，人家兒子娶媳婦了，媽媽都可以經常聯絡的，為什麼我不能聯絡？」

我心想，完了，可別是瘋了。

我輕聲說：「馬琳，妳說什麼呢？」

馬琳沒回答我，站了起來，她的眼淚跟下雨似的。她說：「不行程淺，離婚可以，但我不能見不著你。」

那女孩突然衝過來說：「妳什麼意思啊？」

馬琳沒搭理那女孩，嘴巴一咧，哭著說：「真的不行，真的不行……」

馬琳嚎啕大哭，哭得站都站不住。從小一起長這麼大，我就沒見過這女的哭成這樣。我趕緊貼過去摟住她的腰，怕她摔地上。

那女孩不知道為什麼也走過來，拽著她的領子往上提，不知道是不是也怕她摔倒，一邊提還一邊問：「妳什麼意思啊！都到這兒了妳什麼意思?!」

我看馬琳不是很舒服，就騰出一隻手去扯那女孩，女孩也不放手，馬琳的身體卻越來越沉，我也撤不了手。

全民政局的人都默默地掏出了手機。

我聽見有人說：「這男的看著挺一般的啊，怎麼有三個女的為他打成這樣。」

我聽見有人答：「不知道，大概是天賦異稟吧。」

我大喊：「程淺，你幹嘛呢?!還不快過來幫忙！」

程淺好像才反應過來，扔了筆就撲了過來。就在這千鈞一髮的時刻，我機智地放開抓著馬琳的手，雙手抱住那個女孩的腰。

馬琳重重地摔在地上，撲通一聲，我聽著都疼。但我這麼做無疑是正確的，我看到程淺連忙跪在地上，緊緊地抱住馬琳，我也緊緊地抱住了那女孩的腰，防止她過去搞破壞。

那女生的力氣可真大，我拚盡了全力，心裡想：馬琳，摔這一下很值吧！

我聽見馬琳邊哭邊說：「對不起，對不起……我以後再也不這樣了，我不能看不著你。」

程淺也哭了，他說：「不離了不離了，咱們回家。」

我心想，人啊，有時候就是賤，到了最後一步，才知道自己幾斤幾兩。

他倆就這麼互相攙扶著走了，那女孩也哭了，她哭我就心軟了，可再心軟我也沒放開她，直到馬琳和程淺的計程車開遠。

我直喘，說：「小姐，剛才對不住啊，但妳也不能怨我，畢竟他倆剛才簽字的時候我也沒攔著，是他倆自己不簽的。」

那女孩還是哭。

我說：「妳別哭了，我請妳去對面的粥鋪喝口粥緩一緩。妳現在全是情緒，也想不明白什麼，妳得冷靜冷靜。」

我想我就儘量拖延時間吧，對誰都好。

她被我拉去港式飲茶，剛開始還跟我拗著，後來估計也是太累了，就服從了。我點了特別豐盛的一桌，中午沒吃飯，體力消耗又大，我也得補補。

她先是不吃，後來也吃了，因為這家店太好吃了。

我說：「小姐，看妳挺漂亮的，又年輕，聽說家裡條件也很好，幹嘛非得和程淺呢，他看著多傻啊！」

女孩沒說話。我說：「其實我覺得妳這人還是不錯的，畢竟妳不是為了錢喜歡程淺的。他也沒啥大本事，長得也就那樣，還有老婆，妳就是愛錯了人。年輕人嘛，誰沒有犯錯的時候，改了就好了。」

她還是沒說話。

我看了看她的樣子，想起一個人來。

我說：「小姐，妳喜歡吃烤串不？」

她仍然沒說話。

我說：「我知道有一家串店特別好吃，叫西馬串店，每天都要排很長的隊。不過妳要去，可以和他們老闆提我的名字，不用排隊。他們老闆特別帥，還沒有女朋友。哦對了，我叫吳映真。」

她還是不說話。

她不說話我也沒辦法了，幫人只能幫到這裡了。

43 楊照回來了（下）

因為我下午跑得很擅自，所以我這邊一結束就主動去找許諾道歉。

結果他下午三點多就離開公司了。我給他打電話，他說他在酒店招待朋友呢，都是來參加婚禮的，讓我去酒店找他。

我說：「許總，這樣不好吧，您有朋友在。」

許諾說：「妳工作還沒做完呢，我不看著妳，妳更不幹活了。」

我去酒店找他，才知道他訂了一間特別大的套房，他的朋友們都在裡面穿著睡衣開派對呢。許諾也穿了一件睡衣，上面有個大大的粉紅豹。

他給我開門，我說：「許總，您這一件可真……夠……美的！」

我本來想說騷浪，怕他又說我罵他，快結婚的男人可真玻璃心。

許諾說：「進來吧。吃飯了嗎？」

他喝了酒，臉上泛著紅。

我說：「吃了，這兒有點吵，要不我還是回去打電話吧。」

許諾說：「那邊有個小房間，沒人，去那兒打。」

許諾指了指那扇門，然後把手機給我，說：「妳先給別人打，八點多的時候再打給楊照，他那時候應該已經起床了。」

許諾走了，我就開始打電話，都還挺順利，來不了的和確定不能來的我都標上了，就剩楊照一個。

我看了看時間，七點五十分，他那兒也是七點五十分，只不過我是晚上，他是早上。

許諾走進來，給我帶了點零食，問我怎麼樣了。我把情況和他一一說明；他說行，明天讓婚禮顧問照這個安排一下，我說嗯。

許諾說：「吃點不？」

我說：「不吃了。」

許諾兩隻手指挾了薯片放在嘴裡說：「快八點了，他應該醒了。」

我說：「要不許總還是你打吧。」

許諾一仰頭，用鼻孔看我，他說：「咱們白天發生什麼事來著？」

我說：「知道了，我打。」

許諾說：「妳可以用酒店的電話。」

他指了指床頭櫃上的電話。

我在給他打電話之前用了好幾個聲調，試了幾次，最後挑出來一個最不像我的。可是最不像我的那個聲調太卡通了，有點開不了口，一開口就想笑，所以我用了第二不像的。

電話通了，我說：「喂，您好，請問是楊先生嗎？」

楊照在那邊沉默了三秒，然後他說：「吳映真。」

我趕緊掛斷，手裡全是汗。

許諾靠在床邊的沙發上，一副懶洋洋的樣子，說：「真的假的，他竟然聽出來了？」又說：「妳等著，我去試試。」

說著走了出去，沒一分鐘又回來，手裡拿著另一部手機，重新坐在沙發上打電話。

他用自己的聲音說：「喂，您好，請問是楊先生嗎？」

楊照說：「我是，請問你是哪位？」

雖然聲音很小，但是我聽到了。

許諾也立刻掛斷了電話，把電話往床上一拋，說：「愛來不來，生氣。」

看來許總今天很明顯是喝多了。

他呆坐在那裡，不知道在想什麼。

我站了起來，小聲說：「許總……那……我就先走了……」

許諾說：「妳走什麼？妳還沒給我講呢，現在我更想聽了。」

我說：「我有空再和您細說吧，現在您的朋友們都在呢，您還是陪他們吧。」

許諾說：「他們玩得挺好，我朋友都很隨意的，妳講吧。」

他又開始吃薯片，我嘆了口氣，盤腿坐在床上，說：「有一個女的，她叫 Eve，她養了一隻柯基犬。」

我看著許諾。許諾看著我，說：「然後呢？」

我說：「你認識那個女人和狗嗎？」

許諾說：「妳是說 Eve 和楊敏霓？」

我當時就驚呆了，忍不住問：「我的天，你竟然認識？」

許諾也驚呆了。他說：「妳不知道？所以，你們就因為這個分手?!」

他低頭想了想，接下來又點頭笑了，好像這時候有個聲音把他說通了一樣，自言自語道：「也對，這是他的風格……」

一個美女走了進來，手裡握著半瓶洋酒，穿著神力女超人圖案的睡衣。她說：「許諾你在這兒幹什麼呢，還不把手機還給我。」

許諾說：「手機給妳可以，妳把酒留下。」

許諾接過酒，指了指剛才扔在床上的手機，我趕緊雙手奉上。

「神力女超人」走了以後，許諾隔空灌了自己一口酒，然後遞給我，我想了想，接過來，也隔空灌了一口。

我說：「有一次碰見他們在一起，楊照什麼都沒解釋，什麼都沒說。後來他跟我打電話告別的時候已經在機場了，然後就走了，沒了。」

許諾接過酒瓶，說：「本來他不喜歡別人說這件事，而且這件事他都沒有告訴妳，我就更不應該告訴妳了，畢竟這是你們倆的事。但是！」

他又灌了一口酒，說：「他今天得罪我了！他竟然聽不出來我的聲音，那我就必須報復他一下！」

我接過酒瓶說：「你要幹啥？」

許諾看著我說：「楊照有憂鬱症，這個他肯定沒和妳說過吧？」

我酒瓶都拿不住了，舉起瓶子喝酒的時候，才發現手在抖。

許諾說：「那時候在美國，他公司開得正好的時候得了憂鬱症，挺嚴重的。後來實在挺不過去了，就把公司給賣了，跑到中國來教書。這也是 Eve 給他出的主意，說讓他換個安逸一點的環境，興許會有好處。他媽媽是那個學校畢業的，所以建議他來這裡；而且他小時候也在這裡生活過，這裡也有我，各方面都比較適合，他就回來了。」

我聽見許諾這麼說，心裡特別疼。我換了個姿勢，抱著腿，讓大腿儘量幫我捂住心臟，因為我大腿上的肉最為肥厚，這樣多少能緩解一些疼痛。

許諾接著說：「Eve 是他的心理諮商師，楊敏霓是 Eve 的狗。」

我問：「Eve 的狗為什麼姓楊？」

許諾說：「這個我也不知道，Eve 是個猶太人，不過聽說她最近嫁到中國來了。那個楊敏霓，聽說也是條老狗了。」

許諾突然轉頭。「那隻狗姓不姓楊很重要嗎？反正也不可能是他倆愛情的結晶。」

許諾說完，我不知為什麼，突然覺得自己有那麼一絲絲猥瑣。

許諾說：「不過楊照對那隻狗啊，可真是特別特別地喜歡，每次治療的時候，那隻狗都必須在場。有一陣子楊照還把狗借到他們家去養，我有時候過去，他開門都抱著，對我不笑對牠笑。我就這麼跟妳說吧，他喜歡那隻狗就跟喜歡妳一樣。」

我連忙說：「不不不，我比不了楊敏霓，我是牠的手下敗將。」

楊照又喝了一口酒。「真的，楊照是真的很喜歡妳，所以妳說他直接就走了，我覺得，應該還是有點別的原因。」

我說：「什麼原因？」

許諾說：「這我哪裡知道，妳問他去。」

我說：「其實我特別受不了他什麼事都不和我說，包括他是我小學同學，包括讓我去參加比賽，讓我進盧本邦，還有他的憂鬱症。他這樣讓我覺得特別累。你說，我和楊敏霓能一樣嗎？我們雖然都很招人喜歡，但我們是同一種生物嗎？」

許諾嫌棄地看了我一眼，然後又正經起來，說：「楊照這人的性格有問題。上學的時候，我們去他家吃飯，他說給我們做幾道菜。他做菜，從頭到尾把廚房門一關，誰也不讓進，誰也不讓幫忙；兩個小時了，他端出四道菜出來，每一道都又好吃又漂亮。但他也不是藏著掖著他的菜譜，我問他，他都告訴我，還把那些很細節的注意事項也告訴我。其實這些菜他之前都沒做過，妳想想，怎麼能這麼完美？我猜他不一定在廚房做了多少遍，不好吃就重新做，直到好吃好看為止。他就喜歡把最好的送到妳面前，不好的地方，他都自己挺著。就他這種人，不得憂鬱症才怪。」

我又心疼了，心疼我的前男友，想想我也是挺賤。

最後許諾有沒有給楊照打電話我也不知道，他到底來不來我也不知道，反正我把之前確認好的和婚禮顧問交代完以後就不負責這項工作了。許諾交給我一個更棘手的工作，他的伴郎團準備了一個舞蹈，他也要參與，但是他沒什麼時間排練，就讓我代替他走位。

我說：「許總，你要不就別跳了，反正你也沒什麼時間排練，你最近又忙又累。」

許諾說：「那可不行，這個舞我是C位。」

我說：「你全程都是C位好嗎?!」

許諾聳聳肩說：「還有我老婆呢，有她我怎麼可能是C位，所以這個舞蹈對我很重要。」

行，我無話可說。

婚禮那天，我穿了上次許諾買給我的那條裙子——其實是楊照花的錢。我目前最拿得出手的一條裙子，我出門前照鏡子的時候，心裡不是沒有期待。

新郎看見我，竟然嫌棄，說：「妳怎麼又穿這條裙子，這麼重要的場合妳就不能再買一條新的？」

他真是站著說話不腰疼。

我說：「不好意思，許總，我之前忘了向你申請我的治裝費了。」

他終於閉嘴了。

整個婚禮我都忙得要死，我本來還想看看楊照到底來沒來，可是我發現根本沒有這個時間，我連看婚禮的時間都沒有。

等到我終於有時間坐一會兒，賓客都走得差不多了。我抬頭張望了一圈，心想，如果楊照真的來了，以他那個性格，應該早就走了吧。

這時候，那個婚禮顧問走過來，手裡拿著一部手機。她說：「吳姊，我在那桌上發現的。」指了指左側其中一個桌子。「那一桌應該是吳總的客人，妳先收著吧。」

她遞給我，我一看，手機殼有點眼熟。

我猛地想起來，趕緊把手機殼扒下來看裡面。

裡面寫著：待吳映真高中狀元後，一定會娶楊朝夕回家過日子！

我身體裡的所有血液形成了一個大浪，拍打我的皮囊，濺出眼淚來。

44 穿過大半個城市去睡你

婚禮顧問嚇了一跳，她問：「吳姊妳怎麼啦？」

我趴在桌子上悶聲喊：「太累了，結婚真是太累了！我再也不參加婚禮了！我自己也不辦！到時候讓他們給我微信轉禮金，我給他們快遞禮物得了！」

趴了一會兒我才想起，我不能這樣，妝都花了，萬一楊照一會兒回來找手機，看到我這樣可怎麼辦，我趕緊忍住巨大的悲傷去廁所補妝。

又過了一陣子，就只剩下我們幾個工作人員收尾了，等到大家都準備撤了，楊照也沒回來找手機。我不知道他看沒看到我，也不知道他知不知道我現在在許諾手下工作，我甚至懷疑他是故意把手機落下來的，就是為了把手機殼還給我，反正這個手機也不值什麼錢。

婚禮顧問喊我。「吳姊，妳走不走？」

我說：「你們先走吧，我再去上個廁所。」

等我從廁所出來，會場就剩我一個人了，我想那我也走吧，我不走，一會兒這裡的工作人員也得讓我走了。

我走到門口的時候，低頭過門檻，一抬頭，就看見楊照了。

他看起來有點急，瘦了，但還是很好看。我這樣看著他，所有複雜的情緒都生了出來，但它們都自覺地靠邊站，只剩下心疼。

他的呼吸慢慢平復下來，他看我的臉，看裙子，看腿，看鞋子。他叫我。「吳映真。」

我就笑了。我叫他。「楊照。」

他也笑。我得承認，我很久沒見到他笑了，確實想念得不行。

我說：「你來找手機的吧？」

我把手機遞給他。他接過來，用食指蹭了蹭手機殼上一處髒了的地方，才抬頭說：「謝謝啊，還好被妳撿到了。」

我說：「也不是被我撿到了，是被婚禮顧問撿到的，放在我這兒了。」

他看著我，我知道他想說什麼。

我說：「許諾現在是我老闆，我在他手下已經做了兩個月了，做設計師。」

楊照點點頭，然後好像又想到什麼，又點點頭。他看起來很平和的一張臉，其實嘴角在微笑，我不知道他知不知道。

我們擋了別人的去路，往旁邊靠了靠。楊照說：「我們……去吃個飯吧。」

我笑著說：「你不是剛吃過。」

楊照也笑，說：「那妳去哪兒，我送妳吧？」

我說：「我回家。」

我又坐上了楊照的車，他沒開導航，也沒說話。

我問：「這次回來你要待多久？」

他說：「就這幾天吧，還沒訂機票。」

我又問：「那你住哪兒？還住那個房子嗎？」

楊照看了我一眼，說：「對，還住那裡。」

我想起了我還有一把他們家的鑰匙呢，我想和他說還給他，又怕他其實早就已經忘了這件事，那我是不是多此一舉。琢磨來琢磨去，最終還是沒說。

到了家，我下車，楊照也跟著下來，我說：「謝謝你送我回來。」

楊照說：「客氣什麼。」

我們又站了一會兒，但始終不能站太久，因為我家社區門口車太多了。

等楊照的車子真的開走了，我開始回想我們剛才相遇以後的全部。我想我沒和前男友偶遇過，人生第一次，我有沒有什麼瑕疵？有沒有表現不好？有沒有說錯什麼話或是做錯什麼事？我一點一點地回想，就像電影在我面前一幀一幀地放映，好像一旦發現有一點不滿意，就會後悔一輩子。

回想了兩遍，我才發現自己弄錯了一個概念——我不是和前男友偶遇，我分明是在和喜歡的人偶遇。

那麼我剛才是在幹什麼？裝什麼裝？緊張什麼緊張？矜持什麼矜持？不行，剛才根本就不是我，那麼一切都不算，我要重新見他一次。

我趕緊上樓，找楊照之前給我媽的鑰匙。

我媽說：「妳找什麼呢？」

我說：「媽，妳還記得楊照吧？」

我媽沒說話，我說：「他之前放在這兒一把鑰匙，妳知道在哪兒嗎？我想還給他。」

我媽看我找得這麼興奮，表情卻凝重了起來。她坐在沙發上一言不發地看著我，我又在她面前找了一會兒才發現。我停下，說：「媽，怎麼了？」

我媽說：「他回來了？」

我說：「是啊，回來參加我老闆的婚禮。」

我媽點點頭，說：「他和妳說過嗎？」

我問：「說過什麼？」

我媽說：「他有憂鬱症。」

我愣在那裡，想了想，又問：「媽，這件事妳怎麼知道？」

我媽也想了想，問我：「他剛跟妳說的？」

我們倆看著對方，誰也沒說話。

後來還是我媽先開口的。她說：「上次妳在醫院，楊照來過，他和我說的。」

應該就是我在地鐵裡把凳子坐塌的那次。我現在明白楊照上次為什麼直接走掉了，不過我有點生氣，他有病這件事不和我說，倒和我媽說了。

我媽說：「真真，我沒別的意思，我上次那麼做也是為妳好，我希望妳不要怨媽媽。」

我媽雖然還是坐在沙發上，但看起來彷彿比剛才更小了一圈，像在幼稚園裡等待母親來接她回家的孩子，用委屈而期盼的眼神看著我。

我趕緊走過去，握住她的手，就像我小時候她握住我的手一樣。我媽之前所給我過的溫暖和力量，我希望現在她也同樣能感受到。

我媽說：「我就是想提醒妳，憂鬱症是治不好的，他不一定什麼時候就會發病，我怕他的情緒會拖垮妳。或者像妳爸一樣，跟我說他想吃紅燒魚，我去給他買，回來就看見他吃了安眠藥。妳還小，我能怎麼辦，我只能告訴妳我們離婚了，妳爸當船長出海了。」

這是我媽第一次在我面前主動提到我爸。

我從來都不會問我媽關於我爸的事，雖然我越長大越覺得我爸當船長這事很扯，但從我爸消失的那一天，我就明白一件事：關於我爸，我媽不多說，我絕不多問。她現在告訴我，我很感激她，她之前瞞著我，我也很感激她。我知道，無論是現在說出來，還是之前瞞起來，對我媽來說，都是特別不容易的事。

我媽還是哭了。這麼多年，她在我面前哭的次數不超過五次，還得算上這次。

她說：「我只是不想讓妳像我這樣……」

我心裡非常疼，可我還是想到，在瞞著不說這件事情上，我媽和楊照應該還是挺有共同語言的。

我抱住我媽，她在我懷裡哭了一會兒，後來睡著了。晚上七點多她醒了，然後她就又是那個勤勞、勇敢、理性、智慧、熱愛生活的我媽了。

她出現在廚房門口的時候，我正在準備給她熬粥。我說：「媽，妳是不餓醒了？」

我媽說：「妳怎不放小米？」

我說：「為啥要放小米，我不喜歡。」

我媽說：「我喜歡，反正妳也不吃。」

我說：「我怎麼不吃，我吃啊我。」

我媽拿出楊照家的鑰匙，說：「妳把小米放進去，我跟妳吃不到一塊去。」

我又想哭。我說：「妳真給我？」

我媽說：「我之前表過態了，妳喜歡，我就喜歡，只要妳想好。」

我把小米放進去，說：「放了小米還得再熬一陣子，不著急，妳也得容我想一想。」

後來，我還是陪我媽吃完這頓粥才走的，走的時候特意穿了楊照給我買的那條裙子。

我坐在計程車上的時候就想，如何能夠高效、快速地認清我和楊照的關係？想來想去，只想到了睡覺這一種辦法。其實也不用這麼冠冕堂皇地安慰自己，我就是單純地想睡他，就算他最後還是要回美國，那也得讓老娘睡過了才能走。戀愛一場，就這麼放過他真是太便宜他了。

既然已經這樣決定了，那我就要勇敢一點。怎麼勇敢呢？我下了車，看了看街邊的二十四小時便利店，決定進去買盒保險套，給自己壯壯膽。

平時我並沒有注意過這些東西，今天我才發現，花樣真多。

便利店裡只有一個小夥子在收銀台玩手機，保險套又都擺在收銀台附近，而我，是現在店裡唯一的顧客。我挑，還不敢明目張膽地挑，只能鬼鬼祟祟地挑，假裝買別的東西，然後時不時地看上兩、三眼，結果引來了小夥子更多的關注。

他終於忍不住問我：「姊，妳想買什麼？」

我說：「我想……買點……糖……」

糖和保險套放置的位置相鄰，反正都在收銀台的附近。

他指了指收銀台下面的展位說：「糖都在這兒呢。」

我說：「好。」

我拿了個購物籃，然後一個一個地往裡面裝糖，並假裝沒看出來，把手伸向了保險套。剛抓了一盒，小夥子就好心提醒我。「姊，這不是糖。」

我趕緊擺出一副不知情的樣子說：「嗯？這不是嗎？這包裝也太像了，花花綠綠的，我還以為是國外產的口香糖呢！」

小夥子憋著笑，什麼都沒說，想必在二十四小時便利店值大夜班的男孩，都是見過世面的男孩。

我說：「結……結帳吧！」

45 一起逛個動物園

到了楊照家門口，我又猶豫了，猶豫是該敲門還是該用鑰匙開門？後來想想，還是敲吧，萬一人家家裡有女人，那麼我用鑰匙開門，人家豈不是說不清了？可是這麼晚了，我帶著一袋糖來找他，這本身就很說不清了吧！

說不清就說不清吧。最近我也很是想得開，有些事情就是要主動一點的，你不主動，想要的東西也許就永遠都不是你的。

楊照給我開門的時候應該是剛洗過澡，頭髮濕漉漉的，散發著淡淡的迷人香氣。他非常驚訝，一看就沒想到我能在這個時候跑來找他。

他說：「妳怎麼來了？」

他皺著眉頭，側過身子讓我進去。我說：「我來你家作客啊。」

我晃了晃一袋的糖，說：「你看，我都沒空手來，講究吧。」

雖然他的臉上還掛著疑問，卻還是笑了，帶著一種他想要靠低頭遮掩掉的愉悅。

我說：「聽說吃糖能讓人心情好，讓人快樂，我在樓下的便利店買了好多種呢，你想吃哪個？」

我把塑膠袋裡的糖果一股腦兒地全倒在他的餐桌上，其中當然也有那盒保險套，都擺在那裡。

我說：「想吃哪個？」

楊照看了看那一桌子的糖，突然緊張起來。我知道他看見了，他緊張的樣子還真讓我心動。這應該是他沒有想到的局面，是由我來掌控。想到這裡，我就更心動了。

他看著我，小聲說：「吳映真，妳什麼意思？」

我沒搭理他，低著頭仔細挑選，然後拿出一盒巧克力，說：「這個應該不錯，你想吃巧克力嗎？」

我開始拆包裝。楊照一把搶過巧克力，把它又扔回桌子上，然後湊近我，盯著我，又問了一遍：「妳什麼意思？」

我能怕他嗎？我可是抱著必睡的決心來的。

我抬著頭，也盯著他看，說：「楊照，其實我今天是來給你送鑰匙的。」

說著我把鑰匙從口袋裡掏出來。楊照沒接，他低著頭抿著嘴唇，好像我給他的東西他根本就拿不到，在考慮怎麼拿。

我說：「拿著吧，這是我媽給我的，她讓我給你送過來。」

楊照慢慢抬頭看我，眼睛裡的光，好像兩塊石頭激烈碰撞出的火花。他的頭髮比我進門的時候要乾了一些，洗髮精的香氣更濃了。

我說：「是我媽讓我送過來的，你還不明白嗎？」

我真的怕他不明白，所以我說完又親了他的嘴唇，然後回到原位看著他。我想我已經夠明確了吧。他眼睛裡的光一下子明亮了起來，那種亮度，一寸接著一寸，能照到人心裡去。三秒鐘之後，他精準地抓住一堆糖果之中的小盒子，抱起我往臥室走去。

其實我來的時候還想到要不要問問馬琳或者吳西，這事怎麼弄，畢竟是我去睡他，不是他來睡我。後來我覺得，這實在是太羞恥了，根本沒法開口。但在被楊照抱進臥室之後，我才明白，是根本用不著。

半夜，我挺累，挺睏，楊照還在後面緊緊地抱住我，嘴唇在我的肩膀上蹭來蹭去。我真想就這麼睡過去，但是不行，我還有更重要的事情要做。

於是我掙開他走下床，穿上他剛才穿在身上的T恤，然後啪的一聲把燈打開。楊照被晃得猝不及防，本能地用被子遮住身體。

他柔聲問我：「怎麼了？」

我淡淡地說：「洗澡回家啊。」

楊照懶洋洋地伸手拉住我的手臂，說：「不行，不准走。」

我說：「不行啊，我都睡完你了還留在這兒幹嘛？」

楊照警覺地坐了起來，直起上身，問我：「妳什麼意思？」

我坐在床對面的小沙發上，蹺起一條腿說：「楊照，我就是想來睡你的，睡完了我就舒坦了，咱們就可以真的再見了。」

楊照看著我，似乎想透過我的話語、表情和蹺起的二郎腿來分析我此刻的心理活動。他看起來有點生氣，但也一直在忍。他從床上爬了起來，用被單裹住自己，走過來站在我面前說：「吳映真妳幹嘛？妳睡完我不想負責任？」

我說：「對呀，你傷了我一次，我上了你一次，公平。」

楊照掐著腰，呼了兩口粗氣，然後看著我，慢慢跪在我面前，這樣他才能平視著我。他說：「吳映真，妳別這樣行嗎？我……我錯了。」

我面無表情地問：「你錯哪裡了？」

他說：「我不該瞞著妳……」

我面無表情地問：「你瞞我什麼了？」

他說：「我有憂鬱症的事，阿姨……應該都和妳說了吧？她既然能讓妳來找我，就應該和妳說了……」

我面無表情地說：「可我想聽你說。」

楊照說：「對，我有憂鬱症，但是我現在的狀況已經很輕微了，除了偶爾睡不著覺，我已經沒有別的什麼問題了。我是真的……不想讓妳知道我有這個病，我害怕妳……妳會不要我……雖然……雖然我現在必須得告訴妳，我的病以後有可能還是會發作……這些我一定得告訴妳……」

他說得挺艱難，也很誠懇，我又開始心疼了。

但我還是克制住了自己，面無表情地說：「還有呢？」

他說：「還有……Eve其實是我的心理諮商師，楊敏霓是她的狗，Eve雖然是猶太人，但她的外公是個華裔，姓楊，所以她的狗也姓楊……」

我面無表情地說：「還有呢？」

他說：「還有妳真的不能對我做了這樣的事之後就不認帳，就直接走掉，妳這樣……妳這樣我可能又會發病的！」

我有點想笑，但還是繃著一張臉。「還有呢？」

他說：「還有……我在美國這段時間一直非常難受，每天都在想妳……許諾結婚，我本來家裡的公司有事走不開的，後來……後來妳給我打了那個電話，我聽到妳的聲音，真的受不了，我必須要回來看看妳，哪怕……哪怕妳不和我說話，看不見我，甚至離我遠遠的，我只要能看妳一眼就好……」

他用那樣的眼神看著我，讓我忍不住說：「楊照，所有的事情，我們都可以一起面對，我希望我可以和你一起面對，你覺得我不配和你一起度過難關嗎？」

楊照連忙說：「不，我怕我會讓妳辛苦，會拖累妳，這樣我會非常非常心疼。」

我說：「你自己一個人面對，我也會非常心疼，真的，你願意讓我心疼？」

他說：「不，非常不願意。」

我說：「所以請你以後無論發生什麼事都告訴我，給我一個站在你身邊的機會。咱們得互相保護對方，身體和心，都要保護。」

楊照看著我，伸出手想要抱住我。我其實也想被他抱住，但是這事還沒完呢！我又一次克制住了自己的欲望，伸手阻止了他，我發現這大半夜的我可真爭氣啊。

我又把臉繃緊，問：「還有呢？」

他想了想說：「還有……我愛妳，真的。」

我有點感動，但還是繃著一張臉說：「真的？」

楊照湊過來溫柔地親了親我的嘴唇，說：「真的，我愛妳，吳映真。」

我指了指被扔在地上的裙子，說：「那你把它穿上。」

楊照說：「什麼?!」

我說：「你把它穿上，不然就是不愛我。」

楊照從地上站起來，坐回床上去。他幾乎是用哀求的口吻說：「我穿上會給妳撐壞的，映真。」

我站起來說：「那我回家好了。」

楊照立刻拉住我的手，輕聲說：「妳坐下，坐下呀。」

我又坐回去，看他表現。

他坐在床邊看著我的裙子有兩分鐘，才不情不願地站起來，撿起裙子往身上套，邊套邊說：「我真的要給妳撐壞了。」

我說：「沒關係啊，再賠給我一件，反正你也賠得起。」

等他差不多穿好，我立刻拿出手機拍了兩張照片，不容他有一刻的反應和躲閃。

楊照這回是真的急了，說：「妳幹嘛拍照片？」

我說：「我告訴你楊照，如果你以後再有事瞞著我被我發現，我就把這兩張大圖、無碼、高清的女裝照片傳播到世界各地去，你自己看著辦吧你！」

第二天早上，我一張開眼睛就看見楊照背對著我擺弄我的手機，我忍不住輕笑了一聲，結果他嚇得差點把我手機掉在地上。

我說：「你刪了也沒用，我有備份的。」

楊照趴過來抱住我說：「映真，我以後再也不會瞞著妳，妳全刪了好不好？」

我想了想說：「看你表現。」

但是我瞞了他。我才不會刪呢，一輩子我都不刪。

楊照決定留下，因為我和他說：「我才不走呢，現在正是我事業的上升期，我才不要走。而且我要給我媽裝修房子，這件事不完成我哪兒也不去。」

楊照說：「我可以——」

他沒說完我就打斷他，我說：「你可以什麼可以，這是我的事，你休想討好我媽，撼動我在她心目中的位置，休想！」

但是楊照還是撼動了，因為我有一次在家門口不小心聽我媽和楊照說：「你快把這塊醬牛肉吃了，趁真真沒回來。」

我氣得沒進門，在社區裡暴走了一圈才又回家。

馬琳懷孕了，她辭了職安心在家養胎，我去看她，發現她腳腫得跟醬豬蹄一樣。我也沒客氣，當場嘲笑了她。馬琳邊給自己餵葡萄邊翻白眼。她說：「程淺天天給我洗這雙醬豬蹄。」我看著她的胖樣，也不知道他倆這次能停歇多久。

後來，我帶著楊照去西馬串店，吳西一直在對我撇嘴，我給他拉到一邊去問：「你面癱了啊？」

吳西說：「沒有，我就覺得妳缺心眼，在一棵樹上吊死。」

我說：「你別這樣，我前幾天還給你介紹女生來著。」

吳西說：「誰啊？在哪兒？我怎麼不知道？」

我說：「哦……那可能她不愛吃串兒，沒來，那我就沒辦法了。」
吳西的嘴撇得更厲害了。
我靠近他說：「我給你帶了酸菜餃子，進門的時候給你放在收銀台小妹那兒了，別人都沒有。」
我這樣說，他才笑了，說：「夠意思，下次妳失戀，還來找我。」
我說：「你可千萬別詛咒我。」

半年以後，我和楊照去了趟動物園。
看動物時，楊照見我心情好，小聲和我說：「妳還是把我穿裙子的照片都刪了吧！妳看我這半年表現得多乖，什麼事都和妳說，前幾天我屁股上長了個包都和妳說了。」
我就在那裡笑。
楊照問：「妳笑什麼？」
我說：「那種事情你不說我早晚也會知道。」
楊照抬腿就走，我趕緊跟上他。
過了一會兒，他又問我：「妳什麼時候跟我去趟美國，我總得給我家裡人一個交代。」
我說：「好說，等忙完這陣子我就跟你去。」
楊照又問我：「那妳什麼時候和同學們公開我們的關係？現在連馬琳都不知道。」

我說：「這件事還是得緩一緩。上次就鬧了那麼一齣，怎麼也得穩定穩定，不然要是再鬧一齣，你讓馬琳怎麼看？班長怎麼看？董冬晴怎麼看？張詩慧怎麼看？丁丹妮怎麼看？還有，獅子怎麼看？老虎怎麼看？大象怎麼看？樹袋熊怎麼看？大猩猩怎麼看？」

楊照說：「牠們都扒欄杆看呢。」

我打量了一下楊照，說：「你倒是挺幽默。」

楊照說：「妳還是不負責任。」

等逛完了一大圈，我突然想到一個問題。「你有沒有發現，一般動物園從來不養貓。」

楊照說：「貓都在家裡養著呢。」

我笑了，看了看楊照，突然特別想牽他的手。牽住了以後又想靠著他，靠上了以後，楊照轉過頭來問我：「怎麼了？累了嗎？累了我們就回家。」

我說：「好呀，我們回家。」

完

後記

開心一點，明天還是會有好事發生的

我二十八歲初戀，和他是相親認識的，不到半年就結婚。沒有懷孕，也不恨嫁，就是純粹想和他一起生活，很想很想。相親能遇到這樣一個人，我也算是幸運了。

除了丈夫，我還收穫了故事。

上學時我是很鄙視相親的，好歹我也是個文藝女青年，在學校裡心高氣傲，也搞暗戀那一套，也弄曖昧那一招，兜兜轉轉，磨磨唧唧，大學四年過去了，我竟然連手也沒和別人牽過。讀研的時候，也不知道是老了，還是學了古代文學變得「禁欲」了，暗戀也拋棄了，曖昧也不要了，連喜歡的男偶像也所剩無幾了，從寢室眺望不遠處的寺廟屋頂都覺得越來越美了……

工作後，生活發生了翻天覆地的變化，我很迷茫，漸漸有些自閉。後來我發現不能這樣，我怎麼也得去試試，試試發現不行再自閉也不遲，所以我選擇去相親，去見人，去強迫自己見更多的人。「妖魔鬼怪」我見，「珍禽異獸」我也見，見多了就發現，我們眼中的「妖魔」，在他們的背景音樂裡也許是待解救的御弟哥哥，等待著女兒國國王留他一生一世。

所以，我希望可以用更加平和的態度來處理故事中的相親對象，儘量去挖掘相親對象的內心世界，因為再古怪的人，也是我們身邊的人，和我們一樣，都是普通人。讓這個普通人和同樣普通的女主角去碰撞，碰撞出的東西便是每日與我們肌膚相親的生活。

在遇見王先生的兩天前，我和要好的學姊在晚上十點半的南京南街聊天散步，當時我已經做好了孤獨一生的準備，可是沒兩天王先生就出現了，改變了我的生活，誰能想到呢？所以呀，我想要告訴我的女主角吳映真，好好努力，別想太多，明天還是會有好事發生的，我保證。

國家圖書館出版品預行編目資料

我的相親路上滿是珍禽異獸／酸菜仙兒 著、keigo 插畫
– 初版 . -- 臺北市：三采文化，2019.8
面：　公分 . –

ISBN：978-957-658-196-0（平裝）
1. 大眾文學 2. 小說 3. 婚姻與愛情 4. 心理勵志

857.7　　108009778

suncolor 三采文化集團

愛寫 33

我的相親路上滿是珍禽異獸

只要堅強地活下去，總會遇到更奇葩的人喔！

作者｜酸菜仙兒　插畫｜keigo
責任編輯｜戴傳欣　校對｜黃薇霓
美術主編｜藍秀婷　封面設計｜池婉珊　內頁排版｜陳佩君
版權負責｜孔奕涵

發行人｜張輝明　總編輯｜曾雅青　發行所｜三采文化股份有限公司
地址｜台北市內湖區瑞光路 513 巷 33 號 8 樓
傳訊｜TEL:8797-1234　FAX:8797-1688　網址｜www.suncolor.com.tw
郵政劃撥｜帳號：14319060　戶名：三采文化股份有限公司
初版發行｜2019 年 8 月 30 日　定價｜NT$340
2 刷｜2020 年 3 月 25 日